LE MONDE
APRÈS NOUS

Rumaan Alam

LE MONDE
APRÈS NOUS

Traduit de l'anglais (États-Unis)
par Jean Esch

Éditions du Seuil

TITRE ORIGINAL
Leave The World Behind

© Rumaan Alam, 2020

ISBN 978-2-7578-9977-9

© Éditions du Seuil, 2022, pour l'édition en langue française

1

Le soleil brillait. C'était de bon augure, pensaient-ils. Car les gens aiment transformer n'importe quoi en présage. Il n'y avait aucun nuage, voilà tout. Le soleil était là où il avait toujours été. Tenace et indifférent.

Les routes s'enchaînaient. La circulation se coagula. Leur voiture grise était une cloche de laboratoire, un microclimat : remugles de l'adolescence (sueur, pieds, sébum) et du shampoing français d'Amanda, froissement de papiers gras, omniprésents. La voiture était l'antre de Clay, et il était suffisamment laxiste pour y laisser s'accumuler des éboulis d'avoine des barres de Granola achetées en gros, une mystérieuse chaussette montante, une offre d'abonnement au *New Yorker*, un mouchoir roulé en boule et durci par la morve, des filaments de plastique blanc arrachés d'un sparadrap depuis on ne sait quand. Les enfants avaient toujours besoin d'un sparadrap : leur peau rose se fendait comme un fruit mûr.

Le soleil sur leurs bras était rassurant. Les vitres étaient couvertes d'un film teinté qui protégeait du cancer. Les infos parlaient d'une intensification de la saison des ouragans, de tempêtes aux noms fantaisistes, choisis dans une liste préétablie. Amanda éteignit la radio. Le fait que Clay conduise, comme toujours, était-il une marque de sexisme ? En vérité, Amanda n'avait aucune patience pour les sacrements du stationnement alterné et de la révision des vingt mille kilomètres. Clay, lui, tirait fierté de ce genre de choses. Il était professeur, et cela semblait être en corrélation avec la délectation que lui procuraient les tâches utilitaires de l'existence : ficeler des vieux journaux pour le recyclage, répandre des pastilles chimiques sur le trottoir lorsque le verglas menaçait, remplacer des ampoules grillées, déboucher des éviers à l'aide d'une ventouse miniature.

La voiture n'était pas assez récente pour être luxueuse, pas assez vieille pour faire bohème. Un objet de classe moyenne pour des gens de la classe moyenne, conçu pour ne pas déranger ni séduire, achetée dans un showroom avec des murs en miroirs, quelques ballons peu enthousiastes, et plus de vendeurs que de clients, qui rôdaient par deux ou trois, en faisant tinter les pièces de monnaie dans leurs pantalons de chez Men's Wearhouse. Parfois, sur le parking, Clay s'approchait d'un clone de leur véhicule (c'était un modèle très répandu, « graphite »), frustré lorsque le système de déverrouillage sans clé refusait de fonctionner.

Archie avait quinze ans. Il portait des baskets déformées, aussi grosses que des miches de pain. Il exhalait une odeur de lait, comme les bébés, et en arrière-fond, des relents de transpiration et d'hormones. Afin d'atténuer tout cela, il aspergeait de substances chimiques le chaume qui poussait sous ses bras, une odeur qui n'existait pas dans la nature, consensus d'un groupe de consommateurs autour du concept d'idéal masculin. Rose se montrait plus attentive. L'ombre d'une jeune fille en fleur ; un limier aurait pu flairer le métal derrière les bouffées de cosmétiques bas de gamme, la prédilection pubescente pour les faux arômes de pommes et de cerises. Tous deux avaient une odeur, comme tout le monde, mais vous ne pouviez pas rouler sur l'autoroute avec les vitres ouvertes, c'était trop bruyant. « Je suis obligée de répondre », annonça Amanda en brandissant son téléphone, pour les avertir, alors que personne ne disait rien. Archie regardait son portable, Rose le sien, l'un et l'autre contenaient des jeux et des applications de réseaux sociaux bénéficiant de l'approbation parentale. Archie communiquait par textos avec son ami Dillon, dont les deux pères cherchaient à expier leur divorce en cours en l'autorisant à fumer de l'herbe au dernier étage de leur immeuble de Bergen Street durant tout l'été. Quant à Rose, elle avait déjà posté plusieurs photos de leur voyage, alors qu'ils venaient tout juste de franchir la limite du comté.

« Salut, Jocelyn… » Le fait que les téléphones sachent qui appelle rendait inutiles les formules de politesse. Amanda était *account director*, Jocelyn *account supervisor* et l'une de ses trois *direct reports*, pour utiliser le jargon du monde de l'entreprise moderne. Jocelyn, d'origine coréenne, était née en Caroline du Sud, et Amanda continuait à trouver que son accent faisait tache. Une pensée tellement raciste qu'elle ne pourrait jamais l'avouer devant quiconque.

« Je suis vraiment désolée de vous déranger… » La respiration syncopée de Jocelyn. Non pas qu'Amanda fût terrifiante, mais son pouvoir l'était. Amanda avait débuté sa carrière dans l'atelier d'un Dane lunatique dont la coupe de cheveux ressemblait à une tonsure. L'hiver dernier, elle était tombée sur lui par hasard dans un restaurant et elle en avait eu la nausée.

« Pas de problème. » En disant cela, Amanda ne se montrait pas magnanime. Cet appel était un soulagement.

Elle voulait que ses collègues aient besoin d'elle, comme Dieu veut que les gens continuent à prier.

Clay pianotait sur le volant gainé de cuir, ce qui lui valut un regard en biais de sa femme. Il jeta un coup d'œil dans le rétroviseur pour s'assurer que ses enfants étaient toujours là : une habitude héritée de leur enfance. Leurs respirations étaient régulières. Les téléphones opéraient sur eux comme ces flûtes orientales sur les cobras.

Aucun d'eux ne voyait réellement le paysage de l'autoroute. Le cerveau est complice de l'œil, et ce que vous attendez d'une chose finit par remplacer la chose elle-même. Des pictogrammes jaune et noir, des monticules qui se fondent dans des murs de béton, la vision fugitive d'un passage à niveau, un terrain de baseball, une piscine hors sol. Amanda hochait la tête au téléphone, non pas à l'intention de sa correspondante, mais pour se prouver qu'elle était occupée. Parfois, au milieu de tous ces hochements de tête, elle oubliait d'écouter.

« Jocelyn… » Amanda essayait de trouver de la sagesse en elle-même. Jocelyn avait moins besoin de son avis que de son assentiment. La hiérarchie de bureau était arbitraire, comme tout le reste. « C'est très bien. Je trouve ça judicieux. Nous sommes sur l'autoroute. Vous pouvez m'appeler, ne vous inquiétez pas. Mais la liaison devient aléatoire à mesure qu'on s'éloigne. J'ai déjà eu ce problème l'été dernier, vous vous souvenez ? » Elle s'interrompit, gênée. Pourquoi sa subalterne se souviendrait-elle de ses vacances de l'année précédente ? « Et cette année, on part encore plus loin ! » Elle transforma cette remarque en plaisanterie. « Mais vous pouvez m'appeler, ou m'envoyer des mails, évidemment, sans problème. Bonne chance. »

« Tout se passe bien au bureau ? » Clay ne pouvait s'empêcher de prononcer ce mot « bureau » sans une pointe d'on ne sait quoi. C'était une métonymie pour désigner la profession de sa femme, qu'il comprenait dans l'ensemble, mais pas entièrement. Une épouse devait avoir sa propre vie, et celle d'Amanda était très éloignée de la sienne. Ce qui expliquait peut-être leur bonheur. La moitié au moins des couples qu'ils connaissaient étaient divorcés.

« Oui. » Selon un de ses truismes les plus utilisés, un certain nombre de fonctions étaient indifférenciables les unes des autres car elles consistaient à envoyer des mails pour évaluer la fonction elle-même. Une journée de travail était constituée de plusieurs communiqués consacrés à la journée de travail en train de se dérouler, d'un peu de politesse bureaucratique, de soixante-dix minutes de déjeuner, de dix minutes de carambolages dans l'open space et de vingt minutes passées à boire du café. Parfois, son rôle dans cette comédie lui paraissait idiot ; et à d'autres moments, urgent.

La circulation n'était pas trop mauvaise, mais elle le devint lorsque les autoroutes rétrécirent pour se transformer en rues. Comparable à la dernière et laborieuse partie du voyage d'un saumon, mais avec des terre-pleins centraux luxuriants et des minicentres commerciaux aux murs en stuc tachés de pluie. Les villes étaient soit ouvrières et peuplées de personnes venues d'Amérique centrale, soit prospères et habitées par ce demi-monde blanc composé de plombiers, de décorateurs d'intérieur et d'agents immobiliers. Les gens vraiment riches vivaient dans un autre royaume, comme Narnia. Vous tombiez dessus par hasard, en suivant des routes truffées de ralentisseurs jusqu'à leur terminus inévitable : un cul-de-sac, un imposant manoir rustique, la vision d'un étang. Dans l'air flottait ce doux cocktail de brise marine et de chance, bénéfique pour les tomates et le maïs, mais il vous semblait également flairer des notes de voitures de luxe, d'œuvres d'art, et de ces étoffes soyeuses que les gens riches empilent sur leurs canapés.

« Si on s'arrêtait pour manger un morceau ? » Clay conclut sa phrase par un bâillement étranglé.

« Je crève de faim. » Archie et ses hyperboles.

« Allons au Burger King. » Rose avait repéré le restaurant.

Clay sentit sa femme se crisper. Elle préférait qu'ils mangent sainement (surtout Rose). Il était capable de percevoir sa désapprobation à la manière d'un sonar. À l'image de ce gonflement qui annonce une érection. Ils étaient mariés depuis seize ans.

Amanda mangea des frites. Archie commanda une quantité ridicule de nuggets de poulet frit. Il les mit dans un sac en papier, ajouta quelques frites, puis y versa une sauce marron sucrée et visqueuse contenue dans un petit pot fermé par du papier d'alu, et mastiqua le tout d'un air satisfait.

« Dégoûtant. » Rose n'appréciait pas son frère, parce que c'était son frère. Elle mangea, de manière moins délicate qu'elle ne le croyait, un hamburger dont la mayonnaise ourla ses lèvres roses. « Maman, Hazel a envoyé sa position sur Maps. Tu peux regarder si elle habite loin d'ici ? »

Amanda se souvenait d'avoir été choquée par le bruit que faisaient ses enfants lorsqu'elle les allaitait. Ils aspiraient et tétaient en émettant des borborygmes de tuyauterie : rots impassibles et flatulences étouffées de pets foireux, des petits animaux sans complexe. Elle tendit la main en arrière pour prendre le téléphone, couvert de traces de doigts gras, brûlant à force de servir. « Chérie, ce n'est sûrement pas dans le coin. »

Pour Rose, Hazel était moins une amie qu'une

obsession. Rose était encore trop jeune pour le comprendre, mais le père de Hazel occupait un poste de directeur chez Lazard et les vacances des deux familles ne pouvaient pas se ressembler.

« Regarde quand même. Tu disais qu'on pourrait y aller. »

C'était le genre de chose qu'elle disait lorsqu'elle écoutait d'une oreille seulement, et qu'elle regrettait ensuite car les enfants n'oubliaient pas ses promesses. Amanda regarda le téléphone. « C'est à East Hampton, trésor. À une heure de route au moins. Plus même, en fonction du jour de la semaine. »

Rose se renversa contre le dossier de son siège en exprimant son dégoût de manière audible. « Tu me rends mon téléphone, *please* ? »

Amanda se retourna vers sa fille ; celle-ci était frustrée et toute rouge. « Désolée, mais je ne veux pas me taper deux heures d'embouteillage estival pour une camarade de jeu. Alors que je suis en vacances. »

La jeune fille croisa les bras, la moue agressive. Camarade de jeu ! Elle se sentait insultée.

Archie mâchonnait en observant son reflet dans la vitre.

Clay mangeait en conduisant. Amanda serait furieuse s'ils mouraient dans une collision parce qu'il s'était laissé distraire par un sandwich à sept cents calories.

Les routes continuaient à rétrécir. Stands de vente directe de la ferme : barquettes en feutre vert contenant des framboises velues qui pourrissaient dans leur jus, et une boîte en bois pour recueillir votre billet de cinq dollars. Tout était tellement vert que c'était un peu fou, franchement. Vous aviez envie de tout manger ; de descendre de voiture, de vous mettre à quatre pattes et de mordre à pleines dents dans la terre.

« Respirons un peu d'air frais. » Clay ouvrit toutes les vitres pour chasser la puanteur de ses enfants péteurs. Il ralentit ; la route était d'une sinuosité séduisante : des hanches qui ondulent. Des boîtes aux lettres design, comme un signe de reconnaissance entre bohèmes : BCBG et grosses fortunes, passez votre chemin. On ne voyait rien, tellement les arbres étaient denses. Des panneaux mettaient en garde contre les cerfs, stupides et immunisés contre la présence des humains. Ils s'avançaient sur la route avec assurance, avec des œillères et donc aveugles. On voyait leurs cadavres partout, couleur noisette et gonflés par la mort.

À la sortie d'un virage, ils se retrouvèrent derrière un véhicule. À quatre ans, Archie aurait connu son nom : une remorque à col de cygne. Un énorme engin, vide, tiré par un tracteur obstiné. Le conducteur ignorait la voiture qui le suivait – nonchalance des gens du cru face à une espèce invasive et familière –, tandis que la remorque peinait à négocier les remous de la route. Ils roulèrent ainsi pendant presque deux kilomètres avant que l'engin ne bifurque vers ses terres, et à ce moment-là, le fil d'Ariane, ou quelle que soit cette chose qui les reliait aux satellites tout là-haut, s'était brisé. Le GPS n'avait pas la moindre idée de l'endroit où ils se trouvaient, et ils durent suivre les instructions qu'Amanda, experte en planification, avait eu la bonne idée de recopier dans son carnet. À gauche, puis à droite, puis à gauche, puis à gauche encore, pendant un kilomètre et demi environ, puis encore à gauche, pendant trois kilomètres, puis à droite. Ils n'étaient pas totalement perdus, mais presque.

2

La maison était en briques, peintes en blanc. Il y avait quelque chose de séduisant dans ce rouge ainsi transformé. La construction semblait à la fois ancienne et neuve. Solide et légère. C'était peut-être un désir fondamentalement américain, ou juste un besoin contemporain, de vouloir une maison, une voiture, un livre, une paire de chaussures qui incarnent ces contradictions.

Amanda avait trouvé l'endroit sur Airbnb. « L'évasion ultime », proclamait l'annonce. Elle éprouvait du respect pour le slogan sympa de la description. *Entrez dans notre splendide maison et laissez le monde derrière vous.* Elle avait passé l'ordinateur, suffisamment chaud pour faire naître des tumeurs dans son ventre, à Clay qui avait hoché la tête et prononcé quelques paroles vagues.

Mais Amanda tenait à ces vacances. Sa promotion s'accompagnait d'une augmentation. Bientôt, Rose disparaîtrait, drapée dans une morgue lycéenne. Pendant cet instant fugace, leurs enfants demeuraient essentiellement des enfants, même si Archie approchait du mètre quatre-vingts. Amanda se souvenait, à défaut de pouvoir les faire ressurgir, de sa voix aiguë de petite fille, du corps grassouillet de Rose contre sa hanche. Un vieux cliché, mais, sur votre lit de mort, vous souviendrez-vous du soir où vous avez emmené vos clients dans ce restaurant-grill désuet de la 36ᵉ Rue et demandé des nouvelles de leurs femmes, ou vous reverrez-vous en train de barboter dans la piscine avec vos enfants, l'eau chlorée perlant sur leurs sourcils noirs ?

« Ça a l'air pas mal. » Clay coupa le moteur.

Les enfants détachèrent leurs ceintures de sécurité, ouvrirent les portières et bondirent sur le gravier, avec l'enthousiasme de la Stasi.

« N'allez pas trop loin ! » leur cria Amanda, ce qui était idiot. Il n'y avait nulle part où aller. Dans les bois peut-être. Elle craignait la maladie de Lyme. C'était une habitude maternelle : intervenir avec autorité. Voilà bien longtemps que les enfants n'écoutaient plus ses récriminations quotidiennes.

Le gravier crissa sous les chaussures en cuir de Clay, spéciales conduite. « Comment on entre ?

– Il y a une boîte à code. » Amanda consulta son téléphone. Pas de réseau. Ils n'étaient même pas sur une route. Elle brandit l'appareil au-dessus de sa tête, mais les petites barres refusèrent de se remplir. Elle avait mémorisé cette information : « La boîte à code… sur le grillage, à côté du chauffage de la piscine. Code : six-deux-neuf-deux. La clé de la porte latérale est à l'intérieur. »

La maison était assombrie par une haie impeccablement taillée qui devait faire la fierté de quelqu'un, semblable à une congère, à un mur. Le jardin de devant était fermé par une palissade en bois, blanche, sans aucune trace d'ironie. Une autre clôture, en bois et en fer celle-là, entourait la piscine, et permettait de rendre le coût de l'assurance plus abordable ; en outre, les propriétaires de la maison savaient que parfois des cerfs égarés se transforment en adorable nuisance, et que si vous vous absentiez pendant quinze jours ces stupides bestioles se noyaient, enflaient et explosaient : un carnage effroyable. Clay alla chercher la clé. Amanda attendit, dans l'après-midi étonnant et humide, en écoutant le son étrange de ce quasi-silence qui lui manquait, du moins l'affirmait-elle, car ils vivaient en ville. On entendait vrombir un insecte ou une grenouille, ou les deux peut-être ; le vent qui agitait les feuilles, la vague rumeur d'un avion, ou d'une tondeuse, ou peut-être de la circulation sur une autoroute quelque part au loin, telle l'incessante pulsation du ressac quand on est près de la mer. Ils n'étaient pas près de la mer. Non, ils n'en avaient pas les moyens, mais ils l'entendaient presque ; un acte de volonté, de récompense.

« Et voilà. » Clay ouvrit la porte, en commentant inutilement son geste. Cela lui arrivait parfois, et quand il se surprenait à le faire il se morigénait. La maison possédait la qualité de silence propre aux maisons cossues. Cela signifiait qu'elle était d'aplomb, solide, que ses organes fonctionnaient dans une joyeuse harmonie. La respiration du système de climatisation, la vigilance du réfrigérateur haut de gamme, l'intelligence fiable de tous ces affichages digitaux qui marquaient le temps de manière presque synchronisée. À une heure programmée, les éclairages extérieurs s'allumeraient. Une maison qui n'avait quasiment pas besoin d'habitants. Le parquet était constitué de larges lattes provenant d'une ancienne filature de coton d'Utica, si bien ajustées qu'il n'y avait pratiquement pas un craquement ni une plainte. Les fenêtres étaient si propres que, tous les mois environ, un oiseau se méprenait et mourait dans l'herbe, le cou brisé. Des mains efficaces étaient venues ouvrir les stores, baisser le thermostat. Nettoyer au Windex toutes les surfaces, passer le Dyson dans les interstices du canapé, ramasser les miettes de chips au maïs bleu bio et les pièces de monnaie égarées.

« Pas mal. » Amanda ôta ses chaussures à la porte ; elle tenait beaucoup à ce qu'on se déchausse avant d'entrer. « C'est magnifique. » Les photos sur le site étaient une promesse, et cette promesse était tenue : les suspensions qui flottaient au-dessus de la table en chêne, au cas où vous voudriez faire un puzzle la nuit ; l'îlot de cuisine en marbre gris où vous pouviez vous imaginer en train de pétrir une pâte ; le double évier face à la fenêtre qui donnait sur la piscine ; la cuisinière dotée d'un robinet en cuivre pour pouvoir remplir votre casserole sans la déplacer. Les propriétaires de cette maison étaient suffisamment riches pour se montrer prévenants. Elle ferait la vaisselle dans cet évier pendant que Clay s'occuperait du barbecue dehors, une bière à la main, surveillant d'un œil attentif les enfants qui jouaient à Marco Polo dans la piscine.

« Je vais chercher les bagages. » Le sous-entendu était évident : Clay allait fumer une cigarette. Un vice censé être secret, mais qui ne l'était pas.

Amanda erra à travers la maison. Il y avait une grande pièce avec une télé et des portes-fenêtres qui s'ouvraient sur la terrasse. Il y avait deux chambres relativement petites, décorées dans les tons turquoise et bleu marine, séparées par une salle de bains accessible des deux côtés. Il y avait un placard contenant des serviettes de plage et un combiné lave-linge/sèche-linge, et un long couloir aux murs ornés d'inoffensives scènes de plage en noir et blanc menait à la chambre principale. Sans même parler de bon goût, tout était pensé : une boîte en bois pour cacher le bidon de lessive en plastique ; un énorme coquillage pour accueillir un cube de savon, encore dans son emballage. Le lit parental était immense, et tellement massif qu'il ne serait jamais passé dans l'escalier pour atteindre leur appartement au deuxième étage. La salle de bains attenante était entièrement blanche (carrelage, lavabo, serviette, savon, coupelle remplie de coquillages blancs) ; un fantasme de pureté pour fuir la réalité de vos propres excréments. Extraordinaire, et tout cela pour seulement 340 dollars par jour, plus les frais d'entretien et un dépôt de garantie. Par la fenêtre de la chambre, Amanda vit ses enfants, qui avaient déjà enfilé leurs maillots en Lycra à séchage rapide, se précipiter vers le bleu placide. Archie, tout en bras et en jambes et en angles saillants, avec sa poitrine à peine convexe où poussaient des tortillons bruns au niveau des tétons roses. Rose, ronde et tremblotante, couverte d'un duvet de bébé, son maillot de bain une pièce à pois légèrement tendu aux cuisses, les parties génitales saillantes. Un hurlement d'anticipation, avant qu'ils ne heurtent la surface de l'eau en produisant ce délicieux claquement. Dans les bois, derrière, quelque chose décolla à ce bruit et surgit du décor en camaïeu de bruns : deux dindons bien gras, stupides et sauvages, agacés par cette intrusion. Amanda sourit.

3

Amanda se porta volontaire pour aller faire les courses. Ils étaient passés devant un magasin et elle refit le chemin inverse. En roulant lentement, vitres baissées.

Le magasin était glacial, violemment éclairé, les allées très larges. Elle acheta du yaourt et des myrtilles. Elle acheta des tranches de dinde, du pain complet, de cette moutarde granuleuse couleur de vase et de la mayonnaise. Elle acheta des chips et des tacos, un pot de sauce salsa pleine de coriandre, malgré l'aversion d'Archie pour la coriandre. Elle acheta des saucisses à hot dog bio, des petits pains bon marché et le même ketchup que tout le monde. Elle acheta des citrons froids et durs, de l'eau gazeuse, de la vodka Tito et deux bouteilles de vin rouge à neuf dollars. Elle acheta des spaghettis, du beurre salé et une tête d'ail. Elle acheta des lardons, un paquet de farine et du sirop d'érable à douze dollars dans une petite bouteille en verre à facettes qui ressemblait à un flacon de parfum vulgaire. Elle acheta un paquet de café moulu, si aromatique qu'elle le sentait à travers l'emballage sous vide, et des filtres en papier recyclé. Elle acheta un lot de trois rouleaux d'essuie-tout, une bombe de crème solaire, et de l'aloe vera car les enfants avaient hérité de la peau claire de leur père. Elle acheta de ces crackers chic que vous servez quand vous avez des invités, et aussi des Ritz, que tout le monde préfère, du cheddar blanc et friable, du houmous bien aillé, du salami non tranché, et ces mini carottes que l'on manipule jusqu'à ce qu'elles aient la taille de doigts d'enfant. Elle acheta des paquets de cookies Pepperidge Farm et trois pots de glace Ben & Jerry politiquement irréprochables, une boîte de préparation Duncan Hines pour génoise et un pot de glaçage au chocolat de la même marque avec un couvercle en plastique rouge, car son expérience de parent lui avait appris que, lors de l'inévitable jour de pluie durant les vacances, vous pouviez occuper une heure en confectionnant un gâteau. Elle acheta deux courgettes tumescentes, un sachet de pois croquants, un bouquet de chou kale frisé, si vert qu'il en devenait presque noir. Elle acheta une bouteille d'huile d'olive et une boîte de donuts Entenmann avec du crumble dessus, des bananes, un sachet de necta-rines blanches, deux petites barquettes en plastique de fraises, une douzaine d'œufs, une barquette d'épinards lavés, des olives dans une boîte en plastique, des tomates anciennes vert marbré et orange vif, enveloppées dans de la cellophane plissée. Elle acheta un kilo et demi de viande hachée et deux sachets de petits pains à bur-ger, blancs de farine dessous, et un bocal de cornichons locaux. Elle acheta quatre avocats, trois citrons verts et un bouquet de coriandre plein de sable, malgré l'aver-sion d'Archie pour la coriandre. À la caisse, elle en eut pour plus de deux cents dollars, mais elle s'en fichait.

« Je vais avoir besoin d'aide. » Le garçon qui rangeait les articles dans des sacs en papier marron allait peut-être encore au lycée, peut-être pas. Il portait un T-shirt jaune, avait des cheveux châtains et donnait l'impression d'un être cubique, comme s'il avait été taillé dans un bloc de bois. Le spectacle de ses mains en plein travail provoquait une certaine excitation, mais c'étaient les vacances qui faisaient ça, non ? Elles éveillaient le désir, tout paraissait possible, une vie totalement différente de celle que l'on menait habituellement. Amanda pourrait être une mère tentatrice, qui tète la langue brûlante d'un post-adolescent sur le parking du Stop & Shop. Ou bien une citadine comme les autres, qui dépense trop d'argent pour acheter trop de choses à manger.

Le garçon – l'homme ? – déposa les sacs dans un caddie et suivit Amanda sur le parking. Il les chargea dans le coffre et elle lui donna un billet de cinq dollars.

Elle resta assise au volant, moteur allumé, pour voir si son portable captait du réseau, et la bouffée d'endorphines provoquée par la réception des mails – Jocelyn, Jocelyn, Jocelyn, leur directeur d'agence, un de ses clients, deux missives envoyées à tout le bureau par le chef de projets – était presque aussi sexuelle que le trouble provoqué par le jeune employé du magasin.

Il ne se passait rien d'important au travail, mais c'était un soulagement d'en avoir la certitude, au lieu de craindre d'éventuels problèmes. Amanda alluma la radio. Elle reconnut vaguement la chanson qui passait. Elle s'arrêta à la station-service et acheta un paquet de cigarettes pour Clay. Ils étaient en vacances. Ce soir, après les hamburgers, les hot dogs, les courgettes grillées et les bols de glace parsemés de cookies émiettés, et éventuellement de quelques fraises coupées en tranches, peut-être qu'ils baiseraient. Ils ne feraient pas l'amour, ça c'était réservé pour la maison. La baise, c'était en vacances, moite, humide et d'une incongruité alléchante dans les draps Pottery Barn de quelqu'un d'autre, puis ils ressortiraient et iraient se glisser dans la piscine chauffée pour se laisser laver par l'eau, en fumant une cigarette chacun, et ils parleraient des choses dont on parle quand on est mariés depuis aussi longtemps : les finances, les enfants, les fantasmes immobiliers (quel bonheur ce serait s'ils possédaient une maison comme celle-ci !). Ou bien ils ne parleraient de rien, un autre plaisir des vieux couples. Ils regarderaient la télé. Amanda regagna la maison de briques peintes.

4

Clay noua la serviette autour de sa taille. Il y avait quelque chose d'intrinsèquement majestueux dans le fait d'ouvrir une porte à double battant. Il faisait froid à l'intérieur et très chaud à l'extérieur. Les arbres avaient été taillés afin de ne pas faire d'ombre à la piscine. Tout ce soleil faisait tourner la tête. Ses pieds mouillés laissaient des empreintes sur le parquet. Elles disparaissaient en quelques secondes. Il traversa la cuisine et sortit par la porte latérale. Il alla chercher ses cigarettes dans la boîte à gants, en grimaçant à cause du gravier. Il s'assit sur la pelouse devant la maison, sous un arbre, et fuma. Il aurait dû avoir mauvaise conscience, mais le tabac avait fondé leur nation. Fumer vous rattachait à l'Histoire elle-même ! C'était un geste patriotique, ou ça l'avait été, comme de posséder des esclaves ou de tuer des Cherokees.

C'était agréable de s'assoir dehors, presque nu ; l'air et le soleil sur votre peau vous rappelaient que vous étiez un animal comme les autres. Il aurait pu se mettre nu. Il n'y avait pas d'autres maisons, aucun signe de présence humaine, à l'exception d'un stand de produits de la ferme à presque un kilomètre de là. À une époque, ils avaient vécu totalement nus ensemble. Archie était un petit sac d'os et de rires qui partageait la baignoire avec ses parents, mais c'était quelque chose qui prenait fin avec l'âge, sauf chez les hippies.

Il n'entendait pas les enfants dans la piscine. La maison entre eux et lui n'était pas très large, mais les arbres absorbaient leurs bruits comme du coton le sang. Clay se sentait protégé, choyé, étreint ; le rempart de la haie maintenait le monde à bonne distance. Il imaginait Amanda en train de dériver sur un matelas pneumatique, mimant la dignité (pas facile : les canards eux-mêmes n'y parvenaient pas ; les ondulations de l'eau étaient toujours ridicules) et lisant *Elle*. Clay dénoua la serviette et s'allongea sur le dos. L'herbe le chatouillait. Il contempla le ciel. Sans vraiment y penser – tout en y pensant quand même – il laissa sa main droite descendre jusqu'à son maillot K. Crew et tripota son pénis, frigorifié et ratatiné par l'eau. Les vacances étaient un excitant.

Clay se sentait léger, libéré de ses entraves, même s'il n'était pas entravé par grand-chose. Il était censé faire la critique d'un livre pour la *New York Times Book Review* et avait emporté son ordinateur. Il devait écrire neuf cents mots seulement. Dans deux heures, il aurait couché toute la famille, il remplirait un verre de glaçons et de vodka, il s'assiérait sur la terrasse, torse nu, son ordinateur illuminant la nuit, il fumerait des cigarettes et les neuf cents mots lui viendraient tout seuls. Clay était appliqué, mais également (il le savait) un peu paresseux. Il avait envie qu'on lui demande d'écrire pour la *New York Times Book Review*, mais il n'avait pas vraiment envie d'écrire quoi que ce fût.

Même si Clay était prof titulaire et qu'Amanda avait le statut de directrice, ils n'avaient pas de bureaux au dernier étage ni la clim. La clé de la réussite, c'était d'avoir des parents qui avaient réussi. Néanmoins, ils pouvaient jouer les propriétaires pendant une semaine.

Son pénis se dressa d'un coup vers le soleil en une salutation de yogi, puis se raidit face au pouvoir de séduction de la maison – des plans de travail en marbre, un lave-vaisselle Miele – et Clay eut une véritable érection, sa queue se balançant au-dessus de son ventre telle l'aiguille d'une boussole.

Il éteignit sa cigarette avec un sentiment de culpabilité. Il avait toujours sur lui des pastilles de menthe ou des chewing-gums. Il noua la serviette autour de sa taille et retourna dans la maison. La poubelle montée sur roulettes se glissait sous le plan de travail. Clay passa le mégot sous l'eau du robinet (vous imaginez s'il mettait le feu à la maison ?) avant de le jeter. Il y avait du savon au citron dans un distributeur en verre posé à côté de l'évier. Il apercevait sa famille par la fenêtre. Rose était plongée dans un jeu de son invention. Archie faisait des tractions sur le plongeoir, hissant vers les cieux son corps maigrelet ; ses épaules osseuses avaient la couleur rosée d'une viande pas assez cuite.

Parfois, quand il contemplait les siens, Clay était submergé par le désir de faire quelque chose pour eux. Je vous construirai une maison, je vous tricoterai un pull, ou tout ce qu'on attend de moi. Vous êtes pourchassés par des loups ? Je ferai un pont de mon corps pour que vous puissiez traverser ce ravin. Rien d'autre ne comptait à ses yeux, mais évidemment ses enfants n'en avaient pas réellement conscience car cela allait de soi, le contrat parental était ainsi fait. Il tomba sur la retransmission d'un match de baseball à la radio et resta sur cette station, même s'il n'aimait pas trop ce sport. Il trouvait ces descriptions de phases de jeu réconfortantes, comme une histoire qu'on raconte avant de dormir. Clay versa deux paquets de viande hachée dans un grand saladier – Archie mangerait trois hamburgers –, éminça un oignon, le mélangea à la viande, ajouta quelques pincées de sel et quelques tours de moulin à poivre, puis une touche de sauce Worcestershire, comme on dépose une goutte de parfum sur son poignet. Il forma les burgers et les aligna dans un plat. Il coupa des tranches de cheddar et ouvrit les petits pains en deux. La serviette glissait sur ses hanches, alors il se passa les mains sous l'eau pour ôter les restes de viande avant de la resserrer. Il remplit un bol de chips et emporta le tout dehors. Chaque geste lui semblait familier, comme s'il avait préparé des repas d'été dans cette cuisine toute sa vie.

« Le dîner est bientôt prêt ! » lança-t-il. Personne ne répondit. Clay ouvrit la bouteille de gaz et se servit du long briquet pour faire jaillir la flamme. À moitié nu, il fit cuire la viande crue, tout en songeant qu'il devait ressembler à un homme des cavernes, un ancêtre depuis longtemps oublié. Qui pouvait affirmer que l'un d'eux ne s'était pas tenu à cet endroit même ? Des millénaires ou juste quelques siècles plus tôt : un Iroquois torse nu, vêtu d'un pagne en peau de bête, attisant un feu pour que la chair de sa chair puisse manger de la chair. Cette pensée le fit sourire.

5

Ils dînèrent sur la terrasse, à peine vêtus, un assemblage de serviettes de bain aux couleurs criardes et de serviettes en papier tachées de ketchup. Des hamburgers épais comme des pucks de hockey dans du pain spongieux. Rose était particulièrement sensible au charme acide des chips au vinaigre. Elle avait des miettes et du gras sur le menton. Amanda se réjouissait que sa fille puisse retrouver son côté enfantin. Son esprit, c'était une chose ; son corps, c'en était une autre : c'était à cause des hormones dans le lait, de la chaîne alimentaire, de l'approvisionnement en eau, de l'air ou d'on ne sait quoi.

Il faisait si chaud que les parents n'ordonnèrent même pas aux enfants de se doucher ; ils les laissèrent s'affaler sur le canapé recouvert de vichy avec leurs corps presque nus. Archie dégingandé et Rose luxuriante : côtes apparentes et une constellation de grains de beauté, des fossettes aux coudes et du duvet sur le menton. Rose voulait regarder un dessin animé et Archie, nostalgique de son enfance, se sentait secrètement réconforté par les films d'animation ! La climatisation glaciale lui donnait la chair de poule, le canapé inconnu était mou, et son esprit, comme sa bouche, étaient obstrués et ralentis par la chaleur ou l'épuisement de la journée. Il était trop fatigué pour aller chercher un autre hamburger, froid maintenant, inondé de ketchup, qu'il mangerait debout dans la cuisine, en sentant le carrelage froid sous ses pieds. Dans une minute, se disait-il, mais son corps criait famine, après ces heures passées dans la piscine, ou peut-être simplement les heures passées enfermé dans la voiture, son corps éprouvait toujours cette sensation.

Amanda alla prendre une douche. Le système était incrusté dans le plafond et l'eau vous tombait dessus comme la pluie. Amanda régla sur la température maximale pour chasser les résidus de crème solaire. Ce truc lui semblait toujours vaguement toxique, une once de prévention, etc. Ses cheveux n'étaient ni courts ni longs, sans frange, ce lui donnait un air juvénile mal venu dans un environnement professionnel. Deux formes d'orgueil contradictoires : le désir de paraître efficace plutôt que jeune. Amanda savait qu'elle ressemblait au genre de femme qu'elle était. On lisait en elle de très loin. Sa posture, ses vêtements, son aspect soigné, tout indiquait qui elle était.

Son corps avait conservé la chaleur résiduelle du soleil. L'eau de la piscine n'avait été qu'un court répit, un bain tiède. Les membres d'Amanda lui paraissaient à la fois épais et superbes. Elle avait envie de s'allonger et de se laisser emporter par le sommeil. Ses doigts s'égarèrent vers les parties de son corps où ils se sentaient bien, en quête non pas d'un plaisir interne, mais de quelque chose de plus cérébral ; la confirmation qu'elle-même, ses épaules, ses mamelons, ses coudes, tout cela existait bel et bien. Quelle merveille d'avoir un corps, une chose qui vous contenait. Les vacances étaient faites pour réintégrer son corps.

Amanda enveloppa ses cheveux dans une serviette blanche, comme font les femmes dans un certain type de films. Elle étala de la crème sur sa peau, enfila le large pantalon de coton qu'elle mettait pour dormir, l'été, et un vieux T-shirt orné d'un logo qui ne voulait plus rien dire pour elle. Impossible de se souvenir de la provenance de toutes ses possessions terrestres. Le coton du T-shirt était lustré par l'usage. Elle se sentait vivante et, à défaut d'être sexy, sexuelle ; la promesse comptait davantage que la transaction. Elle aimait toujours Clay, la question n'était pas là, et il connaissait son corps – évidement, après dix-huit ans –, mais elle était humaine et un peu de nouveauté aurait été bienvenue.

Elle jeta un coup d'œil par la porte du salon. Ses enfants ressemblaient à des odalisques sur le canapé, hébétés, engraissés. Son mari était penché au-dessus de son téléphone.

« Au lit dans vingt minutes. » Amanda adressa à Clay un regard suggestif, avant de refermer la porte derrière elle. Elle ôta son pantalon et se glissa dans la percale fraîche. Elle ne ferma pas les rideaux ; qu'ils les regardent donc, les cerfs, les chouettes et ces stupides dindons lourdauds, qu'ils admirent le *latissimus dorsi* toujours impressionnant de Clay (il faisait de l'aviron deux fois par semaine au New York Sports Club), dans lequel elle aimait enfouir ses doigts ; qu'ils hument l'agréable puanteur de ses aisselles poilues, qu'ils applaudissent aux mouvements exercés de sa langue sur elle.

La maison était trop éloignée du monde pour offrir du réseau, mais il y avait le WiFi et un code d'une longueur grotesque (018HGF134-WRH357XIO). Pour décourager les chouettes, les stupides dindons ? Elle pianota sur l'écran, en épelant les chiffres et les lettres à voix haute, aussi aléatoires qu'un ouija ou le rosaire, puis la connexion s'établit et les mails arrivèrent, s'empilant les uns sur les autres. Quarante et un ! Elle se sentit indispensable, regrettée, aimée.

Sur son compte personnel, elle apprit que des choses étaient en vente, que le club de lecture auquel elle voulait adhérer prévoyait une réunion à l'automne, que le *New Yorker* avait publié un article sur un cinéaste bosniaque. Sur son compte professionnel, il y avait des questions, des inquiétudes ; des gens réclamaient son intervention, son opinion, ses conseils. Tout le monde avait reçu son mail collectif « Je suis en congé », joyeux et autoritaire, mais elle viola sa promesse de reprendre contact à son retour. Non, ne faites pas ci ou ça. Oui, envoyez un mail à Machin. Posez la question à Untel. N'oubliez pas de reprendre contact avec cette personne à ce sujet.

Son bras commença à s'ankyloser à force d'éloigner de ses yeux le téléphone trop petit. Elle roula sur le ventre. Son corps avait réchauffé les draps, la chaleur qui transita contre sa vulve était celle de son propre corps et se prélasser dans le lit s'apparentait à de la masturbation. Elle se sentait propre, prête à se sentir sale ; malgré cela, elle poursuivit la lecture de ses mails, pour s'occuper, jusqu'à ce que Clay la rejoigne enfin, avec son odeur de cigarettes fumées en douce et de tranches de citron dans la vodka.

La douche chaude avait ramolli sa colonne vertébrale, comme une plaquette de beurre à température ambiante. Quelques cours occasionnels de vinyasa l'avaient rendue plus attentive à ses os. Elle leur laissa libre cours. Elle assouplit son refus habituel de faire les choses les plus sales qu'ils pouvaient inventer à eux deux. Elle laissa Clay pétrir ses cheveux et à lui appuyer la tête, avec fermeté mais douceur, contre l'oreiller. Sa gorge était un passage, un vide à combler. Elle s'autorisa à gémir un peu plus fort que chez eux, car il y avait ce long couloir qui les séparait des chambres des enfants. Elle se cambra pour venir à la rencontre de sa bouche et plus tard – une éternité, semblait-il, seulement vingt minutes en réalité –, elle prit le pénis flétri de Clay dans la sienne, émerveillée par le goût de son propre corps.

« La vache. » Clay haletait.

« Il faut que tu arrêtes de fumer. » Amanda craignait un problème cardiaque. Ils n'étaient plus très jeunes. Toutes les mères ont un jour envisagé la perte de leur enfant ; elle était à court d'émotions face à la mort théorique d'un mari. Elle aimerait de nouveau, se disait-elle. C'était un homme bon.

« Oui. » Il ne le pensait pas vraiment. Les plaisirs étaient déjà si rares dans la vie moderne.

Amanda se leva, s'étira, heureuse de se sentir moite ; elle avait envie d'une cigarette ; l'euphorie lui permettrait d'oublier un peu ce qu'ils venaient de faire, et c'était exactement ce dont on avait besoin après le sexe, même avec une personne familière. Ce n'était pas vraiment moi ! Elle ouvrit la porte d'entrée : la nuit était scandaleusement bruyante. Des grillons ou des insectes quelconques, divers bruits de pas, peut-être de mauvais augure, dans les feuilles mortes des bois, au-delà de la pelouse ; la brise furtive faisait tout bouger, peut-être même la végétation produisait-elle des bruits, le « scritch, scritch » à peine audible de l'herbe qui pousse, les pulsations des feuilles de chêne gorgées de chlorophylle.

Amanda avait la sensation d'être observée, mais personne n'était là pour la regarder, si ? Cette idée provoqua un frisson involontaire, puis un repli dans l'illusion adulte de la sécurité.

Aussi nus l'un et l'autre que des néandertaliens, ils

traversèrent la terrasse à pas feutrés, éclairés seulement par un rai de lumière qui filtrait à travers la porte vitrée. Clay souleva la bâche du jacuzzi et ils se glissèrent dans le bouillonnement ; la vapeur embua ses lunettes, un sourire sensuel de contentement. Les yeux d'Amanda s'habituèrent à l'obscurité. La peau claire de Clay offrait un vif contraste. Elle le voyait tel qu'il était, mais elle l'aimait.

6

Personne n'avait acheté de corn-flakes. Archie exigeait un goût spécifique, mais surtout la sensation des céréales industrielles suffisamment ramollies dans le lait. Il bâilla.

« Désolé, champion. Je vais te faire une omelette. » Son père jouait au jeu stupide qui consistait à préparer les meilleurs petits déjeuners. Même s'il était bon cuisinier – il beurrait toujours les toasts avant de les remettre dans le grill pour que le beurre fonde à l'intérieur du pain, jusqu'à ce qu'ils soient tout mous, comme déjà mâchés – il y avait quelque chose de triste dans la manière de quêter cette attention.

Amanda étalait de la crème solaire sur le dos de Rose. La télé était allumée, mais personne ne la regardait. Elle essuya ses mains sur ses jambes nues et rangea le tube dans le tote bag. « Rose, tu emportes trois livres ? Pour un après-midi à la plage ?

– On ne rentre pas de la journée. Imagine que je n'aie plus rien à lire ?

– Le sac est déjà très lourd... » Rose n'avait pas décidé de geindre, cela lui avait échappé.

« Mets-les dans ce sac-là, si tu veux. » Clay estimait que la soif de lecture de leur fille donnait une bonne image d'eux. « Archie, tu voudras bien le porter ?

– Faut que j'aille aux toilettes. » Archie s'attarda devant le miroir. Il portait sa chemise Lacrosse, dont il avait coupé les manches pour montrer ses muscles, et il les examinait, satisfait de ce qu'il voyait.

« Dépêche-toi, lança Clay à son fils, avec l'agacement que méritait cette détente.

– J'ai pris le déjeuner. L'eau. La couverture et les serviettes. » Amanda montrait les sacs, certaine qu'ils avaient oublié quelque chose malgré tout. Les plans les mieux conçus, etc.

« OK, c'est bon. » Avec un petit « Fait chier » marmonné, un réflexe dont il n'avait même pas conscience, Archie souleva le sac que son père avait laissé à côté du canapé. Une plume ! Il était tellement costaud.

Tous les membres de la famille sortirent ensemble de la maison, chargèrent leurs affaires dans la voiture et bouclèrent leurs ceintures. Le GPS moulina, incapable de les localiser, ni eux ni lui, ni le reste du monde. Sans trop réfléchir, Clay retrouva le chemin de la nationale, où le satellite réaffirma sa domination, et ils roulèrent sous son œil protecteur. La nationale se transforma en un pont qui semblait mener vers nulle part, au bout de l'Amérique. Ils pénétrèrent sur le parking désert (il était tôt) et donnèrent cinq dollars à un adolescent en uniforme kaki qui paraissait fait de sable lui aussi : boucles dorées, taches de rousseur, peau hâlée, des dents semblables à de petits coquillages.

Le tunnel qui conduisait du parking à la plage les fit passer devant un parc où se dressaient des mâts, tels des séquoias. Les drapeaux de nombreuses nations claquaient au vent marin.

« C'est quoi, ce truc ? » demanda Archie, ironique même sans le vouloir.

Tongs aux pieds, ils se retrouvèrent dans un petit

canyon de béton et Amanda lut l'inscription sur la plaque. « C'est à la mémoire des victimes du vol 800 de la TWA à destination de Paris. » Tout le monde avait péri. Parfois, on parlait d'« âmes », ce qui accentuait l'aspect grandiose de l'événement, ou démodé, ou sanctifié. Amanda s'en souvenait. Des théories complotistes affirmaient qu'il s'était agi d'un missile américain, la logique penchait en faveur d'une défaillance technique. Nous voulons croire le contraire, mais ce sont des choses qui arrivent.

« Allez, on y va ! » Rose tira sur le tote bag pendu à l'épaule de son père.

Malgré la chaleur, le vent incessant apportait un air froid venu du vide océanique. Il avait quelque chose de polaire, et qui pouvait prétendre que ce n'était pas le cas, littéralement ? Le monde était vaste, mais petit également, et gouverné par la logique. Amanda dut se battre pour étaler la couverture, trouvée sur Internet, xylographiée par des villageois indiens illettrés. Elle déposa un sac aux quatre coins pour la lester. Les enfants se débarrassèrent de leurs couches de vêtements et partirent en bondissant telles des gazelles. Rose examina les détritus échoués sur le rivage : des coquillages, des gobelets en plastique et des ballons irisés qui avaient fêté des bals de fin d'année et des anniversaires d'adolescents à des kilomètres de là. Archie s'agenouilla dans le sable, à bonne distance de leur campement, en faisant mine de ne pas regarder les surveillantes de plage : des filles robustes, aux mèches décolorées par le soleil, en maillots de bain rouges.

Amanda avait emporté un roman qu'elle avait du mal à suivre, construit autour d'une métaphore laborieuse impliquant des oiseaux. Clay, lui, choisissait toujours le même genre de livre : une brève et inclassable critique de notre mode de vie, des ouvrages qu'on pouvait difficilement lire presque nu au soleil, mais qu'il devait avoir lus, pour son travail.

Ses yeux revenaient sans cesse se poser sur les sauveteuses. Comme ceux d'Amanda. Comment aurait-il pu en être autrement ? Il y avait là une métaphore moins laborieuse : qu'est-ce qui pouvait se dresser entre vous et une mort infligée par la nature, sinon la jeunesse et la beauté, des ventres plats, des mamelons de la taille d'une pièce de monnaie, des biceps gonflés, des jambes glabres, des peaux brunes, des bouches améliorées par l'orthodontie et des yeux indifférents derrière des lunettes de soleil en plastique ?

Ils mangèrent des sandwiches à la dinde et des chips qui se brisaient dans l'épais guacamole (avec une petite portion sans coriandre abhorrée pour le fils chéri), puis de la pastèque, vivifiante et froide. Archie s'endormit et Rose se plongea dans un de ses romans graphiques. Une fois réveillé, Archie harcela son père jusqu'à ce qu'il l'accompagne dans les vagues, terrifiantes. Amanda guettait les requins car elle avait entendu dire qu'il y en avait. Que pourrait faire n'importe laquelle de ces sauveteuses adolescentes s'il y avait des requins ?

C'était agréable, c'était divertissant, c'était épuisant. Le soleil ne faiblissait pas, mais le vent, lui, forcissait.

« On ferait bien de rentrer. » Amanda rangea les emballages en plastique dans le sac isotherme qu'elle avait trouvé dans la cuisine. À l'endroit même où vous rangeriez un sac isotherme dans la vôtre (dans un placard sous le four à micro-ondes).

Rose frissonna, alors son père l'enveloppa dans une serviette, comme il le faisait quand elle était petite et sortait de son bain. La famille regagna la voiture d'un pas traînant, étrangement abattue, et retraversa le pont.

« Il y a un Starbucks ! » Tout excitée, Amanda referma la main sur l'avant-bras de son mari.

Il s'arrêta sur le parking et Amanda entra. À l'abri du vent, l'air restait chaud. Ce Starbucks était identique à tous les autres, partout ailleurs, selon le principe d'une chaîne, mais n'était-ce pas réconfortant ? Les couleurs signature, les serviettes en papier marron bien utiles – il y en avait toujours un paquet dans la voiture, pour se moucher en hiver ou absorber ce qu'on avait renversé –, les pailles vertes en plastique, et les fervents adeptes qui déboursaient sept dollars pour des milkshakes à la crème chantilly, servis dans des gobelets aussi grands que des trophées sportifs. Amanda commanda des cafés noirs, malgré l'heure, quinze heures passées, cela l'empêcherait de dormir, mais pas forcément car la proximité de l'océan la fatiguait.

Puis il y eut la séance, anarchique, de désensablage, avec le tuyau d'arrosage du jardin. Archie orienta directement le jet à l'intérieur de son maillot de bain car il avait les couilles tapissées de petits coquillages. Estimant que c'était suffisant, il plongea dans la piscine. Il se frotta la tête et sentit le sable se disperser dans l'eau.

Amanda se rinça les pieds et entra prendre une douche. Après moins de vingt-quatre heures, la maison procurait une sensation de familiarité rassurante. Elle écouta un podcast sur son ordinateur – d'une oreille distraite, il était question de l'esprit – et se lava les cheveux une deuxième fois car elle détestait la sensation de l'eau salée. Après s'être habillée, elle retrouva Clay qui sifflotait en rinçant les Tupperware pour en ôter le sable.

« Je vais faire des pâtes, déclara-t-elle.

– Les enfants sont dans la piscine, je vais foncer au supermarché pour acheter des céréales pour Archie. »

Il voulait dire qu'il allait foncer au supermarché, fumer une cigarette sur le parking, entrer, se laver les mains et ressortir après avoir acheté pour cent dollars de courses.

« Ils disent qu'il pourrait pleuvoir demain.

– Ça se sent presque. »

Une promesse dans l'air, ou une menace peut-être. Amanda avait emporté son ordinateur dans la cuisine pour continuer à écouter son podcast. Elle le posa sur le comptoir. « Prends quelque chose de sucré, d'accord ? Genre… une tarte. Ou bien de la glace ? » La veille au soir, dans l'ambiance post-coïtale, à moitié dans les vapes à cause du jacuzzi, ils en avaient mangé à eux deux un pot d'un demi-litre. « Et peut-être des tomates aussi. Ou une autre pastèque. Des fruits rouges. Je ne sais pas. Ce qui te semble bien. »

Il l'embrassa. Un geste inhabituel lorsque quelqu'un part juste faire quelques courses, mais adorable.

À travers la fenêtre, elle pouvait surveiller les enfants en faisant autre chose. Elle préleva le zeste du citron, qu'elle versa dans le beurre ramolli, et ajouta de l'ail émincé. Elle cisela le persil à l'aide des ciseaux de cuisine, il dégageait un parfum étonnamment puissant. Elle mélangea le tout en une crème épaisse. Les pâtes chaudes atténueraient le goût de l'ail.

Elle utilisa le robinet installé au-dessus de la cuisinière, prit du gros sel dans le garde-manger et se versa un verre de vin rouge. Elle eut un haut-le-cœur : vin rouge sur café noir. L'eau se mit à bouillir. Son attention avait dérivé. Au-delà de la piscine, à travers les bois qui bordaient la propriété, elle vit un cerf ; elle ajusta sa vision et en aperçut deux autres, plus petits. Une biche et ses petits ! Quelle coïncidence. Les animaux étaient prudents, flairant les broussailles à la recherche de… de quoi se nourrissaient les cerfs ? Elle eut honte de son ignorance.

Elle égoutta les pâtes, versa le beurre persillé au milieu, remit le couvercle et ouvrit la porte vitrée. Le fond de l'air s'était rafraîchi. Il allait pleuvoir, ou quelque chose allait se produire, et ils seraient obligés de passer la journée de demain enfermés. Il y avait des jeux de société, il y avait une télé, peut-être qu'ils regarderaient un film ; dans le garde-manger, un bocal en verre contenait des grains de maïs, peut-être qu'ils feraient du pop-corn et traînasseraient toute la journée.

« C'est l'heure de rentrer, vous deux. »

Archie et Rose étaient dans le jacuzzi, roses comme des homards en train de cuire.

Amanda insista pour qu'ils prennent un bain afin de chasser l'odeur de chlore. Elle se servit un deuxième verre de vin. Clay revint avec un grand nombre de sacs en papier.

« Je me suis un peu lâché. » Il paraissait penaud. « J'ai pensé qu'il allait peut-être pleuvoir demain. Et que je n'aurais pas envie de sortir. »

Amanda lui fit les gros yeux car elle sentait que c'était ce qu'on attendait d'elle. Dépenser un peu plus que d'habitude pour faire les courses n'allait pas les ruiner. C'était peut-être le vin. « OK, OK. Range tout ça qu'on puisse dîner. » Elle avait l'impression de bafouiller un peu.

Elle mit la table. Les enfants, fleurant la pâte d'amande (le savon du Dr Bronner, celui dans la bouteille verte), s'assirent. Fatigués, on ne faisait pas mieux, ils étaient dociles, presque polis, pas de rots, pas d'insultes. Archie aida même son père à débarrasser et Amanda s'allongea sur le canapé à côté de Rose, la tête posée sur les genoux chauds de sa fille. Elle n'avait pas l'intention de dormir, mais c'est ce qui lui arriva, gorgée de vin et de pâtes, lassée du bavardage de la télé. Perplexe lorsqu'elle fut réveillée vingt minutes plus tard par une publicité particulièrement criarde et une envie pressante de Rose. Elle avait la bouche sèche.

« Alors, tu as fait une bonne sieste ? » demanda Clay sur un ton taquin, non pas amoureux (il était encore rassasié), mais romantique, ce qui était encore mieux et plus rare. Ils s'étaient construit une belle vie, non ?

Amanda fit les mots croisés du *New York Times* sur son téléphone – elle avait peur de la démence sénile et trouvait cet exercice préventif –, et le temps s'écoula étrangement, comme lorsqu'il se comptait en minutes devant la télé. Si, la veille, elle avait été impatiente de consulter ses mails et de baiser avec son mari, ce soir il lui semblait important de traîner sur le canapé avec ses enfants. Archie à moitié endormi dans son sweatshirt à capuche trop grand. Rose, infantile, enveloppée dans le plaid en laine rêche disposé sur l'accoudoir du canapé. Clay leur servit des bols de crème glacée, puis vint les récupérer, et le lave-vaisselle tourna en produisant ses gargouillis rassurants. Les yeux de Rose paraissaient vides, et Archie bâilla bruyamment, si semblable à un homme tout à coup. Amanda les envoya au lit en leur ordonnant de se brosser les dents, sans toutefois monter la garde pour s'assurer qu'ils obéissaient.

Elle bâilla à son tour, assez fatiguée pour aller se coucher, mais sachant que si elle se levait du canapé elle ne dormirait pas. Clay changea de chaîne, s'arrêta un instant sur Rachel Maddow, puis passa à un thriller qu'aucun des deux ne parvint à suivre. Des inspecteurs de police et leurs proies.

« La télé, c'est débile. » Clay l'éteignit. Il préférait

jouer avec son téléphone. Il mit des glaçons dans un verre. « Tu veux boire quelque chose ? »

Amanda secoua la tête. « Non, c'est bon. »

Elle ne savait pas encore très bien quel interrupteur contrôlait quel éclairage. Elle en abaissa un au hasard. La piscine et les alentours s'illuminèrent sous des faisceaux blancs et purs qui traversaient le feuillage vert au-dessus. Elle éteignit la lumière et les choses retrouvèrent leur noirceur, qui paraissait plus normale, naturelle.

« Il faut que je boive de l'eau », dit-elle, ou pensa-t-elle, et elle se rendit dans la cuisine. Alors qu'elle remplissait un verre IKEA, elle perçut un grattement, un bruit de pas, une voix, quelque chose de bizarre, d'anormal. « Tu as entendu ? »

Clay marmonna ; il n'écoutait pas vraiment. Il examina les petits boutons sur le côté de son téléphone pour s'assurer que le son était coupé. « C'est pas moi.

– Non. » Elle but une gorgée d'eau. « C'était autre chose. »

Cela se reproduisit : un raclement de pieds, une voix, un murmure discret, une *présence*. Une perturbation, un changement. Quelque chose. Cette fois, Amanda n'eut plus aucun doute. Son cœur s'emballa. Elle était dégrisée, réveillée. Elle posa son verre sur le comptoir de marbre, en douceur ; il lui semblait important soudain de se déplacer furtivement.

« J'ai entendu quelque chose », chuchota-t-elle.

Dans des moments comme celui-ci, on faisait appel à Clay. Pour qu'il joue son rôle d'homme. Ça ne le gênait pas. Peut-être même que ça lui plaisait. Peut-être qu'il se sentait indispensable. Au bout du couloir, il entendait vaguement Archie qui ronflait comme un chien qui dort. « Sûrement un cerf dans le jardin.

– Il y a quelque chose. » Amanda leva la main pour

le faire taire. La peur lui laissait un goût métallique dans la bouche. « Je suis sûre d'avoir entendu quelque chose. »

C'était bien là, indéniable : un bruit. Une toux, une voix, un pas, une hésitation, cette certitude animale, inclassifiable, qu'il y a un autre représentant de l'espèce à proximité, et l'attente, lourde de sens, pour déterminer s'il vous veut du mal. On frappa à la porte. À la porte de cette maison où personne ne savait qu'ils se trouvaient, pas même le GPS, cette maison proche de l'océan, mais perdue en pleine campagne, cette maison de briques rouges peintes en blanc, le matériau choisi par le plus intelligent des trois petits cochons car il savait qu'il le protégerait. On frappa à la porte.

7

Que faire ? Amanda se figea, l'instinct de la proie. Ressaisis-toi.

« Va chercher une batte. »

La vieille solution : la violence.

« Une batte ? » Où trouverait-il une batte ? Depuis quand n'avait-il pas tenu une batte dans ses mains ? D'ailleurs, en avaient-ils une chez eux, et si oui, l'avaient-ils emportée en vacances ? Non. Mais quand avaient-ils décidé de renoncer à cette distraction américaine ? Dans le vestibule de leur appartement de Baltic Street, ils avaient un lot de parapluies plus ou moins cassés, une raclette à pare-brise, la crosse d'Archie, quelques prospectus qu'ils n'avaient jamais demandés, une liasse de bons de réduction dans une pochette en plastique imperméable qui ne se biodégraderait jamais. Le jeu de lacrosse provenait des Indiens, peut-être que c'était plus typiquement américain. Sur une console, sous une photo de Coney Island encadrée, était posé un objet en cuivre, un petit torque de bon goût, le genre de babiole fabriquée en Chine destinée à donner du caractère aux chambres d'hôtel ou aux appartements témoins. Il s'en saisit, mais s'aperçut qu'il ne pesait rien du tout. Et puis, qu'en ferait-il ? Allait-il l'empoigner pour assommer un inconnu ? Il était professeur.

« Je ne sais pas. » Le murmure d'Amanda était théâtral. Celui qui se trouvait de l'autre côté de la porte l'entendait certainement. « Qui ça peut-il bien être ? »

C'était ridicule. « Je ne sais pas. » Clay reposa le petit objet décoratif. L'art était impuissant à les protéger.

On frappa de nouveau. Et, cette fois, une voix d'homme prononça : « Excusez-moi. Bonsoir ? »

Clay ne pouvait pas imaginer qu'un tueur soit aussi poli. « C'est rien. Je vais ouvrir.

– Non ! » Amanda était assaillie par une terrible angoisse : une prémonition dans le pire des cas ; une bouffée de paranoïa sinon. Elle n'aimait pas ça.

« Calmons-nous. » Peut-être imitait-il inconsciemment des comportements vus dans des films. Il regarda sa femme jusqu'à ce qu'elle semble recouvrer son calme, comme font les dompteurs avec leurs lions : domination et contact visuel. Il n'y croyait pas vraiment. « Va chercher le téléphone de la maison. Au cas où. » C'était autoritaire et intelligent ; il était fier d'y avoir pensé.

Amanda se précipita dans la cuisine. Sur un bureau se trouvait un téléphone sans fil, un numéro avec un indicatif 516. Au cours de son existence, le téléphone sans fil avait été successivement une innovation et un objet obsolète. Ils en avaient encore un chez eux, mais personne ne s'en servait. Elle décrocha le combiné. Devait-elle appuyer sur le bouton, composer le 9, puis le 1 et attendre ?

Clay déverrouilla la porte et l'ouvrit. À quoi s'attendait-il ?

La lumière indiscrète du perron éclaira un homme, noir, beau, bien proportionné, quoique un peu petit peut-être, la soixantaine, au sourire chaleureux. Étonnant la vitesse à laquelle l'œil enregistre les choses : affable,

46

inoffensif ou immédiatement rassurant. Il portait une veste froissée, une cravate en tricot desserrée, une chemise à rayures et ces pantalons beiges que portent tous les hommes de plus de trente-cinq ans. Il leva les mains dans un geste qui se voulait conciliant ou qui signifiait : « Ne tirez pas. » Les Noirs de son âge maîtrisent bien ce geste.

« Je suis désolé de vous déranger. » Contrairement à la plupart de ceux qui prononcent ces mots, il semblait sincère. Il savait jouer la comédie.

« Oui ? » fit Clay comme s'il répondait au téléphone. Ouvrir la porte à un visiteur inattendu était pour lui une première. Dans la vie urbaine, il y avait uniquement le type qui venait livrer un colis d'Amazon, et celui-là devait sonner à l'interphone d'abord.

« Bonsoir ? dit-il.

– Je suis désolé de vous déranger. » L'homme possédait une voix rocailleuse, empreinte de la gravité d'un présentateur de journal télévisé. Cette qualité, il le savait, le faisait paraître plus sincère.

À côté de l'homme, légèrement en retrait toutefois, se tenait une femme, noire elle aussi, d'un âge indéterminé elle aussi, vêtue d'un tailleur en lin. « *Nous* sommes désolés », corrigea-t-elle. Un *nous* en italique, si souvent utilisé qu'il s'agissait forcément de son épouse. « Nous ne voulions pas vous faire peur. »

Clay rit, pour montrer que cette idée était ridicule. Peur ? Il n'avait pas peur. Elle ressemblait au genre de femme que l'on pourrait voir dans un spot publicitaire pour un traitement contre l'ostéoporose.

Amanda s'était arrêtée entre la cuisine et le vestibule, derrière une colonne, comme si cela lui offrait un avantage tactique. Elle n'était pas convaincue. Un appel d'urgence s'imposait peut-être. Des individus portant une cravate pouvaient très bien être des criminels. Elle n'était pas allée verrouiller les portes des chambres des enfants. Quelle mère était-elle ?

« Que puis-je pour vous ? » Était-ce ce qu'il fallait dire dans de telles circonstances ? Clay avait un doute.

L'homme se racla la gorge. « Nous sommes désolés de vous déranger. » Pour la troisième fois. Une incantation. Il enchaîna : « Je sais qu'il est tard. Quelqu'un qui frappe à la porte, par ici… » Il avait imaginé l'effet produit. Il avait répété son texte.

La femme prit le relais : « On ne savait pas si on devait frapper à la porte de devant ou à la porte latérale. » Elle rit pour bien montrer combien c'était absurde. Sa voix claire et audible laissait deviner des cours d'élocution, il y a longtemps. Un soupçon de Hepburn aux relents aristocratiques. « Je pensais que ce serait moins effrayant… »

Clay protesta, un peu trop. « Effrayant non, mais surprenant.

– Oui, bien sûr, bien sûr. » L'homme s'attendait à cette réaction. « Je lui ai dit qu'il fallait essayer la porte latérale. Comme elle est vitrée, vous nous auriez vu, et vous auriez su qu'on était juste… » Il acheva sa phrase par un haussement d'épaules qui voulait dire : « On ne vous veut aucun mal. »

« Moi, je pensais que ça serait encore plus bizarre. Ou effrayant. » La femme essayait de capter le regard de Clay.

Leur quasi-unisson avait le charme d'un duo de comédie, dans la veine de Powell et Loy. L'adrénaline de Clay vira à l'agacement. « Est-ce qu'on peut… vous aider ? »

Il n'avait pas entendu leur voiture, s'ils étaient venus

en voiture, mais comment auraient-ils pu venir autrement ?

Clay avait dit *on*, alors, serrant le téléphone dans sa main comme un enfant sa peluche préférée, Amanda s'avança dans le vestibule. Sans doute des automobilistes égarés, ou victimes d'une crevaison. Le rasoir d'Ockham et ainsi de suite. « Hello ! » Elle s'était obligée à prendre un ton enjoué, comme si elle les attendait.

« Bonsoir. » L'homme voulait souligner qu'il était un gentleman. Cela faisait partie du plan.

« Vous nous avez surpris. On n'attendait personne. » Amanda n'avait pas honte de le reconnaître. Elle estimait que cela pouvait la mettre en position de supériorité. En laissant sous-entendre : « C'est notre maison, qu'est-ce que vous voulez ? »

Le souffle du vent ressemblait à un chœur. Les arbres se balançaient, têtes baissées dans une posture d'abandon. Un orage approchait, ou il était déjà là, quelque part.

La femme frissonna. Son ensemble en lin ne la protégeait pas du froid. Elle paraissait pitoyable, vieille, mal préparée. Mais elle était intelligente ; elle misait là-dessus.

Clay ne pouvait s'empêcher de se sentir mal à l'aise ou impoli. Cette femme avait l'âge d'être sa mère, même si sa mère était morte depuis longtemps. Les bonnes manières sont un outil qui vous aide à affronter l'étrangeté de ce genre de situation.

« Vous nous avez pris au dépourvu. Mais qu'est-ce qu'on peut faire pour vous ? »

Le Noir regarda Amanda et son sourire se fit plus chaleureux. « Vous devez être Amanda. N'est-ce pas ? Je suis désolé, Amanda, mais… » Le vent tournoyait autour d'eux, traversait leurs vêtements d'été. L'homme répéta son prénom une troisième fois car il savait que ce serait efficace. « Amanda, vous croyez qu'on peut entrer ? »

8

Savoir reconnaître les gens était une des qualités d'Amanda. Elle offrait des cocktails aux apparatchiks de Minneapolis, de Columbus et de St. Louis qui la payaient. Elle se rappelait leurs noms et demandait des nouvelles de leurs familles. Elle en retirait une certaine fierté. Mais, quand elle regardait cet homme, elle voyait uniquement un Noir qu'elle n'avait jamais vu.

« Vous vous connaissez ! » Clay était rassuré. Le vent rebroussait les poils sur ses jambes.

« Nous n'avons pas eu le plaisir de nous rencontrer physiquement. » L'homme avait les manières d'un vendeur, ce qu'il était, en définitive. « Je m'appelle G. H. »

Ces deux lettres n'évoquaient rien pour Amanda. Elle se demanda s'il essayait d'épeler quelque chose.

« George », précisa la femme qui trouvait que le prénom entier était plus doux à l'oreille, or c'était un moment où ils devaient paraître humains. On ne pouvait jamais savoir qui était armé et prêt à défendre son territoire. « Il s'appelle George. »

Il se concevait comme George. Il se présentait comme G. H.

« George, oui. Je m'appelle George. Et c'est notre maison. »

La propriété faisait partie des réalités légales, et

Amanda s'était bercée d'illusions. Elle avait fait comme si cette maison était la leur !

« Pardon ?

– C'est notre maison, répéta-t-il. Nous avons échangé des mails… à ce sujet, n'est-ce pas ? » Il essayait de paraître ferme, mais sans brutalité.

Amanda se souvint alors : GHW@washingtongroup-fund.com. L'opacité formelle de ces initiales. Cette habitation était confortable, mais suffisamment anonyme pour qu'elle n'ait pas pris la peine d'imaginer ses propriétaires, et maintenant, en les voyant, elle savait que si elle avait essayé de les imaginer elle se serait trompée. À ses yeux, ce n'était pas le genre de maison où habitaient des Noirs. Mais que voulait-elle dire par là ?

« C'est… votre maison ? » Clay était déçu. Ils payaient pour avoir l'illusion d'être propriétaires. Ils étaient en vacances. Il ferma la porte, laissant le monde dehors, à sa place.

« Nous sommes vraiment désolés de vous déranger. » La femme avait toujours la main posée sur l'épaule de son mari. Ils étaient entrés, c'était un premier pas.

Pourquoi Clay avait-il fermé la porte et invité ces gens à entrer ? Il voulait toujours se coller aux choses de la vie, sans y être vraiment préparé. Amanda exigeait des preuves. Elle voulait voir le titre de propriété, une pièce d'identité. Ces personnes avec leurs vêtements débraillés étaient peut-être… même s'ils ressemblaient davantage à des évangélistes qu'à des criminels, des distributeurs de tract optimistes, venus porter la parole de Jéhovah.

« Vous nous avez fait une petite frayeur ! » Clay n'avait pas honte d'avouer sa couardise maintenant que le danger était passé. L'adjectif « petite » ne comptait pas et, surtout, c'étaient eux les fautifs. « Purée, il fait froid dehors d'un seul coup.

– Oui. » G. H. était aussi doué que n'importe qui pour prédire les réactions des autres. Mais cela prenait du temps. Ils étaient entrés, c'était le principal. « Un orage d'été. Il va peut-être passer. »

Quatre adultes debout face à face, mal à l'aise, comme durant les derniers instants qui précèdent une partouze.

Amanda était furieuse contre tout le monde, et particulièrement contre Clay. Elle tressaillit, convaincue que l'un des deux intrus allait dégainer une arme à feu, un couteau ou une exigence. Elle regrettait d'avoir posé le téléphone, mais comment savoir combien de temps mettrait la police locale pour atteindre leur belle maison au milieu des bois ? Elle ne daigna pas desserrer les lèvres.

G. H. était prêt. Il s'était préparé, il avait essayé de deviner comment ces gens réagiraient. « Je comprends que ça vous ait surpris, de nous voir débarquer comme ça, à l'improviste. »

« À l'improviste. » Amanda analysa cette expression. Celle-ci ne résistait pas à un examen approfondi.

« On aurait voulu vous appeler, mais les téléphones… »

Ils auraient voulu nous appeler ? Ces gens connaissaient-ils son numéro ?

« Je m'appelle Ruth. » La femme tendit la main. Tous les couples se répartissent les tâches en fonction de la force de chacun ; même, et surtout, dans des moments tels que celui-ci. Le rôle de Ruth consistait à serrer des mains et à mettre ces personnes à l'aise pour qu'ils obtiennent ce qu'ils désiraient.

« Clay. » Il lui serra la main.

« Et vous êtes Amanda. » Ruth sourit.

Amanda prit la main manucurée de l'inconnue. Si des cals étaient synonymes de travail honnête, la douceur, à l'inverse, impliquait-elle la malhonnêteté ?

« Oui, dit-elle.

– Et moi, donc, c'est G. H. Enchanté, Clay. »

Clay serra la main tendue avec un peu plus de force qu'en temps normal, comme s'il avait eu quelque chose à prouver.

« Amanda, ravi de vous rencontrer en vrai. »

Amanda croisa les bras. « Oui. Même si je dois avouer que je ne m'attendais pas à vous voir.

– Non, évidemment.

– Peut-être qu'on pourrait… s'asseoir ? »

Ils étaient chez eux, que pouvait bien dire Clay ?

« Avec plaisir. » Ruth eut un sourire d'épouse de politicien.

« S'asseoir ? Oui. Très bien. » Amanda essaya de communiquer quelque chose à son mari, mais un seul regard ne pouvait pas tout exprimer. « Dans la cuisine, alors. Sans faire de bruit, car les enfants dorment.

– Les enfants. Oui, bien sûr. J'espère qu'on ne les a pas réveillés. » G. H. aurait dû deviner qu'il y avait des enfants, mais cela jouait peut-être en leur faveur.

« Une explosion nucléaire ne réveillerait pas Archie. Je suis sûr que tout va bien. » Clay faisait son plaisantin, comme toujours.

« Je vais quand même aller vérifier. » Amanda, glaciale, essaya de laisser entendre qu'elle avait l'habitude d'aller voir régulièrement ses enfants qui dormaient.

« Ils vont bien. » Clay ne comprenait pas ce qu'elle manigançait.

« Je vais juste jeter un coup d'œil. Pendant ce temps, tu pourrais… » Ne sachant pas quoi dire, elle n'acheva pas sa phrase.

« Asseyons-nous. » Clay désigna les tabourets autour de l'îlot central.

« Clay, il faut que je vous explique. » G. H. considérait que c'était une tâche qui incombait à l'homme, comme louer une voiture pour une escapade loin de la ville. Il pensait qu'un autre mari comprendrait. « Comme je le disais, j'aurais voulu vous appeler. Nous avons essayé, d'ailleurs, mais il n'y a pas de réseau.

– Nous avons logé pas loin d'ici, un été, il y a deux ou trois ans. » Clay voulait montrer qu'il possédait une certaine connaissance des lieux. « Impossible de capter le moindre signal la plupart du temps.

– Exact », confirma G. H. Il s'était assis et avait posé les coudes sur le marbre, penché en avant. « Mais je ne suis pas sûr que le problème provienne de là ce soir.

– Comment ça ? » Clay sentait qu'il devrait leur offrir quelque chose. N'étaient-ils pas leurs invités ? Ou était-ce l'inverse ? « Je peux vous proposer un verre d'eau ? »

Au fond du couloir, Amanda se servit de son téléphone comme d'une lampe. S'étant assurée qu'Archie et Rose existaient toujours, perdus dans le sommeil insouciant de l'enfance, elle s'attarda, hors de vue, tendant l'oreille pour capter ce qui se disait dans la cuisine pendant qu'elle essayait de convaincre son téléphone de coopérer. Elle le contempla comme s'il s'agissait d'un miroir, mais il ne la reconnut pas – le couloir était peut-être trop sombre – et il ne s'anima pas. Amanda appuya sur le bouton d'accueil et l'écran s'éclaira pour afficher une alerte info, le *T* à peine lisible du *New York Times* et juste quelques mots : « Grave panne de courant sur la côte Est des États-Unis. » Elle tapota sur le lien, qui refusa de s'ouvrir. Il n'y avait que l'écran blanc de la machine pensante.

Une variété particulière d'irritation. Elle ne pouvait pas être en colère, pourtant elle l'était.

« Ce soir, nous étions allés écouter une symphonie, expliquait G. H. Dans le Bronx.

— George fait partie du conseil d'administration du Philarmonic… » Fierté conjugale, on n'y pouvait rien. Son mari et elle estimaient qu'il fallait rendre ce qu'on avait reçu. « Pour encourager les gens à s'intéresser à la musique classique… » Ruth insistait un peu trop.

Amanda entra dans la cuisine.

« Les enfants vont bien ? » Clay n'avait pas compris que c'était un prétexte.

« Oui, ils vont bien. » Amanda voulait montrer son téléphone à son mari. Elle n'en savait pas plus que cette dizaine de mots, mais ce n'était pas négligeable, et cela leur offrait un avantage sur ces gens.

« On rentrait chez nous. Dans le centre. Quand il s'est passé quelque chose. »

G. H n'essayait pas de rester vague exprès. Même dans la voiture, Ruth et lui n'en avaient pas dit un mot. Ils avaient peur.

« Un blackout ! annonça Amanda, triomphalement.

— Comment le savez-vous ? » G. H. était surpris. Il pensait avoir à expliquer. Ils avaient conduit dans l'obscurité la plus totale, jusqu'à ce que soudain, à travers les arbres, il aperçoivent la lueur de leur propre maison. Ils n'en croyaient pas leurs yeux, ça ne tenait pas debout, mais ils se fichaient de la logique. De la lumière et sa sécurité. Un soulagement.

« Un blackout ? » Clay s'était attendu à quelque chose de plus grave.

« J'ai reçu une alerte. » Amanda sortit son téléphone de sa poche et le posa sur le comptoir.

« Que disait-elle ? » Ruth voulait des informations.

Elle l'avait vu de ses propres yeux, pourtant elle ne savait rien. « Ils expliquaient pourquoi ?

– Non, juste ça : un blackout sur la côte Est. »

Elle regarda l'écran de son téléphone, mais l'alerte avait disparu et elle ne savait pas comment la faire réapparaître.

« Il y a beaucoup de vent dehors. » Pour Clay, la relation de cause à effet était claire.

« C'est la saison des ouragans. Est-ce qu'ils n'ont pas annoncé un ouragan ? »

Amanda ne s'en souvenait pas.

« Un blackout. » G. H. hocha la tête. « C'est bien ce qu'on pensait. Et on habite au quatorzième étage.

« Tous les feux rouges devaient être éteints. Ce devait être le chaos. » Ruth ne voulait même pas se donner la peine d'entrer dans les détails. New York était la chose la plus contre nature qui fût, une accumulation d'acier, de verre et de capital ; et la lumière était indispensable à son existence. Une ville sans électricité était comme un oiseau sans ailes, un accident de l'évolution.

« Un blackout ? » Clay avait l'impression de proposer ce mot à quelqu'un qui l'avait oublié. « Il y a eu un blackout ? Ça ne me semble pas si grave. »

Amanda ne gobait pas cette histoire. Ça ne paraissait pas crédible. « Il y a de la lumière ici. »

Elle avait raison, évidemment. Néanmoins, tout le monde leva les yeux vers les suspensions au-dessus de l'îlot : quatre personnes en quête d'hypnose. Impossible d'expliquer l'électricité, ni sa présence ni son absence. Ses paroles étaient-elles une manifestation d'*hubris* ? Le vent fit trembler la fenêtre au-dessus de l'évier. Dans la seconde qui suivit, les lumières tremblotèrent. Pas une fois ni deux, mais quatre fois, tel un message en morse qu'ils devaient déchiffrer, ou une succession d'éclairs de flash, mais elles tinrent bon, elles résistèrent, elles maintinrent la nuit à distance. Tous les quatre avaient retenu leur souffle ; ils le relâchèrent en même temps.

9

« Nom de Dieu ! » Au blasphème s'ajoutait la futilité. Car Dieu se contrefichait de Clay. Mais le courant ne fut pas coupé. Clay imaginait déjà Amanda et l'autre femme (elle s'appelait comment, déjà ?) en train de hurler. Il aurait été obligé de les raisonner : une nuit venteuse, un coin perdu de Long Island. Le monde était si vaste que la majeure partie en était lointaine. On pouvait l'oublier à force de vivre en ville. L'électricité était un miracle. Ils devraient être reconnaissants.

« Tout va bien, dit G. H., à lui-même et à sa femme.

– Donc, il y a eu un blackout et vous êtes venus jusqu'ici ? » Amanda avait du mal à le concevoir. Manhattan était si loin. Ça ne tenait pas debout.

« Ces routes, on les connaît comme notre poche. Je n'ai presque pas réfléchi. Quand on a vu toutes les lumières s'éteindre, j'ai regardé Ruth… » G. H. ne savait pas comment expliquer ce qu'il ne comprenait pas très bien lui-même.

« On s'est dit qu'on pourrait loger ici », ajouta Ruth. Inutile de tourner autour du pot. Ruth avait toujours été directe.

« Vous vous êtes dit que vous pourriez loger ici ? » Amanda savait bien que ces gens voulaient quelque chose. « Mais c'est nous qui logeons ici !

– On savait qu'il serait impossible de rentrer à Manhattan. Et qu'on ne pourrait pas monter quatorze étages à pied. Alors on est venus ici, on s'est dit que vous comprendriez.

– Bien sûr. » Clay comprenait.

Amanda regarda son mari. « Ce qu'il veut dire, c'est que nous comprenons, évidemment. » Vraiment ? Et s'il s'agissait d'une arnaque ? De parfaits inconnus s'introduisaient dans la maison, dans leurs vies.

« C'est une surprise, je sais. Mais peut-être que vous pourriez… C'est notre maison. Nous voulions être dans notre maison. À l'abri. Le temps de comprendre ce qui se passe. » Même si G. H. faisait preuve de franchise, il donnait encore l'impression de vendre quelque chose.

« Heureusement qu'il y avait de l'essence dans la voiture, ajouta Ruth. Mais sincèrement, je ne sais pas si on pourrait aller beaucoup plus loin.

– Il n'y a pas d'hôtels ? » Amanda essayait de ne pas paraître malpolie, et elle savait que c'était loupé. « Nous avons loué cette maison. »

Clay réfléchissait. Il ouvrit la bouche pour dire quelque chose. Il était convaincu.

« Bien sûr ! Vous avez loué cette maison. » G. H. savait qu'ils en viendraient à parler d'argent car la plupart des conversations se terminent de cette façon. Et l'argent, c'était son domaine. Pas de problème. « Nous pourrions vous offrir quelque chose, évidemment. Pour le dérangement.

– Nous sommes en vacances. » Amanda estimait que le mot *dérangement* était trop faible. Ça ressemblait à un euphémisme. La promptitude avec laquelle il avait évoqué la question financière accentuait l'aspect malhonnête de la chose.

G. H. avait des cheveux gris, des lunettes à monture

d'écaille et une montre en or. Il avait de la présence. Il dépassait tous les autres sur son tabouret. « Clay. Amanda. » C'était une tactique qu'il avait apprise dans son école de commerce (à Cambridge) : à quel moment utiliser les prénoms. « Je pourrais vous rembourser, bien évidemment.

– Vous voulez qu'on s'en aille ? En pleine nuit ? Mes enfants dorment. Vous débarquez ici et vous parlez de nous rembourser ? Je pourrais appeler la plate-forme. Est-ce que vous avez le droit de faire ça, d'abord ? » Amanda alla chercher son ordinateur dans le salon. « Il y a peut-être un numéro de téléphone sur le site…

– Je ne vous demande pas de partir ! s'esclaffa G. H. Nous pourrions vous rembourser… disons la moitié de ce que vous avez payé ? Nous avons un petit logement au sous-sol.

– La moitié ? » Clay était séduit par la perspective de s'offrir des vacances au rabais.

« Je crois qu'il vaut mieux consulter les termes du contrat… » Amanda ouvrit son ordinateur. « Évidemment, ça ne fonctionne pas. Peut-être qu'il faut réinitialiser le Wi-Fi.

– Laisse-moi essayer. » Clay tendit la main vers l'ordinateur de sa femme.

« Je n'ai pas besoin de ton aide, Clay. » Elle n'aimait pas ce sous-entendu d'incompétence. L'un et l'autre côtoyaient la jeunesse – des étudiants dans le cas de Clay, une assistante et des stagiaires dans le cas d'Amanda – et tous les deux avaient subi cette inversion humiliante : observer, enregistrer, imiter. Comme des jeunes enfants qui se déguisent en grandes personnes. Une fois passé un certain âge, c'était ainsi que vous appreniez. Vous deviez dominer la technologie si vous ne vouliez pas qu'elle vous domine. « Je suis hors connexion.

– On a entendu le système de diffusion d'urgence. » Pour Ruth, cela expliquait un tas de choses. « J'ai eu l'idée d'allumer la radio : "Vous êtes à l'écoute du système de diffusion d'urgence." » Son ton était moqueur, mais il rendait bien les intonations. « Pas "ceci est un test", comme d'habitude, vous comprenez ? J'avais toujours entendu "ceci est un test", du coup je n'ai pas fait attention au départ, et puis j'ai vraiment écouté et j'ai entendu plusieurs fois le message : "Vous êtes à l'écoute du système de diffusion d'urgence."

– D'urgence ? » Amanda essayait de rester logique. « Oui, évidemment. Un blackout, c'est une sorte d'urgence.

– Assurément. C'est une des raisons pour lesquelles nous avons jugé préférable de regagner notre maison. Cela pouvait devenir dangereux là-bas. » G. H. plaidait sa cause.

« Nous avons signé un contrat de location. » Amanda évoquait la loi. Hélas, pour le moment, le document en question était archivé dans le cyberespace, sur quelque étagère inaccessible. Toute cette histoire lui paraissait louche, sans qu'elle puisse expliquer pourquoi.

« Vous permettez ? » G. H. repoussa son tabouret et marcha jusqu'au secrétaire. Il sortit ses clés de voiture de sa poche de blazer et déverrouilla un tiroir. Il en sortit une enveloppe, du genre de celles qu'utilisent les banques, et fit défiler rapidement les billets qu'elle contenait.

« Nous pourrions vous donner mille dollars tout de suite. Pour la nuit ? Cela représente presque la moitié de ce que vous payez pour la semaine, je crois ? »

Clay essaya de se contrôler, mais il éprouvait toujours

une émotion particulière quand il voyait une grosse somme d'argent. Il avait envie de la compter. Cette enveloppe s'était trouvée dans un tiroir de meuble, dans la cuisine, pendant tout ce temps ? Une cigarette s'imposait.

« Mille dollars ?

– Dehors, c'est le chaos. » Ruth tenait à le leur rappeler. Elle trouvait immoral de devoir les payer, mais elle ne s'attendait pas à autre chose.

« À vous de décider. » G. H. savait se montrer persuasif. « Nous vous serons très reconnaissants, bien entendu. Et nous saurons vous le prouver. Demain, nous en apprendrons un peu plus. Et nous trouverons une solution. »

Il ne s'engageait pas à partir, c'était à noter.

Clay continuait à examiner l'ordinateur de sa femme. « Apparemment, ça ne répond pas. »

Son intention était louable. Il voulait être celui qui leur montrerait que le monde continuait à tourner tant bien que mal, que les gens continuaient à photographier leurs verres de spritz et à tweeter des invectives visant la gestion calamiteuse des transports publics. Depuis que cette alerte avait été publiée, un journaliste intrépide avait certainement tout démêlé. Clay entendait toujours souffler le vent, qu'il jugeait responsable. C'était toujours la faute d'une circonstance anodine.

« Quoi qu'il en soit, je pense qu'une nuit…

– Peut-être que nous pourrions en discuter tous les deux. » Amanda ne voulait pas laisser ces gens sans surveillance.

« Bien sûr. » G. H. hocha la tête comme si c'était tout à fait normal. Il posa l'enveloppe bien remplie sur le plan de travail.

« OK. » Clay était agacé. Il ne voyait pas de quoi sa

femme voulait discuter, à part de ce gros paquet de fric.

« Peut-être qu'on pourrait aller à côté, alors ?

– Dites, ça ne vous ennuie pas si on se sert un petit verre en attendant ? »

Clay secoua la tête.

G. H. utilisa la même clé pour ouvrir un placard haut et étroit à côté de l'évier. Il fouilla à l'intérieur.

« On revient tout de suite. Faites comme… » Amanda n'acheva pas sa phrase, ça lui semblait idiot.

10

Il faisait plus frais dans leur chambre, ou peut-être l'impression de froid était-elle venue avec eux.

« Pourquoi tu leur as dit qu'ils pouvaient rester ? » Amanda était en colère. Pour Clay, ça tombait sous le sens.

« Il y a un blackout. Ils ont pris peur. Ils sont vieux. » Il avait prononcé ce dernier mot à voix basse, car souligner ce fait lui semblait irrespectueux.

« Ce sont des inconnus. » Elle avait dit cela comme si elle s'adressait à un demeuré. Personne ne l'avait jamais mis en garde contre les inconnus ?

« Ils se sont présentés.

– Ils ont frappé à la porte en pleine nuit. » Amanda n'arrivait pas à croire qu'ils avaient cette discussion.

« Au moins, ils n'ont pas enfoncé la porte… » N'en avaient-ils pas le droit ?

« Ils m'ont flanqué la trouille. » Maintenant que la peur était passée, Amanda pouvait l'admettre. C'était une insulte. Le culot de ces gens : oser l'effrayer !

– Ils m'ont fait peur à moi aussi. » Clay minimisait la chose. C'était de l'histoire ancienne. « Mais ils sont un peu effrayés eux aussi, je pense. Ils ne savaient pas quoi faire d'autre. »

Le thérapeute qu'ils avaient consulté, une seule et

unique fois, avait encouragé Amanda à ne pas éprouver de colère lorsque Clay ne se comportait pas comme elle-même l'aurait fait. On ne peut pas reprocher aux gens ce qu'ils sont ! Néanmoins, elle le jugeait responsable. Clay se laissait avoir trop facilement, il répugnait à se défendre.

« Eh bien ils auraient pu aller à l'hôtel.

– C'est leur maison. » Même si ces jolies pièces semblaient leur appartenir, ce n'était pas le cas. Il fallait respecter cette réalité, estimait Clay.

« On l'a louée, poursuivit Amanda à voix basse. Que vont dire les enfants ? »

Clay ne pouvait deviner ce que diraient les enfants, ni même s'ils diraient quoi que ce fût. Les enfants ne s'intéressent qu'à ce qui les affecte directement, et peu de choses les affectent. La présence d'étrangers dans la maison entraînerait peut-être un meilleur comportement de leur part, mais même ça, ce n'était pas certain. Ils étaient capables de se chamailler, de dire des gros mots, de roter et de chanter devant n'importe qui.

« Et si ces gens nous assassinent ? » Amanda sentait que son mari ne l'écoutait pas.

« Pourquoi ils nous assassineraient ?

Il était plus difficile de répondre à cette question. « Pourquoi assassine-t-on quelqu'un ? Je n'en sais rien. Rituel satanique ? Pulsion obsessionnelle ? Vengeance ? Est-ce que je sais !

Clay éclata de rire.

« Ils ne sont pas là pour nous assassiner !

– Tu ne lis pas le journal ?

– C'était dans le journal ? Un couple de vieux Noirs rôde à Long Island pour assassiner les vacanciers sans méfiance ?

– On ne leur a demandé aucune preuve. Je n'ai même pas entendu leur voiture. Et toi ?

– Non, moi non plus. Mais il y a du vent. Et on regardait la télé. C'est peut-être pour ça qu'on ne l'a pas entendue.

– Ou peut-être qu'ils sont arrivés à pied. Pour… je ne sais pas. Pour nous égorger.

– Calmons-nous, voyons…

– C'est un coup monté.

– Tu penses qu'ils ont envoyé une fausse alerte sur ton téléphone ? Je n'ai pas eu l'impression que c'étaient des criminels aussi sophistiqués.

– Tout ça me semble un peu improvisé, voilà tout. Et louche. Ils veulent passer la nuit ici avec nous ? Ça ne me plaît pas. Rose dort au bout du couloir. Un inconnu… Imagine qu'il s'introduise en douce… Je ne veux même pas y penser.

– Mais tu n'imagines même pas qu'il puisse agresser Archie. Écoute-toi, Amanda.

– C'est une fille ! Et je suis sa mère. Je suis censée la protéger. Et je n'aime pas du tout cette histoire. Je crois que ce n'est pas leur maison.

– Il avait les clés.

– En effet. » Elle baissa encore la voix. « Et si c'était l'homme à tout faire ? Et elle la femme de ménage ? Et si c'était une arnaque, et le blackout, ou je ne sais quoi, une simple coïncidence ? »

Au moins, elle avait honte de son hypothèse, comme il convenait. Mais ces gens ne ressemblaient pas aux propriétaires d'une maison pareille. En revanche, ils pouvaient très bien l'entretenir.

« Il a sorti l'enveloppe du tiroir.

– Un tour de passe-passe. Qui te dit que le tiroir était fermé à clé ? Peut-être qu'il a fait semblant de l'ouvrir.

– Je ne vois pas ce que ça leur rapporte de nous donner mille dollars. »

Amanda prit son téléphone pour googler G. H. Ce Washington groupfund.com lui paraissait être une raison sociale trop opaque, sans doute frauduleuse. Mais son téléphone n'avait rien à lui offrir. Et sa fille qui dormait au bout du couloir !

« Et puis sa tête me dit quelque chose. Vraiment.

– Moi, je ne l'ai jamais vu.

– Tu n'es pas physionomiste. » Clay ne reconnaissait jamais les profs des enfants, et très souvent il croisait des voisins de longue date dans la rue sans les saluer. Elle savait qu'il aimait y voir la preuve qu'il était plongé dans ses pensées, alors qu'en réalité c'était juste un manque d'attention. « Je ne crois pas à ce bobard de système de diffusion d'urgence. On venait de regarder la télé !

– C'est facile à vérifier. »

Clay emprunta le petit couloir et pointa la télécommande sur l'écran fixé au mur. Il avait espéré (plus que ça, même) y diffuser du porno. Pour ajouter un peu de piment. Mais il avait du mal à maîtriser la technologie ; il fallait que la télé et l'ordinateur coopèrent. L'écran s'alluma. Et afficha un néant bleu numérique.

« Bizarre, dit-il.

– Tu es sur le bon canal ?

– Je l'ai regardée ce matin. À mon avis, il y a une panne.

– Mais ce n'est pas le système de diffusion d'urgence. Le satellite est certainement HS. Ça doit être le vent. » Amanda refusait de se laisser convaincre, justement parce qu'elle sentait que ces gens essayaient de les convaincre. C'était malhonnête.

« D'accord, c'est un bug. Mais ils disent qu'ils ont

entendu le message à la radio. L'un n'empêche pas l'autre.

– Pourquoi tu te donnes autant de mal pour croire tout le monde, sauf ta femme ?

– J'essaie juste de te calmer. Je ne dis pas que je ne te crois pas, mais… » Il hésitait. Il ne la croyait pas.

« Il se passe quelque chose. » N'était-ce pas la trame de la théorie des six degrés de séparation ? Ils ont laissé entrer ces gens parce que ceux-ci sont noirs. C'est une façon de montrer qu'ils ne prennent pas tous les Noirs pour des criminels. Un criminel noir rusé pourrait en tirer parti !

– Ou bien ce sont deux personnes âgées qui ont besoin d'un toit pour la nuit. On les flanquera dehors demain matin.

– Je ne pourrai pas dormir avec des inconnus dans la maison !

– Oh, allons. » De fait, Clay s'interrogeait. Les mille dollars étaient peut-être une ruse, ou bien cette maison abritait quelque chose de beaucoup plus précieux. Il avait du mal à raisonner.

« Je l'ai déjà vu, je te dis. » Amanda éprouvait la frustration que l'on ressent quand un mot nous échappe. Et s'il s'agissait d'une vengeance ? De la part d'un homme qu'elle aurait froissé des années plus tôt ?

Clay savait qu'il n'était pas physionomiste. Et il savait que, peut-être, il avait encore plus de mal avec les visages noirs. Il refusait de dire « ils se ressemblent tous », mais on avait prouvé, biologiquement, scientifiquement, que les gens reconnaissaient plus facilement les personnes de la même race qu'eux. Alors ce n'était pas raciste d'affirmer qu'un milliard de Chinois se ressemblaient plus à ses yeux qu'entre eux, n'est-ce pas ?

« Je ne pense pas qu'on le connaisse. Et je ne pense

pas qu'il va nous assassiner. » Mais il sentait maintenant l'aiguillon du doute. « Je pense qu'il faut les accueillir pour la nuit. C'est normal.

– Je veux voir les preuves. » Impossible de formuler une telle exigence, évidemment. « Nous aussi on a des clés, je veux dire. Peut-être qu'ils ont loué la maison avant nous.

– C'est leur résidence secondaire. Elle n'apparaîtra pas sur leur permis de conduire. Je vais aller leur parler. Si j'ai une mauvaise impression, on leur dira : désolés, cet arrangement ne nous plaît pas. Sinon, je pense qu'on devrait les héberger. Ils sont vieux.

– J'aimerais partager ta confiance envers les autres. » En vérité, Amanda ne lui enviait pas ce trait de caractère.

« C'est la meilleure conduite à tenir. » Clay savait que cet argument ferait mouche : pour sa femme, il était important, non pas nécessairement d'agir selon la morale, mais d'être le genre de personne qui en était capable. La moralité était de la vanité, tout compte fait.

Amanda croisa les bras. Elle avait raison, en ce sens qu'elle ne connaissait pas toute l'histoire, Clay non plus, pas plus que ces deux personnes dans la cuisine, ou le rédacteur en chef adjoint qui, voyant passer la nouvelle, avait envoyé l'alerte aux millions de personnes nanties de l'application du *New York Times* sur leurs portables. Le vent soufflait fort, mais même sans cela, sans doute étaient-ils trop loin du couloir aérien pour entendre les premiers avions envoyés sur la côte, conformément au protocole dans ce genre de situation.

« On va jouer les bons Samaritains. » Et Clay éteignit la télé, préférant s'abstenir de mentionner les mille dollars.

11

Tout ce qui s'était passé le matin même paraissait lointain, comme une histoire qu'on aurait racontée à Clay jadis, au sujet de quelqu'un d'autre. Il distinguait faiblement les serviettes de plage qui séchaient sur la rambarde dehors, analogues au pincement censé vous réveiller quand vous croyez rêver. Il retourna dans la cuisine, Amanda sur ses talons. Les deux inconnus y vaquaient comme chez eux, ce qui était peut-être le cas.

« Je nous ai servi à boire. J'ai estimé que ça s'imposait. » G. H. montra le verre qu'il tenait dans sa main. « Notre réserve personnelle. Je serai ravi de vous y faire goûter. »

Il avait laissé un placard entrouvert et Clay aperçut à l'intérieur des bouteilles d'Oban, du vin, et cette tequila hors de prix dans une bouteille en cristal. Il avait fait l'inventaire de la cuisine, pourtant. Avait-il omis ce placard, ou était-il fermé à clé ? « Je crois que je vais dire oui. »

G. H. lui servit un verre. « Glace ? »

Clay secoua la tête et prit le verre qu'on lui tendait. Il s'assit devant l'îlot central. « C'est très gentil, merci.

– C'est la moindre des choses ! » L'homme fit entendre un rire sans joie.

S'ensuivit un silence, comme s'ils avaient décidé d'honorer la mémoire d'une personne disparue.

« Je vais vous demander de m'excuser, dit Ruth.

– Bien sûr. » Clay ne savait pas quelle réponse on attendait de lui. Elle ne lui demandait pas la permission, et ce n'était pas à lui de la lui accorder.

Amanda regarda la femme quitter la pièce. Elle se versa un verre du vin ouvert précédemment, car elle ne savait pas trop quoi faire d'autre. C'était son vin, le vin qu'elle avait acheté. Elle alla s'asseoir à côté de son mari. « C'est une belle maison. » Quelle idée d'émettre des banalités à cet instant.

G. H. hocha la tête. « Nous l'adorons. Je suis content de savoir que vous aussi.

– Vous l'avez depuis longtemps ? » Amanda espérait le piéger en l'interrogeant.

« Nous l'avons achetée il y a cinq ans. Et nous avons dépensé pas mal d'argent dans la rénovation, qui a duré presque deux ans. Mais maintenant, c'est notre chez nous. Un chez nous loin de chez nous.

– Où vivez-vous à New York ? » Clay savait entretenir la conversation lui aussi.

« Park Avenue, entre la 81e et la 82e. Et vous ? »

Clay était impressionné. L'Upper East Side n'était pas un quartier cool, mais il restait sacré. Ou bien il était tellement pas cool qu'il en devenait cool. Amanda et lui habitaient depuis si longtemps au même endroit qu'il ne comprenait plus rien aux règles du sport local : l'immobilier. Mais il avait été invité dans des appartements sur Park Avenue, dans le haut de la 5e ou dans Madison. C'était toujours irréel, comme dans un film de Woody Allen. « On habite à Brooklyn. Carroll Gardens.

– Cobble Hills, en réalité », corrigea Amanda. Elle

trouvait cela plus respectable. Une meilleure riposte à cette adresse dans Uptown.

« Tout le monde veut habiter là maintenant, on dirait. Les jeunes. J'imagine que vous avez plus d'espace que nous.

– De l'espace, vous n'en manquez pas ici, à la campagne », répondit Amanda pour lui remettre en mémoire ce qu'elle considérait comme un subterfuge.

« C'est essentiellement pour cela que nous avons acheté cette maison. Les week-ends, les vacances. Quitter la ville et profiter de l'air pur. Il est tellement différent ici.

« J'aime beaucoup ce que vous en avez fait. » Amanda caressa le plan de travail comme si c'était un animal domestique.

– Nous avions un formidable entrepreneur. La plupart des détails, c'est à lui que nous les devons. »

De retour de la salle de bains, Ruth s'arrêta dans le salon pour allumer la télé. L'écran affichait cette teinte de bleu vintage qui datait d'une ère technologique plus simple, et des lettres blanches importantes : système de diffusion d'urgence. Il y eut un bip, puis un sifflement discret, un bruit qui n'en était pas vraiment un, puis un second bip. Ils se succédaient maintenant. Il n'y avait plus que cela, réguliers sans être rassurants. Les trois autres entrèrent à leur tour dans le salon pour voir de leurs propres yeux.

« Pas d'infos, donc », dit Ruth, avant tout pour elle-même.

Amanda était sceptique. « Sûrement un test du système de diffusion d'urgence.

– Ils le diraient si c'était le cas », répondit Ruth. En toute logique. « Vous voyez ? »

Ils voyaient.

« Changez de chaîne. » Clay gardait la foi. « On venait juste de regarder une émission ! »

Ruth fit défiler tous les canaux disponibles : 101, 102, 103, 104. Puis, plus vite : 114, 116, 122, 145, 201. Toujours cet écran bleu, et ces mots qui n'avaient aucun sens.

« Je suis sûr que ce n'est rien. » Clay regarda les livres d'art soldés et les vieux jeux de société sur les étagères encastrées. « S'il y avait plus de choses à savoir, ils nous le diraient. »

Ipso facto.

« La télé par satellite, c'est très aléatoire. Mais impossible de les convaincre d'installer le câble par ici. Alors, c'est la seule option. » Ruth voulait que la maison soit loin de tout. C'était elle qui avait rédigé l'annonce sur Airbnb, et elle était sincère. Cette maison était un lieu à l'écart du monde, ce qui faisait son principal attrait.

« Le vent est assez fort pour la faire tomber en panne. » G. H. s'assit dans un des fauteuils. « La pluie aussi. Ce n'est pas rassurant de savoir que la pluie peut affecter un satellite. Mais c'est la vérité. »

Clay haussa les épaules. « Donc, il y a un problème. Le problème, c'est qu'il n'y a plus d'électricité à New York. Mais ici, il y en a encore, même si on n'a plus de télé ni Internet. Ça doit vous réconforter, j'imagine ? Vous avez bien fait de quitter la ville… Là-bas, ça doit être la pagaille. »

Amanda n'y croyait pas, pourtant elle s'interrogeait. Devaient-ils remplir la baignoire ? Trouver des piles, des bougies, des vivres ?

« Je pense que vous devriez rester ici cette nuit. » Clay avait obtenu suffisamment de preuves. « Demain, on essaiera de savoir ce qui se passe. »

Amanda n'avait rien à dire au sujet du système de diffusion d'urgence.

« Un blackout, ça peut être sérieux. Ça pourrait être le symptôme d'un événement plus grave. » Ruth avait eu quatre-vingt-dix minutes pour réfléchir et elle voulait le faire savoir. « Cela pourrait être des retombées atomiques. Un attentat terroriste. Une bombe.

– Ne nous laissons pas entraîner par notre imagination. » Clay avait un goût sucré dans la bouche à cause de l'alcool.

« Une bombe ? » répéta Amanda, incrédule.

G. H. ne voulait pas réclamer, pourtant il le fallait. « Désolé de vous importuner, mais nous n'avons pas dîné. Juste quelques crackers et du fromage avant le concert. »

Tout ce petit monde retourna dans la cuisine. Clay sortit du réfrigérateur le reste de pâtes, demeuré dans la casserole. Il prenait soudain conscience du désordre qui régnait dans la pièce : ils s'étaient laissés aller comme chez eux.

« Mangeons quelque chose », dit-il comme si l'idée venait de lui. Les professeurs étaient rompus à cette technique: prendre un commentaire perspicace formulé en classe pour le transformer en fait établi.

Ruth remarqua la vaisselle sale dans l'évier. Elle fit semblant de ne pas être dégoûtée. « Une bombe artisanale à Times Square ? Ou une attaque coordonnée contre les centrales électriques ? » Elle ne s'était jamais considérée comme une personne imaginative, mais elle se découvrait un certain flair dans ce domaine. Cela s'apparentait à de la paranoïa seulement si vous aviez tort. Quand on pensait à tout ce qui avait été fait, puis oublié au cours de leurs vies… ou même de cette dernière décennie.

« Ne spéculons pas. » G. H. était raisonnable.

Quelqu'un avait laissé la pince à pâtes dans la casserole. Le métal était froid au toucher. Clay remplit quatre bols, qu'il passa au micro-ondes l'un après l'autre.

« Où sont les centrales électriques à New York ? » Il y avait tellement de choses qu'on ignorait dans la vie, même quand on était aussi intelligent que lui. Clay trouvait cela magnifique, ou lourd de sens. « Dans le Queens, je suppose. Ou près du fleuve ?

– Un type fait exploser une valise à Times Square. Ses amis font la même chose dans les centrales électriques. Le chaos synchronisé. Les ambulances ne pourraient même pas circuler dans les rues si tous les feux étaient éteints. Les hôpitaux ont-ils des groupes électrogènes au moins ? »

Ruth accepta un bol de pâtes. Ne sachant pas quoi faire d'autre, elle mangea. D'autant qu'elle avait faim. Les pâtes étaient trop chaudes, mais bonnes, et elle ne savait pas trop pourquoi elle devait en éprouver de la rancœur.

« C'est très aimable à vous. »

Amanda produisit un bruit de succion involontaire. Elle était affamée soudain. Les plaisirs sensuels vous rappelaient que vous étiez vivant. Et puis, quand elle buvait trop, cela lui ouvrait l'appétit. « Ce n'est pas grand-chose. »

G. H. sentait déjà les effets de la nourriture sur son organisme. « Elles sont délicieuses, merci.

– C'est le beurre salé. » Amanda éprouvait le besoin de fournir des explications car elle ne savait pas très bien si elle était hôte ou invitée. Elle aimait que le rôle qu'on lui demandait de jouer soit clair. « Européen, en forme de cylindre. La recette est simplissime. »

Elle pensait que cela pourrait dissiper la gêne. Elle

avait un peu honte de servir ce plat à des inconnus. Une improvisation qui avait fini par devenir un élément de son répertoire. Elle aimait imaginer un été futur, dans une autre maison de location ; les enfants rentrés de Harvard et de Yale lui réclamant ce plat particulier qui leur rappelait leur enfance ensoleillée.

« En vacances, je n'aime pas me compliquer la vie. Burgers. Pancakes. Ce genre de menu.

– Je vais faire la vaisselle. » Ruth se disait que remettre de l'ordre dans sa cuisine l'apaiserait. Et puis, c'était une question de politesse.

« Enfin, nous voilà ici, et nous vous sommes reconnaissants à tous les deux, dit G. H. Je me sens beaucoup mieux maintenant que j'ai mangé. Je crois que je vais me servir un autre verre. »

Il joignit le geste à la parole. C'était du whisky assez vieux pour avoir le droit de vote. Destiné aux occasions spéciales, mais assurément celle-ci en était une.

« Je vais vous accompagner. » Clay fit glisser son verre vers G. H. « Vous voyez, il n'y a aucune raison de s'inquiéter ici. »

Le verre, lourd et qui avait sans doute coûté très cher, méritait son nom de *tumbler* : il empêchait le buveur de s'écrouler sur le sol.

Ces étrangers ne le connaissaient pas ; ils ne savaient donc pas que G. H. n'était pas porté sur les hyperboles. Durant le trajet d'une heure et demie, sa peur avait enflé comme une pâte à pain qui lève. « C'était très angoissant. » Il avait eu gain de cause, mais maintenant il voulait que cet homme et cette femme le comprennent. Il percevait leurs doutes.

Le produit vaisselle, l'éponge jaune, l'odeur citronnée, le crissement d'une assiette chaude et propre avaient calmé Ruth. Les quatre-vingt-dix minutes précédant leur arrivée, elle avait été à la fois en suspens et en accélération folle : la vie moderne impose un tempo étrange pour lequel l'être humain n'est pas fait. Les voitures et les avions font de nous tous des voyageurs à travers le temps. En regardant la nuit noire, elle avait frissonné. Elle avait posé la main sur le genou de G. H. Elle avait pensé à cet endroit, cette maison, solidement construite, joliment meublée, idéalement située et absolument sûre, n'eût été le problème de ces deux personnes dans la cuisine.

« C'est un euphémisme.

– Un blackout. Comme lors de l'ouragan Sandy. » Clay se souvenait des rumeurs d'explosion infondées, des boues toxiques du canal du Gowanus, dont chaque goutte était carcinogène, contaminant les réservoirs d'eau potable,. Ils avaient été privés d'électricité pendant un jour et demi. Un état d'urgence somme toute assez agréable : terrés chez eux avec des cartes à jouer et des livres. Quand le courant était revenu, il avait fait une tarte aux pommes.

« Ou en 2003, ajouta Amanda. La panne de réseau, vous vous souvenez ?

– J'ai traversé le Manhattan Bridge à pied. Impossible de la joindre au téléphone. » Clay posa la main sur celle de sa femme, nostalgique et possessif. « J'étais mort d'inquiétude. On se souvenait tous du 11 Septembre, évidemment, mais c'était beaucoup moins grave que ça. »

Ce chauvinisme des New-Yorkais pour qui leur ville est le centre du monde et qui se croient les seuls – mais n'importe qui s'approprie l'endroit où il vit. On évoque les drames pour manifester sa loyauté. On a vu la vieille fille sous son plus mauvais jour.

« J'ai pensé au 11 Septembre, évidemment. » Ruth fit disparaître les restes de nourriture par le trou

78

d'évacuation de l'évier et alluma le broyeur. « Et si en ce moment même des gens étaient en train de mourir ? Vous vous souvenez, il y a quelques années, ce type qui a roulé sur une piste cyclable du West Side avec son camion ? Il a simplement loué un camion dans le New Jersey et tué tous ces gens. Ce n'était même pas compliqué. Ça n'avait pas dû réclamer beaucoup de préparation.

– Les lumières. Toutes les lumières… »

G. H. savait que personne n'avait envie de vous entendre raconter vos cauchemars. Là il s'agissait de la réalité, mais il fallait peut-être voir certaines choses de ses propres yeux.

Clay, lui, croyait qu'il suffisait de dire quelque chose pour que cela se réalise. « Je pense que demain matin…

– On est déjà le matin. » Ruth capta le regard de Clay dans le reflet de la vitre, une petite ruse parfaite.

« Ce que je voulais dire, c'est que les choses nous apparaissent différemment à la lumière du jour. Et je pense que les clichés de développement personnel reposent sur la réalité. » Clay donnait l'impression de s'excuser, mais il croyait ce qu'il disait. Le monde n'était pas aussi effrayant que les gens le pensaient.

« Je ne sais pas comment l'expliquer. » Ruth s'essuya les mains avec un torchon, qu'elle raccrocha à sa place. Un immeuble illuminé était vivant, une balise ; éteint, il disparaissait, comme David Copperfield avait fait disparaître la statue de la Liberté. Ruth associait la soudaine absence de lumière à une extinction, à un interrupteur qu'on abaisse, à un changement, et cela faisait naître cette question : qu'est-ce qui s'était éteint, quel interrupteur avait été abaissé, qu'est-ce qui avait changé ?

« Vous avez eu peur. » Clay comprenait.

Ruth n'avait appris qu'une seule chose de cette situation : tout tenait ensemble par accord tacite. Pour tout défaire il suffisait qu'un élément le décide. Il n'existait pas de véritable structure pour empêcher le chaos, il n'y avait qu'une foi collective dans l'ordre. « J'ai eu peur. Et j'ai encore peur. » Ces derniers mots, elle les murmura presque. Elle n'avait pas honte, mais elle était gênée. Alors quoi, elle était devenue une vieille femme peureuse maintenant ?

« On en saura plus demain. » Clay en était convaincu.

« Et si c'étaient les Nord-Coréens ? Ce gros type qui a jeté son oncle aux chiens. » Ruth ne pouvait plus s'arrêter. « Ou une bombe ? Un missile ? » Un an plus tôt, il y avait eu cette fausse alerte à Hawaii. Pendant un laps de temps effroyable, vacanciers, couples en lune de miel, marginaux, mères de famille, profs de surf et directeurs de musée avaient cru que ça y était : un missile lancé de la péninsule nord-coréenne était en route pour les anéantir. Que fait-on de ses trente-deux dernières minutes ? On cherche un sous-sol, on envoie des textos à ses amis, on raconte une histoire à ses enfants ou bien on reste au lit avec son conjoint ? Les gens assisteraient certainement à leur propre destruction sur CNN. Ou peut-être que les chaînes locales ne seraient pas interrompues, et on pourrait continuer à regarder *Le Juste Prix*.

« Les Nord-Coréens ? » dit Amanda comme si elle n'avait jamais entendu parler de ce pays. Et si c'était la Mongolie-Extérieure ? Le Lichtenstein ? Le Burkina ? Avaient-ils la bombe en Afrique, du reste? Elle avait regardé Lorin Maazel diriger un orchestre à Pyongyang. Un correspondant avait promis la détente, un ancien président avait promis la paix pour tous. Amanda n'avait rien à faire des Nord-Coréens, elle ne savait même pas de quoi parlait Ruth. Jeter des gens aux chiens ? Ne disait-on pas justement que les Coréens mangeaient des chiens ?

« Non, ce ne sont pas les Nord-Coréens. » G. H. secoua la tête, mais il ne voulait pas afficher son désaccord de manière plus nette. On ne réprimandait pas Ruth. C'était une ancienne de Barnard : elle avait réponse à tout. Il tripota la lourde montre qui ornait son poignet ; un tic dont il avait conscience. Il misait plutôt sur l'Iran, ou peut-être Poutine. Pas ouvertement : c'était interdit par la loi. Mais il n'était pas dupe.

« Comment le sais-tu ? » Maintenant qu'ils étaient à l'abri – même si un point d'interrogation demeurait –, Ruth pouvait céder à la panique qui lui avait noué la gorge durant le trajet. Elle pouvait dire ce qu'elle n'avait pas pu dire dans la voiture, de peur de leur porter la poisse en provoquant une panne d'essence ou une crevaison. Silencieuse, elle avait visualisé les visages de sa fille et de ses petits-fils : la prière des athées. Des fondamentalistes islamistes ! Des fanatiques tchétchènes ! Des rebelles colombiens, espagnols, irlandais ! Chaque pays avait ses fous.

« Est-ce qu'il n'y aurait pas eu un bruit d'explosion ? » C'était un sentiment familier pour Clay, chaque fois qu'il devait assembler un meuble ou que la voiture faisait un drôle de bruit : à quel point il en savait peu. Raison pour laquelle, peut-être, selon lui, la véritable intelligence, c'était d'accepter les limites de son intelligence. Une philosophie qui le dédouanait. « On aurait… entendu quelque chose. Si une bombe avait explosé.

– Je déjeunais au Balthazar, le 11 Septembre. » G. H. se souvenait de l'omelette baveuse, des frites salées. « C'est à vingt rues des tours au maximum, non ? Eh bien, je n'ai rien entendu du tout.

– Est-ce qu'on pourrait ne pas parler du 11 Septembre ? »
Amanda était mal à l'aise.

« J'ai entendu les sirènes, puis les clients du restaurant ont commencé à parler, alors... »

Ruth pianotait paresseusement sur le plan de travail. Impossible d'expliquer que ce qui caractérisait l'obscurité, c'était sa rareté. Il y avait toujours une lumière ambiante. Il y avait toujours ce contraste qui vous aide à comprendre : ça, c'est l'obscurité. Les petits points lumineux des étoiles, le rai sous la porte, la lueur d'un appareil électroménager, quelque chose. Cette capacité à s'affirmer, à une vitesse vertigineuse par-dessus le marché, n'était-ce pas la plus grande qualité de la lumière ?

Sans réfléchir, Clay offrit son empreinte digitale à son téléphone. Celui-ci lui montra une photo des enfants. Archie, alors âgé de onze ans, et Rose, huit ans seulement, rondelette, petite, innocente. C'était saisissant de retrouver les preuves de ces êtres aujourd'hui disparus, même s'il ne voyait pas véritablement cette photo, masquée par des petits carrés d'informations, par la lueur séduisante de l'appareil lui-même. Clay ressentait des picotements fantômes quand le téléphone n'était pas à ses côtés. Il se souvenait qu'en janvier, il avait voulu prendre la bonne résolution de laisser son portable dans une autre pièce pendant qu'il dormait. Mais c'était ainsi qu'il lisait la presse la plupart du temps, et rester informé était une résolution tout aussi valable.

« Toujours rien », dit-il, répondant ainsi à une question que tous voulaient poser, même si aucun ne s'en était donné la peine. Ils décidèrent d'aller se coucher.

12

Ils avaient aménagé le sous-sol pour la mère de Ruth. Une femme digne et fanée qui portait des écharpes en soie et des ensembles coordonnés. Elle était venue vivre avec eux à quatre-vingt-dix ans, non sans protestations, mais les hivers à Chicago étaient redoutables et il ne restait plus personne là-bas pour veiller sur elle. Ruth avait géré la vente de la maison, envoyé leurs parts à sa sœur et à son frère, puis installé Maman dans la chambre d'amis. Celle-ci aimait marcher jusqu'au Met', admirer les toiles impressionnistes, puis s'asseoir à la cafétéria devant une tasse de thé et une soupe de palourdes. Si elle n'avait pas été morte, à cette heure elle se serait retrouvée en rade dans le noir complet, dans leur appartement du quatorzième étage. Un petit réconfort.

G. H. ouvrit la marche pour descendre au sous-sol, où ils n'allaient presque jamais (le fantasme du citadin : des pièces inutiles), allumant les lumières au passage. Il n'avait pas pris conscience jusqu'alors combien la lumière était synonyme de sécurité, et son contraire inquiétant. Même enfant, il n'avait jamais eu peur du noir, d'où sa surprise.

« Fais attention où tu mets les pieds, dit-il, un signe de tendresse envers sa femme.

– C'est ma maison. » Ruth se tenait fermement à la rampe. Il lui semblait important de souligner ce fait.

« Après tout, ils ont payé. » G. H. avait conduit vite, mais il y avait des choses qu'on ne pouvait pas distancer. Sa réticence était due à un fardeau très particulier : il savait qu'il s'était passé quelque chose de grave, de très grave. « Je ne peux pas vraiment les flanquer dehors. » G. H. ne voulait pas avouer qu'il savait que quelque chose allait se produire. Son métier, c'était la prévoyance. Vous regardiez la courbe des taux se cabrer et retomber telle une chenille poursuivant sa vaine progression, et elle vous indiquait tout ce que vous aviez besoin de savoir. Il avait appris à ne pas faire confiance à ce tracé parabolique particulier. Plus qu'un présage, c'était une promesse. Quelque chose s'était abattu sur eux. Cela avait été décrété.

« Tu as vu comme ils ont sali la cuisine ? » Ruth n'avait pas besoin d'ajouter : *Qu'aurait pensé maman ?* Car Maman rôdait toujours dans les parages. Le sous-sol avait été aménagé pour elle – il y avait une rampe extérieure derrière la maison, plus pratique qu'un escalier –, mais elle était morte avant même de l'avoir visité. Ruth avait conscience d'évoluer vers une pâle imitation de cette femme. Une autre façon de dire qu'elle était vieille. Ça s'était fait comme ça. Un jour, vous vous retrouviez avec vos petits-enfants dans vos bras – des jumeaux ! –, sans parler du fait qu'ils avaient deux mères. Clara était professeure de lettres classiques à Mount Holyoke. Maya directrice d'une école Montessori. Elles possédaient une grande maison revêtue de bardeaux, glaciale, dotée d'une tourelle. Maman aurait adoré ses arrière-petits-fils, issus des gènes du frère de Clara, James, qui bossait quelque part dans la Silicon Valley. Les garçons ressemblaient à leurs deux mères, une chose que l'on n'aurait pas crue possible, et pourtant, le résultat était là, noir sur blanc, ha ha ha.

G. H. alluma les lumières, en oubliant de prendre le temps d'exprimer sa gratitude car elles fonctionnaient encore. Il y avait un grand placard : un dépôt secret de piles Duracell, un pack de Volvic, des paquets de haricots Rancho Gordon, des boîtes de Clif Bars et de fusilli Barilla, stockés dans d'épaisses caisses en plastique car on trouvait des souris à la campagne. Des boîtes de thon, l'équivalent d'un bidon d'essence d'huile d'olive, une caisse de malbec bon marché et plutôt bon, des draps dans des sacs sous vide. Ils pouvaient rester confinés confortablement à deux pendant un mois, voire plus. G. H. mettait au défi une tempête de neige de survenir, quasiment, mais jusqu'à présent, aucune ne s'était produite. On parlait de réchauffement climatique. « Tout est en ordre. »

Ruth marmonna quelque chose pour signifier qu'elle avait entendu. Ils avaient dépensé tellement d'argent pour réaménager cette maison. La rénovation était une drogue. Le métier de G. H. consistait à protéger l'argent. Pour lui, en dépenser était une chose si abstraite qu'il avait obéi à l'entrepreneur. Danny faisait partie de ces hommes devant lesquels les autres hommes ne veulent pas se ridiculiser. Il exerçait sur eux un pouvoir presque sexuel, en ce sens que le sexe se résume toujours à une question de pouvoir. Vous faisiez ce qu'il vous demandait, et peut-être même que, aux pires moments, vous aviez peur qu'il se moque de vous. Une chose était certaine : leurs chèques avaient offert à la fille de Danny un an de scolarité dans une école privée. Voilà pourquoi ils louaient leur maison : pour se refaire.

« Il y a une mauvaise odeur ici. » Ruth fit la grimace, même si ça ne sentait pas vraiment mauvais. Rosa s'occupait du ménage, son mari tondait la pelouse, et leurs enfants leur donnaient un coup de main. C'était une affaire de famille. Ils venaient du Honduras. Rosa n'aurait jamais laissé traîner une odeur. Les poils de la moquette indiquaient qu'elle passait l'aspirateur même au sous-sol, pourtant inoccupé. Il y avait un lit, un canapé, une table et un téléviseur fixé au mur. Le lit était fait, il attendait, plein d'espoir. Ruth s'y assit et ôta ses chaussures.

« Non, ça ne sent rien. » G. H. s'assit au bord du lit, plus lourdement qu'il ne le souhaitait. Il ne pouvait s'empêcher de soupirer lorsque cela lui arrivait. Il essaya d'imaginer leur soulagement au matin. Les informations risibles à la radio : une bande de ratons laveurs s'étaient introduite dans une station électrique du Delaware, provoquant une panne de courant sur toute la côte Est, ou bien un stagiaire employé par un sous-traitant avait fait une grosse gaffe pendant sa première journée de travail. Pourquoi une telle inquiétude ? De quoi avions-nous peur ? La confiance des marchés serait rétablie ; quelques parieurs héroïques profiteraient d'une rentrée d'argent imprévue.

Ruth était désorientée. En temps normal, elle commençait par ouvrir tous les placards fermés à clé qui contenaient leurs affaires spéciales et indispensables : maillots de bain et tongs, écran solaire Shiseido, une couverture de pique-nique Hermès. Et, dans le garde-manger : une boîte de sel Maldon, une bouteille d'huile d'olive de chez Eataly, les couteaux Wusthof horriblement tranchants, quatre bocaux de cerises Luxardo, de la tequila Clase Azul, du single malt Oban, du gin Hendrick's, les bouteilles de vin apportées par les invités, du vermouth, des bitters. Ils retrouvaient leurs possessions : ils les étalaient sur leur peau, ils les dispersaient dans les différentes pièces et se sentaient alors véritablement chez eux. Ils ôtaient leurs vêtements – à quoi bon posséder une maison à la campagne si vous ne pouviez pas vous promener presque nus –, ils préparaient des manhattans et se glissaient dans la piscine, ou le jacuzzi, ou simplement dans leur lit. Car ils couchaient encore ensemble, avec l'aide de ces efficaces comprimés bleus. « J'ai peur.

– Nous sommes ici. » Il marqua une pause car il était important de s'en souvenir. « Ici, on est en sécurité. » Il pensa aux tomates en boîte. Ils avaient de quoi tenir plusieurs mois.

Il y avait des brosses à dents encore emballées dans le tiroir de la salle de bains. Des serviettes de toilette propres, enroulées avec une élégance désinvolte, formaient une petite pyramide. Ruth prit une douche. Se sentir propre faisait une grosse différence pour elle. Dans la commode de la chambre, elle trouva un vieux T-shirt provenant d'une course de charité dont elle ne se souvenait pas et un short qu'elle ne parvenait pas à identifier. Elle les enfila et se sentit immédiatement ridicule. Elle ne voulait pas que ces gens, là-haut, la voient dans ces vêtements bon marché.

G. H. alluma la télé de la chambre, par curiosité. Elle n'afficha qu'un écran bleu, chaîne après chaîne. Il ôta sa cravate. Lorsqu'elle vivait encore, il ressentait la présence de Maman comme une accusation. Il était tellement habitué à être celui qu'il était, qu'il en était venu à croire que c'était la réussite. Quand Maman était venue examiner Maya, elle avait reproché à G. H. ses journées de travail de quatorze heures, leur logement en hauteur (ce n'est pas naturel !) et le mirage de leur vie à New York. Cela l'avait ébranlé. Ils avaient changé de vie. Ils avaient acheté l'appartement de Park Avenue, envoyé Maya à Dalton et vécu plus modestement. Parfois, la présence du sol sous ses pieds lui manquait. La sagesse des anciens.

Ruth revint dans un nuage de vapeur.

« J'ai essayé la télé. Toujours pareil. » Il se devait de partager cette information avec elle, même s'il ne s'était pas attendu à autre chose.

Ruth chercha la meilleure position entre les draps propres. Le vent soufflait bruyamment.

« Alors, c'est quoi à ton avis ? » Elle ne voulait pas être ménagée.

G. H. la connaissait. Depuis des décennies ! « Je pense qu'on en rira quand on saura ce qui s'est passé. Voilà ce que je pense. »

Non, ce n'était pas ce qu'il pensait. Mais, parfois, il fallait savoir mentir. Il se regarda dans le miroir et songea à leur appartement, à leur maison, au dressing, à la cafetière qu'il avait choisie après des semaines de recherches. Il songea aux avions qui survolaient Manhattan, et à ce qu'avaient vu les passagers lorsque tout s'était éteint. Il songea aux satellites, au-dessus des avions au-dessus de Manhattan, aux photos qu'ils prenaient, à ce qu'elles montreraient. Il songea à la station orbitale, au-dessus des satellites au-dessus des avions, et se demanda ce que l'équipe de scientifiques multiraciale et internationale aurait pensé de tout ça, du haut de leur point de vue unique. Parfois, la distance faisait apparaître les choses plus nettement.

Pour G. H., l'électricité était une marchandise. Ce n'était pas une vicissitude du marché. Vous ne pouviez pas débrancher la capitale économique du pays. Les compagnies d'assurances seraient en procès pendant des décennies. Si la lumière s'éteignait à New York, c'était dû à un acte de Dieu. Un acte de Dieu. Voilà ce qu'aurait pu dire sa belle-mère.

13

La voix de vos enfants pouvait vous réveiller, la présence de vos enfants pouvait vous réveiller. Amanda sentit le petit corps dodu de Rose basculer dans le gouffre entre elle et Clay avant même de percevoir l'haleine humide de sa fille trop près de son oreille.

« Maman, maman. » Une main douce sur son bras, à la fois légère et insistante.

Elle se redressa dans le lit. « Rosie… » L'année précédente, la fillette avait décrété qu'elle en avait assez de ce diminutif. « Rose.

– Maman. » Rose était parfaitement réveillée. Requinquée par la nuit. En fleur. C'était ainsi depuis sa naissance. Le matin, elle brûlait d'envie de *faire*. Dès qu'elle ouvrait les yeux, elle sautait hors du lit. (Mme Weston, la voisine du dessous, avait élevé deux filles dans les mêmes cent mètres carrés qu'eux, alors Amanda ne se plaignait jamais.) Rose ne comprenait pas comment son frère pouvait rester au lit jusqu'à onze heures, midi, treize heures. Le matin, tout lui paraissait excitant : se débarbouiller, choisir des vêtements, lire un livre. Rose était une enthousiaste. Tout lui semblait possible. Quand on est la benjamine, on apprend à se débrouiller.

« Il y a un problème avec la télé.

– Chérie, ce n'est pas une urgence. » Puis cela lui revint : *Vous écoutez le système de diffusion d'urgence.* D'une grande claque, Amanda rappela à l'ordre l'oreiller trop mou.

« Y a plus rien qui marche. » Sur les premières chaînes il n'y avait que du noir et du blanc, et des lumières qui dansaient. Après, plus rien, tout était blanc.

Ils avaient oublié de fermer les stores. Dehors, il faisait jour, mais c'était une lumière indirecte. Non pas à cause des nuages, mais de l'heure matinale. L'orage qu'ils redoutaient n'avait pas éclaté, finalement. Tandis qu'elle regardait dehors, le réveil cubique sur la table de chevet passa dans un déclic de 7:48 à 7:49. Ah oui : l'électricité. Un blackout.

« Je ne sais pas, ma chérie.

– Tu peux la réparer ? » Rose avait encore l'âge de croire que ses parents pouvaient faire n'importe quoi. « C'est pas juste, on est en vacances, et tu disais qu'en vacances on pouvait regarder la télé ou rester devant des écrans aussi longtemps qu'on voulait.

– Papa dort encore. Va m'attendre dans le salon, j'arrive. »

Rose repartit en tapant des pieds – c'était sa façon de marcher – et Amanda prit son téléphone. L'écran se réveilla, heureux de la voir ; et elle aussi était heureuse : il n'y avait pas une alerte info, mais quatre. Hélas, comme la veille, elle ne pouvait lire que le gros titre. Elle appuya sur le bandeau et l'appareil tenta de se connecter, sans succès. Toujours le même gros titre : « Grave panne de courant sur la côte Est des États-Unis », puis « L'ouragan Farrah frappe la Caroline du Nord », puis « Flash info : on signale une coupure de courant sur toute la côte Est des États-Unis » et enfin un dernier « Flash info » suivi de lettres incohérentes.

Elle espérait que la télé fonctionnait. Mais ils avaient cessé de regarder NPR, la chaîne publique éducative, quand Rose avait entonné « Je suis David Greene » et quand Archie, sept ans, avait voulu savoir qui étaient les Pussy Riots. Ils avaient tellement protégé leurs enfants.

Amanda lissa le drap du plat de la main et heurta les fesses de son mari. « Clay. » Il grommela, elle le secoua par l'épaule. « Réveille-toi. Regarde. »

Il avait la bouche pâteuse, le regard vague. Amanda lui braquait son téléphone sous le nez. Il émit un son inintelligible.

« Regarde. » Elle agita son téléphone.

« Je ne vois rien. » Au réveil, impossible de voir quoi que ce soit. Il faut obliger ses yeux à faire le point. Mais ce qu'il voulait dire, en fait, c'était que l'écran était redevenu noir.

Amanda appuya dessus. « Oh… Voilà.

– Quoi ? » Clay se souvenait des événements de la veille au soir, mais il était incapable de passer aussi rapidement du sommeil à l'état de veille. « Apparemment, personne ne nous a assassinés. »

Elle ignora cette pique. « Les infos. »

L'écran devant lui ne disait rien. « Amanda, il n'y a rien. » Uniquement la date et la même photo : un portrait des enfants qu'ils avaient utilisé comme carte de Noël deux ans plus tôt.

« C'était là à l'instant. » Elle avait besoin que Clay partage le fardeau de cette information.

Clay bâilla, longuement. « Tu es sûre ? Ça disait quoi ?

– Évidemment que je suis sûre. » Sûre, vraiment ? Amanda examina son portable. « Comment on fait pour voir les alertes ? L'appli refuse de s'ouvrir. Il y en avait quatre. Celle d'hier au sujet de la panne de courant, une autre sur le même sujet, plus une histoire d'ouragan et une quatrième qui disait juste "Flash info…"

– C'est tout ?

– C'était du charabia.

– Ils abusent de ces flash infos. Flash info : les sondages indiquent que les libéraux-démocrates sont en tête aux élections du congrès autrichien. Flash info : Adam Sandler déclare que son nouveau film est le meilleur qu'il ait jamais fait. Flash info : Doris Machin-Chose, l'inventeuse de la sorbetière automatique, est morte à l'âge de quatre-vingt-dix-neuf ans.

– Non, ce n'étaient même pas des mots. Juste des lettres. Sûrement une erreur.

– Ça vient peut-être du réseau. Le réseau cellulaire. Il y a peut-être un problème à ce niveau-là. Est-ce qu'une panne générale peut avoir des répercussions ? » Clay n'avait aucune idée des tenants et aboutissants du monde. Qui les connaissait vraiment, d'ailleurs ?

« Tu penses qu'il y a un problème avec les portables ? Ou bien c'est juste là où on est ? Mon téléphone est capricieux depuis qu'on est ici. En ville, il marchait bien, quand je suis allée faire des courses.

– On est un peu loin de tout. Ça nous est déjà arrivé l'année dernière, souviens-toi. Pourtant, la location était beaucoup moins isolée. »

Ou bien, pensa-t-elle sans le dire, il s'était produit une chose si grave que même le *New York Times* s'en trouvait affecté. Amanda se leva et prit la bouteille posée sur la table de chevet pour boire. L'eau était à température ambiante, alors qu'elle avait par-dessus tout soif d'eau fraîche. « Quatre alertes. Même le soir des élections, je n'en ai pas reçu autant. » Elle se rendit à la salle de bains et examina son portable pendant qu'elle faisait pipi. Il était devenu muet.

Clay enfila le caleçon qu'il avait perdu durant la nuit et contempla le jardin de derrière. En dépit de la menace orageuse, ce matin ressemblait à n'importe quel matin d'été. Même le vent semblait s'être calmé. De fait, s'il y avait regardé de plus près – plus près qu'il n'en était capable –, il aurait compris que le calme environnant était de ceux qui succèdent à la tempête. Il aurait remarqué que les insectes s'étaient tus ; il aurait remarqué que les oiseaux ne chantaient plus. Et s'il l'avait remarqué, il aurait reconnu un de ces moments étranges comme celui où la lune passe devant le soleil : une ombre temporaire que les animaux ne comprennent pas.

Amanda ressortit de la salle de bains et passa devant son mari qui attendait son tour. « Je vais faire du café. » Le téléphone alourdissait sa poche en coton fin.

Rose était assise devant l'îlot de la cuisine avec un bol de céréales. Amanda se souvenait de l'époque (pas si lointaine) où sa fille avait besoin de l'aide des adultes pour prendre le bol, le remplir, couper des tranches de banane et verser le lait. Elle avait essayé de ne pas s'en agacer à l'époque ; elle avait essayé de se rappeler combien ces instants étaient fugaces. Et aujourd'hui, ils s'étaient enfuis. Il y avait eu un jour où elle avait chanté une berceuse à ses enfants pour la dernière fois, où elle avait nettoyé les matières fécales dans les replis de leurs corps pour la dernière fois, où elle avait vu pour la dernière fois le corps nu et parfait de son fils, comme lors de leur première rencontre. Vous ne saviez jamais quand c'était la dernière fois, car, si vous le saviez, vous ne pourriez pas continuer à vivre. « Hello, ma chérie. » Elle versa plusieurs cuillerées de café dans le filtre en papier. Encore une belle journée normale, hein ?

« Je peux regarder un film sur ton ordinateur ?

– Internet ne marche plus, trésor. Sinon, je te

laisserais regarder Netflix. Écoute, il faut que je te dise…

– Elles sont nulles ces vacances. »

Rose tenait à soulever un problème important : l'injustice.

« Hier soir, ces gens… les Washington… les gens à qui appartient cette maison, ont dû venir ici, à cause d'un… » Quel était le bon mot ? « … d'un problème. Avec leur voiture. Comme ils étaient tout près, ils sont venus ici, même s'ils nous ont loué la maison pour une semaine. » Il fallait être prêt à mentir pour être une mère, ou pour être une personne, tout simplement. Parfois, il fallait mentir.

« De quoi tu parles ? » Rose s'en fichait déjà. Elle voulait envoyer un texto à Hazel pour savoir ce qu'elle faisait. Hazel était certainement en train de regarder la télé, en ce moment même.

« Ils ont eu un problème de voiture. Ils n'étaient pas loin d'ici et ils savaient qu'on était là, mais ils se sont dit qu'ils pourraient peut-être frapper à la porte et expliquer… » Ce n'était même pas difficile de jouer la comédie. Les enfants ne sont pas capables de retenir des choses complexes – ni même des choses simples, d'ailleurs –, d'autant qu'ils s'en fichent : magnifiques narcisses.

Clay en caleçon, les yeux encore ensommeillés. « Je vais prendre un peu de café. »

Amanda remplit une tasse. « Je parlais des Washington à Rose.

– Papa, la télé marche pas. » Rose le tira par le bras. Lui l'écouterait. Lui l'aiderait.

Du café chaud se renversa sur son pied droit. « Doucement, ma chérie.

– Tu as oublié de mettre ton bol dans l'évier ? »

Amanda avait lu un ouvrage sur la manière de s'adresser aux enfants pour qu'ils écoutent. « Clay, tu devrais t'habiller. Ces gens sont là. » Elle perçut l'impolitesse de ses paroles. « Les Washington. Ils sont là, en bas.

– Tu peux la réparer, papa ?

– Un peu de calme. » Peut-être avaient-ils été trop laxistes vis-à-vis du temps passé devant les écrans, pourtant dosé comme la drogue que c'était. Clay était incapable de résister aux supplications de Rose. Toute petite, elle réclamait son papa d'une manière très spécifique. Une fille avait besoin de son père. Il posa sa tasse de café et tripota la télécommande. De la neige : un soupçon de poésie pour désigner ce qu'on voyait quand le signal était interrompu. « Ouais. Visiblement, ça ne marche pas.

– Tu peux pas… genre, réinitialiser ou un truc comme ça ? Ou monter sur le toit ?

– Personne ne montera sur le toit, déclara Amanda.

– Non, je ne monterai pas sur le toit. » Il se gratta le ventre, constellé de poils et gonflé par le plat de pâtes nocturne. « Je ne suis même pas sûr que le problème vienne de là. Du toit… ou d'ailleurs. » D'un geste large, il montra tout ce qui les entourait. Qui pouvait répondre pour le monde dans son ensemble ? Existait-il encore, d'abord ? « Si tu allais t'asseoir dehors ? Je te rejoins… j'ai besoin de parler à maman, juste une seconde. »

Rose aurait préféré regarder la télé, mais en même temps elle avait juste besoin d'une tâche. Elle accepterait l'attention de son père.

« Tu viens après ?

– Accorde-moi deux minutes. » Il regarda le matin derrière sa fille : jaune pâle et réticent.

« OK », dit-elle, de la manière dont les adolescents apprennent à prononcer ce mot, avec toute l'ardeur de n'importe quelle insulte. Le matin était calme. Et beau. Mais pas aussi intéressant qu'une émission de télé.

Rose claqua la porte en sortant, sans en avoir eu vraiment l'intention. Aucun doute : où que soit Hazel, c'était forcément mieux. Jamais sa télé à elle ne tomberait en panne. Et ses parents l'autorisaient à avoir un compte Instagram non verrouillé. Rose s'assit sur une des chaises blanches en métal et regarda les bois.

À mesure que l'on s'éloignait de la maison, l'herbe se faisait plus rare, et puis il n'y avait plus que de la terre, des feuilles et des mauvaises herbes en bordure de la forêt. Au-delà, Rose aperçut un cerf aux bois tronqués, à l'air mi-méfiant, mi-blasé, qui l'observait de ses yeux sombres, étrangement humains.

Elle aurait voulu s'écrier : « Un cerf ! », mais il n'y avait personne pour l'entendre. Elle jeta un coup d'œil à l'intérieur de la maison par-dessus son épaule et vit ses parents en pleine discussion. Elle n'avait pas le droit d'aller dans la piscine, alors elle n'irait pas dans la piscine. Elle descendit les marches jusque dans l'herbe humide, sous le regard du cerf, presque indifférent. Elle n'avait même pas vu qu'il y en avait un autre à côté... Non, plusieurs. Il y avait cinq cerfs. Non, sept. Chaque fois que Rose ajustait sa vision pour essayer de comprendre ce qu'elle voyait, elle en découvrait des nouveaux. Il y avait des dizaines de cerfs. Si elle avait regardé de plus haut, elle aurait constaté qu'ils étaient des centaines, des milliers, et même davantage. Elle avait envie de se précipiter dans la maison pour le dire à ses parents, mais en même temps elle avait envie de rester là, dehors, à les regarder.

14

Ruth se réveilla avec un regard lucide et une mémoire immédiate. Cette sensation familière de se réveiller en sursaut au moment où vous vous endormez, un phéno-mène que vous prenez pour une idiosyncrasie intime, avant de découvrir qu'il fait partie de la condition humaine. Les sons matinaux de tous les jours : l'eau dans les tuyaux, les pas de quelqu'un d'autre, une conversation dans une autre pièce. Maya lui manquait. Elle était dans son lit, mais encore dans la voiture, et elle pensait à sa fille : bébé accroché à son sein, bam-bin assis sur ses genoux, fillette aux membres épais et aux tresses africaines, adolescente laconique portant une chemise de flanelle et trop de boucles d'oreilles, étudiante, épouse rougissante, mère radieuse. Toutes les versions de Maya se superposaient dans son esprit. La lumière verte du décodeur du câble indiquait qu'il y avait encore de l'électricité. Apparemment, son télé-phone semblait toujours incapable de se connecter au monde, mais elle s'y attendait. Laissant George dormir, elle monta à pas feutrés.

Dans la cuisine, Ruth décrocha le téléphone ins-tallé sur les conseils de Danny. Cet entrepreneur exer-çait une forme d'emprise sur George. Les hommes de la génération de G. H. ne pensaient pas en termes d'affection envers les autres hommes. Cela avait été d'autant plus piquant, puis horripilant, de le voir tomber sous le charme de Danny. Ce type était un travailleur manuel ; G. H., lui, avait étudié à la Harvard Business School. Mais Danny était musclé et compétent dans ses chemises en jean, dont il roulait les manches sur ses avant-bras fermes, ses lunettes de soleil relevées sur le haut de son crâne. Elle appuya le combiné contre son oreille. Ce n'était pas le son grave et régulier d'un téléphone qui attendait qu'on compose le numéro, mais le chant funèbre qui annonçait que l'appareil était mort. L'espace d'un instant, effroyable, Ruth ne parvint pas à imaginer le son de la voix de sa fille. À quoi ressemblait la voix de Maya, la Maya d'aujourd'hui, la véritable personne ?

Adulte, elle n'était pas différente de ce qu'elle avait été enfant, essentiellement déconcertée par ses parents. Elle avait un penchant pour les longues robes bizarres, débordantes de couleurs et de motifs. Ses enfants se prénommaient Beckett et Otto, et ils gambadaient nus dans le jardin derrière la maison. Ruth ne comprenait pas le choix de ces prénoms, ni le fait qu'ils avaient des prépuces, mais elle le gardait pour elle. Elle reposa le combiné, trop violemment peut-être.

Le couple était dans le salon. L'homme était à peine vêtu, la femme portait ses vêtements confortables.

Amanda s'efforça de ne pas montrer sa stupéfaction. « Bonjour. »

Ruth lui rendit la politesse, c'était normal. Insincère ou inexacte, ou les deux peut-être. « Le téléphone ne marche toujours pas.

— Justement, on… Amanda a reçu des alertes sur son portable ce matin.

— Que disaient-elles ? » Ruth se demandait pour

quelle raison son téléphone ne lui avait rien dit. Elle n'arriverait jamais à dompter ce fichu appareil.

« Toujours la même chose : une panne générale. Il était question d'un ouragan aussi. Le reste était du charabia. » C'était la troisième fois qu'elle en parlait et maintenant cette information lui paraissait encore plus dénuée de sens.

« Je vais vous servir un café », annonça Clay. Il se sentait gêné de ne s'être pas encore habillé.

« Un ouragan. Tout s'explique. » Ruth voulait y trouver du sens.

« Ah bon ? » Clay lui tendit une tasse (c'était celle de Ruth).

« Oui. C'est peut-être lié. À la coupure d'électricité. Possible. Ils ont parlé de l'ouragan Sandy, évidemment. Je ne me souviens pas d'avoir entendu dire qu'il se dirigeait vers New York, mais je n'ai pas fait très attention, je l'avoue. » Ils avaient tous entendu dire, et elle le savait, que les grandes tempêtes centennales allaient devenir des tempêtes décennales. On allait peut-être même créer une nouvelle catégorie afin de décrire plus précisément ce genre de phénomènes, maintenant que l'être humain avait modifié à ce point les océans.

« Je ne sais pas trop quoi dire aux enfants. » Amanda regarda l'étrangère, comme pour obtenir son avis, puis elle se tourna vers la porte-fenêtre et les deux autres l'imitèrent. Ils observèrent Rose, immobile dans le jardin.

« Quel âge a-t-elle ? » Bien des années plus tôt, Ruth avait été sollicitée pour donner un coup de main au secrétariat de l'école. La Dalton School voulait accroître la *diversité*. Aujourd'hui, elle était immunisée contre les virus des enfants et quasiment insensible à leurs charmes.

« Elle vient d'avoir treize ans. Le mois dernier. » Amanda se montrait protectrice. « Mais au fond, c'est encore un bébé. Alors, j'aimerais bien que... tout ça reste entre adultes.

– Inutile de les inquiéter. » À l'école, elle avait traité les enfants comme les êtres qu'ils deviendraient inévitablement. Les garçons qui deviendraient beaux et par conséquent verraient tous leurs besoins satisfaits ; les filles qui deviendraient belles et par conséquent cruelles ; les riches qui deviendraient républicains ; les riches qui deviendraient drogués ; les riches qui outrepasseraient les attentes de leurs parents ; les pauvres qui s'enrichiraient et les pauvres qui sécheraient Princeton pour regagner East New York. Elle savait que l'enfance était un état temporaire. Mais le fait d'être grand-mère l'avait adoucie.

« Je ne veux pas que les enfants paniquent pour rien. » Amanda essayait de ne pas laisser sous-entendre que c'était le cas de Ruth et de son mari.

La mère de Ruth aurait invoqué Dieu. La vie consistait à faire en sorte que vos enfants s'en sortent mieux que vous, et l'athéisme de Ruth constituait une amélioration indéniable. Vous ne pouviez pas traverser l'existence en qualifiant de divin tout ce qui était incompréhensible.

« Je ne veux faire peur à personne. » Elle avait peur cependant. « Merci pour le café.

– Nous avons... Il y a des œufs et des céréales. » Clay brandit une banane, sans se douter à quel point cela le faisait ressembler à un primate. « Je vais m'habiller », annonça-t-il, en oubliant totalement la promesse faite à sa fille. Il avait un plan.

Ruth s'assit. Bavarder lui procurait un sentiment de sécurité. « Alors, qu'est-ce que vous faites dans la vie ? »

C'était une chose qu'Amanda comprenait. « Je travaille dans la publicité. Côté client. Je gère le relationnel. » Elle s'assit à son tour et croisa les jambes.

Ruth reprit la parole. « Je suis à la retraite maintenant. Je travaillais aux admissions. À la Dalton School. »

Amanda ne put s'empêcher de se redresser légèrement. Il y avait peut-être là une ouverture. Ses enfants n'étant pas exceptionnels (même s'ils étaient merveilleux à ses yeux !), ils auraient bien besoin d'un coup de pouce. Elle savait que les frais de scolarité étaient un peu à la tête du client. Les familles comme la leur dépendent des largesses de gens plus fortunés. « C'est très intéressant. »

De son ancien bureau, Ruth apercevait parfois Woody Allen quand elle espionnait ce qui se passait dans l'immeuble d'en face. C'était une des trois ou quatre choses dignes d'intérêt. Elle se réjouissait d'être libre désormais.

« Et votre mari ?

— Clay ? Il est professeur. D'anglais. Mais aussi de communication.

— Je ne suis pas certaine de savoir ce que cela implique », dit Ruth avec une certaine autodérision.

Cela n'avait jamais été très clair pour Amanda non plus. « Le cinéma. La littérature. Internet. La vérité, ce genre de choses.

— À Columbia ?

— City College. »

Cela ne semblait pas très brillant, puisque cette femme avait aussitôt pensé à la Ivy League, mais Amanda en était fière.

« Moi, je suis allée à Barnard, dit Ruth. Puis à Teachers College. » Elle débitait son curriculum, car elle voulait comprendre un peu mieux ces gens. Et c'était donnant donnant.

« Une véritable New-Yorkaise, alors. Moi, j'ai étudié à Penn. Philadelphie me semblait tellement urbain. Tellement exotique. » Elle se souvenait de son arrivée sur le campus, en voiture. La Corolla de ses parents débordant de draps en jersey, lampe de bureau, valet de douche, poster de Tori Amos. Tout lui avait paru plat. En entendant le mot « ville », elle avait imaginé des buildings dressés vers le ciel. Mais c'était quand même mieux que Rockville. REM avait raison : personne ne dit bonjour, les gens n'adressent pas la parole aux inconnus. « J'aurais adoré aller à la fac à New York.

– Je viens de Chicago. » Dans la bouche de Ruth on ne pouvait pas faire mieux. « Mais je crois que je suis devenue une vraie New-Yorkaise, en effet. J'y ai vécu plus de temps que n'importe où ailleurs. »

G. H. s'était habillé – sans prendre la peine de remettre son caleçon sale et les chaussettes dans lesquelles il avait transpiré, et en laissant tomber la cravate – et avait fait le lit. Ne pas retaper son lit, cela ne se faisait pas. Il avait essayé de se préparer en procédant aux ablutions habituelles, sans savoir très bien pour quoi il se préparait. « Bonjour. »

Amanda se leva pour l'accueillir, surprise de découvrir en elle cette forme de politesse.

« Du nouveau ? » Il écouta Amanda lui rapporter le peu qu'ils savaient, en regrettant de ne pas pouvoir regarder les infos, mais aussi les cours de la Bourse. Il voulait des informations, et également une légitimation. « La tempête, j'en suis sûr. Une branche arrachée.

– Les lignes fixes ne tombent pas en panne. C'est pour cette raison que Danny nous a conseillé d'en installer une. » Ruth acceptait de se laisser amadouer, mais elle ne voulait pas qu'on lui mente.

« Il y a toujours de l'électricité. » G. H. tenait à ce

qu'on ne l'oublie pas. « Peut-être qu'on devrait aller voir Danny. » Si vous étiez assiégé par des terroristes, vous voudriez être auprès de Danny.

« Qui est ce Danny ? Il y a des voisins aux alentours ? Nous sommes passés devant un stand de produits de la ferme juste avant de tourner dans le chemin. Il doit y avoir quelqu'un. Peut-être qu'ils savent quelque chose. »

Amanda ignorait que l'envie qu'elle éprouvait ressemblait à celle qui s'emparait de son mari quand il était privé trop longtemps de nicotine. Elle aurait voulu être loin.

« Une supposition. Hystérie collective. Des groupes de personnes attrapent une maladie qui n'est en réalité qu'une illusion partagée. Des centaines de personnes atteintes de tremblements et de fièvre, qui imaginent des démangeaisons. Elles arrivent même à faire rougir leur peau. » G. H. ne faisait qu'émettre une théorie.

Ruth lui apporta une tasse de café. « Tu vas me traiter d'hystérique. Le mot que les gens, les *hommes*, utilisent à propos des femmes. » N'empêche qu'évidemment Cassandre avait eu raison au sujet de Troie.

« Nous avons vu la même chose. Il s'est produit un événement, bien sûr, je pense que nous pouvons être d'accord sur ce point. » Mais c'était un détail technique, c'était la nature même du monde : il se passait des choses.

« Tu as pris le volant. » Elle voulait dire par là qu'il avait fui. « Tu avais aussi peur que moi.

– L'ascenseur... » Ils habitaient en principe au quatorzième étage, mais en fait non. Leur immeuble ne possédait pas de treizième étage car c'était un chiffre porte-malheur. Mieux valait faire comme s'il n'existait pas.

Amanda se sentait mal à l'aise. Elle ne connaissait pas ces gens et elle ne supportait de les voir se disputer. « Où habite ce Danny ?

– Pas très loin. Dans la vie, on ne peut rien faire si on ne possède pas les bonnes informations. J'irai y faire un saut. » G. H. regarda dehors. Cette matinée lui paraissait bizarre, sans qu'il puisse expliquer pourquoi, sans être certain que ce n'était pas dû aux circonstances plutôt qu'à la réalité.

« Je ne veux pas que tu ailles où que ce soit », dit Ruth. L'idée d'aller trouver refuge chez Danny lui semblait ridicule, comme s'il était leur fils et non pas quelqu'un qu'ils payaient. Elle passait en revue tous les scénarios possibles. Un musulman sans raison de vivre et bardé d'explosifs. Un énième accident d'avion… pourquoi n'était-ce pas plus fréquent ? C'était génial cette idée de se servir d'un avion comme d'une arme.

Cette petite maison semblait sûre. Amanda comprenait.

« J'ai besoin de mes vêtements. Il me faut des vêtements propres. » Ruth s'était tournée vers Amanda.

« Oh. Oui, bien sûr.

– Je voudrais juste accéder à ma penderie. » Ils louaient leur maison, mais ils n'en avaient jamais vu les occupants. Ils envoyaient toujours Rosa avant leur départ. Ils trouvaient toujours la maison impeccable, fraîche, prête à les accueillir.

« Clay est en train de s'habiller, je vais lui demander de se dépêcher. »

Ruth n'avait pas besoin de faire de commentaire sur leur réaction quand ils leur avaient ouvert la porte. Devine qui vient dîner ce soir. « Merci. »

Ruth avait soixante-trois ans. Elle n'avait pas été élevée pour *faire* – même si c'était ce qu'on attendait –, mais pour convaincre. C'était ainsi, d'après sa mère, que les femmes se frayaient un chemin dans le monde : en convainquant les hommes de faire ce qu'elles voulaient.

« J'ai peur. » Elle faisait un aveu. « Maya et les garçons. Elle essaie certainement de nous joindre.

– Notre fille », expliqua G. H. Il posa la main sur l'épaule de sa femme. « Ne t'inquiète pas pour ça. »

Habituellement, elle évitait de penser aux calottes glaciaires ou au président. Elle réussissait à chasser la peur en se focalisant sur les petites choses de son existence. « Tu te souviens de l'année où nous sommes allés en Italie ? »

Une chaleur sèche, un hôtel de luxe, Maya avec ses couettes. Ils avaient siroté des verres de jus de fruit sucrés, ils avaient mangé des pizzas au romarin et aux pommes de terre, ils avaient loué une voiture, ils avaient logé dans une villa à la campagne. Un endroit plat, presque sans arbres, qui bénéficiait d'une piscine. Maya, devant les ruines du Forum, avait demandé pourquoi ils étaient partis si loin pour voir un endroit totalement détruit. L'histoire ne signifiait rien pour elle. À neuf ans, le temps était une chose inconcevable. Peut-être qu'à soixante-trois ans aussi. N'existait que cet instant, l'instant présent, cette vie.

« Qu'est-ce qui t'a fait penser à ça ?

– Je ne sais pas à quoi penser d'autre », avoua Ruth.

15

Rose tournait et retournait dans sa tête le secret de la présence des cerfs, comme elle l'aurait fait avec un bonbon dans sa bouche. Elle était encore trop jeune pour qu'on croie ce qu'elle disait. Ils répondraient qu'elle avait tout inventé. Ils affirmeraient qu'elle exagérait. Ils souligneraient qu'elle était encore une enfant. Mais Rose percevait le changement dans l'atmosphère. Pour commencer, il faisait chaud, incroyablement chaud, alors que le soleil n'était pas encore levé. L'air avait quelque chose d'artificiel, un peu comme celui d'une serre ou d'une exposition botanique. Et puis, la matinée était trop calme. Tout cela lui annonçait quelque chose. Qu'elle essayait d'entendre.

Dans la cuisine, son père bavardait avec un vieil homme qu'elle n'avait jamais vu. Rose ne prit pas la peine de lui rappeler qu'il était censé la rejoindre dehors. C'était aussi bien qu'il ait oublié. Il fit les présentations.

« Enchantée. » Rose était bien élevée.

« C'est un plaisir. » G. H. ne put s'empêcher de songer à sa propre fille. Il se souvint qu'il avait utilisé son nom pour le code de la boîte à clés.

« Tu t'es brossé les dents ? » Clay voulait se débarrasser d'elle.

« Il fait super chaud dehors. Je peux me baigner ?

– Moi, je suis d'accord. Mais demande à ta mère d'abord. Dis-lui que j'ai dit oui. J'ai à parler avec M. Washington. »

Au cours de la nuit, chacun des deux hommes avait en quelque sorte oublié l'autre et aurait été incapable de le décrire à un dessinateur de portrait-robot. De toute façon, on disait que les témoins oculaires n'étaient pas fiables : ils ne s'intéressaient qu'à eux-mêmes. C'était vrai de ces deux hommes, à la dérive car privés de points de repère en matière d'étiquette, dans une maison que tous les deux voulaient s'approprier.

Revoir l'autre à la lumière du jour, c'était comme découvrir un inconnu avec qui vous aviez couché. « G. H., vous voulez bien qu'on aille faire un tour dehors ? » Une proposition qui pouvait paraître virile et résolue pour qui ignorait que Clay mourait d'envie de fumer une cigarette.

« Oui, allons-y. » G. H. émit un gloussement. Difficile de ne pas endosser le rôle du sympathique voisin de sitcom. La télévision créait le contexte et les Noirs devaient jouer le jeu. Mais il était ici chez lui. Il était le protagoniste de sa propre histoire.

Ils sortirent par la porte latérale. G. H portait un regard de propriétaire même sur le jardin. Les buissons étaient bien, la pelouse allait s'éclaircissant jusqu'à un mur d'arbres. Ce n'était pas comme avoir une maison au bord de la mer. L'océan est menaçant. Les arbres sont protecteurs. « Il fait chaud. » Il leva les yeux vers le ciel et constata sa pâleur.

Clay sortit un paquet de cigarettes de sa poche. « Un petit vice… désolé. »

G. H. comprenait : d'homme à homme. Les hommes ne disaient plus ce genre de choses, ils les sous-entendaient.

Autrefois, vider les cendriers dans les bureaux faisait partie du travail des secrétaires. Aujourd'hui, on ne disait même plus « secrétaire », mais « assistante ». « Je comprends. »

Ils longèrent la haie. Le gravier crissait agréablement sous leurs pieds. Clay alla plus loin que nécessaire (la haie les cachait, les enfants ne pouvaient pas les voir) car cela lui semblait plus respectueux. « Il n'est pas question que je fume dans la maison.

– C'est pour cela que nous exigeons un dépôt de garantie. » Ils avaient eu de la chance avec leurs locataires. Un verre à vin cassé, une poignée de porte branlante, un porte-savon manquant, que Ruth avait remplacé par un gros coquillage.

« Amanda vous a parlé de ce qu'elle a vu sur son téléphone ? Les alertes ? » Elles ne l'inquiétaient pas, hormis celle qui était incompréhensible. La technologie l'inquiétait davantage que le sort de la nation.

G. H. hocha la tête. « Savez-vous ce que je fais dans la vie ? Je gère de l'argent. Et savez-vous ce qui est indispensable dans ce métier ? Les informations. C'est tout. L'argent aussi, évidemment. Mais surtout les informations. Vous ne pouvez pas faire de choix, vous ne pouvez pas évaluer les risques si vous ne savez rien. »

Mais Clay voulait se démarquer. Clay voulait mettre tout le monde à l'aise. Il était suffisamment égoïste, mais pas trop. « Je vais aller en ville. C'est la seule solution.

– Pour moi, c'est un acte terroriste. Mais ce n'est pas ce qui m'effraie. Les terroristes sont des ploucs abrutis. C'est pour ça qu'on peut les convaincre de se faire cramer au nom de Dieu. Ce sont des pigeons. Mais qu'est-ce qui va se passer ensuite ? » Jadis, G. H. avait foi dans les institutions américaines, moins aujourd'hui. « Admettons qu'il se passe quelque chose à New York. Vous croyez que ce président prendra les mesures adéquates ? » Autrefois, ce genre de propos passait pour de la paranoïa ; de nos jours c'était du pragmatisme, simplement.

« Je suis bien décidé à savoir ce qui se passe. » Clay était fier de lui. Un instinct primaire fit gonfler sa poitrine.

« Mon entrepreneur habite à quelques kilomètres d'ici. C'est un gars bien. Je lui fais confiance. On pourrait aller le voir. » G. H. réfléchissait à voix haute.

La nicotine soulageait Clay. « On est à l'abri ici, je pense. »

G. H. était moins convaincu. « Oui, apparemment. Pour le moment.

– Inutile d'aller déranger votre ami. Je vais faire un saut en ville. Pour acheter le journal. Et trouver quelqu'un qui en sait plus que nous.

– Je vous accompagnerais volontiers, mais je crains que Ruth ne soit pas d'accord. » Du fait de son métier, il savait négocier. Il n'avait pas envie d'y aller.

« Restez ici. » Clay pensait à son père, quelque part. « On voit des locations où le propriétaire vit sur place. Comme des hôtes. Ce n'est pas si bizarre, en fait. » La perspective de les voir reprendre la route l'inquiétait. Il trouvait cela courtois de sa part. Il voulait être considéré comme un homme bon.

G. H. regarda le ciel de nouveau. « On dirait qu'une belle journée s'annonce. Il fait déjà très chaud. » Quand on a un certain âge, on peut se permettre ce genre de propos, comme si on était en harmonie avec les rythmes secrets de la nature, comme si G. H. avait passé sa vie à bord d'un chalutier et non pas dans une tour de Manhattan. Peut-être irait-il piquer une tête dans la piscine.

Clay leva les yeux lui aussi. Le jaune du ciel virait au bleu. Il avait craint qu'il ne pleuve, mais maintenant cela ressemblait à l'été. Comme ils s'étaient trompés !

16

Il appuya deux fois sur le bouton pour baisser les quatre vitres en même temps. Clay appréciait cette fonctionnalité, l'idée géniale d'un ingénieur particulièrement perspicace qui savait que, par temps chaud, la première chose que l'on désire, c'est de l'air. Néanmoins, il y avait une sorte de plaisir dans la chaleur sèche enfermée à l'intérieur d'une voiture, les particules de poussière, l'impression que le soleil avait quasiment une odeur. Les roues produisirent un bruit particulier sur les graviers, avant de les quitter pour glisser en douceur sur l'asphalte. Il roulait lentement, nonchalamment, pour renforcer son sentiment de courage. En outre, songeait-il, plus longtemps ces gens resteraient là, plus il se sentirait autorisé à accepter leurs mille dollars.

Il passa devant un champ sans savoir ce qu'on y cultivait. Le soja était-il la même chose que les edamames, ou bien était-ce différent, et à quoi cela pouvait-il servir ? Il passa lentement devant la cabane de vente d'œufs. La route était à un stade intermédiaire, encore étroite, pas tout à fait réelle : il attendait que le GPS se manifeste, mais celui-ci n'avait trouvé le chemin de la mer qu'hier matin, non ? Clay savait ce qu'il faisait.

Quelqu'un lui avait expliqué un jour que fumer détendait parce qu'il s'agissait essentiellement de respiration profonde. Comme la route était dépourvue de bas-côté, Clay s'arrêta sur la chaussée, coupa le moteur et appuya sur le bouton pour remonter les vitres, dans un magnifique unisson. Il s'éloigna de quelques pas, il ne voulait pas que la fumée pénètre dans la voiture.

Il ressentit la pure et familière bouffée de satiété. Proche de la pâmoison. N'ayant rien contre quoi s'appuyer, il redressa le dos et contempla le monde autour de lui. Tout était paisible. Pendant un instant fugace, il eut envie de la vivacité d'un Coca glacé pour chasser sa vague gueule de bois. Oui, voilà ce qu'il allait faire. Il allait continuer tout droit, bifurquer sur la route principale et enchaîner les virages jusqu'au carrefour, et là, au lieu de tourner à droite, vers la mer, il prendrait à gauche, en direction de la ville. Il y avait une station-service, une bibliothèque, un bazar, un glacier et un motel ; et plus loin, sur la même route, un de ces déprimants complexes commerciaux avec une épicerie, une pharmacie, un pressing et une sandwicherie, bien alignés devant un parking si vaste qu'il ne serait jamais plein. C'est là qu'il partirait en quête de savoir, non pas dans une bibliothèque, mais dans cet endroit où se vendaient des choses. On pouvait acheter un Coca quasiment n'importe où.

Clay consulta son téléphone. Les habitudes avaient la vie dure. L'écran ne montrait rien. Il jeta sa cigarette et l'écrasa sous sa chaussure, avant de remonter en voiture. Le cerveau était une merveille. On pouvait conduire sans y penser. Les routes familières, les allers-retours quotidiens – démarrer la voiture, trouver l'autoroute, manœuvrer entre les voies, prendre la sortie habituelle, s'arrêter en douceur au feu rouge, repartir au feu vert –, en écoutant d'une oreille les gros titres de l'actualité sur NPR, tout en repensant à un affront subi au bureau ou à une production des *Pirates of Penzance* qu'on avait vue, un été, quand on était entre la sixième et la cinquième. Conduire était un automatisme qui coulait de source.

Aujourd'hui il ne pensait pas aux *Pirates of Penzance* de cet été-là, même s'il se souvenait de cette brève saison bénie où il était encore l'enfant préféré de sa mère, mais sans doute pensait-il à autre chose car il tourna à un moment donné et continua à rouler – estimer les distances et mesurer les volumes était pour lui une impossibilité – avant de s'apercevoir que s'il avançait assurément sur une route, une vraie route à deux voies du genre que le GPS pourrait identifier et nommer, il n'était pas certain, en revanche, d'être sur la bonne. Amanda avait noté des directions dans son carnet, évidemment, mais le carnet d'Amanda se trouvait là-bas, dans la maison, dans son sac Vuitton. De toute façon, la capacité à noter des directions pour se rendre quelque part et à les inverser ensuite pour faire le trajet dans l'autre sens était un art obsolète. Comme baisser la vitre d'une voiture en tournant une manivelle. Le progrès humain. Clay était perdu.

Tout était très vert. Il n'y avait rien à quoi s'accrocher. Quelques arbres. Un champ. Un toit entrevu, la promesse d'une construction, sans qu'il puisse dire s'il s'agissait d'une grange ou d'une maison. La route fit un coude et il émergea dans un endroit différent où il y avait un autre champ, d'autres arbres et un autre bout de toit de grange ou de maison, et Clay pensa à ces vieux dessins animés qui recyclent leurs décors pour donner l'illusion du mouvement. Impossible de savoir ce qui était le plus raisonnable : arrêter la voiture et faire demi-tour, ou bien continuer à avancer comme s'il savait où il allait. Il ne pouvait même pas dire depuis combien de temps il roulait, ni s'il serait capable de retrouver la route qui menait au chemin de gravier et à la maison où sa famille l'attendait. Il ignorait si cette route était signalée par un panneau, ni ce qui serait inscrit sur ce panneau. Peut-être aurait-il dû être plus attentif ; peut-être aurait-il dû prendre sa mission plus au sérieux.

Le bruit du vent et le souffle sur son visage le déconcentraient. Il ralentit pour remonter les vitres et tapota sur la console centrale jusqu'à ce que la climatisation se mette en marche. Il continua à rouler droit devant, même si ce n'était pas tout à fait exact car la route ondulait et serpentait ; et peut-être avait-il fait un tour complet, voilà pourquoi les arbres et les quelques constructions lui semblaient si familiers : il les avait déjà vus. Il trouva un chewing-gum, qu'il mit dans sa bouche. Bien.

Il ne croisait aucune autre voiture, sans savoir s'il devait trouver cela bizarre ou pas. En tout cas, ce n'était pas le genre de route où on rencontrait des panneaux stop. Les urbanistes locaux faisaient confiance aux automobilistes locaux. Il se rabattit sur le bas-côté poussiéreux, effectua un demi-tour et repartit dans la direction d'où il était venu. Plus rien ne lui semblait familier, alors qu'il venait juste de passer par là. Tout était inversé, et il remarqua sur le côté gauche des détails qui lui avaient échappé lorsqu'ils se trouvaient sur sa droite : une pancarte peinte à la main qui indiquait « Ferme McKinnon », un cheval solitaire dans un champ, les vestiges d'un bâtiment qui avait brûlé. Il continua à rouler, puis il ralentit car il sentait qu'il approchait de l'embranchement qui le ramènerait à la maison. Toutefois il ne le prendrait pas, il continuerait dans la direction opposée, là où il savait que la ville l'attendait.

Une route partait sur sa droite ; il tourna la tête pour la regarder en passant, mais ce n'était pas la route qui menait à la maison car il n'y avait pas sur le côté de petite cabane peinte où vous pouviez acheter une douzaine d'œufs pour cinq dollars. Il accéléra. Il atteignit un autre embranchement, mais là encore, pas de cabane peinte. Il se demanda alors s'il n'avait pas tourné deux fois pour se retrouver sur cette route où il cherchait un repère qui n'existait pas. Il sortit son téléphone, en sachant qu'il ne fallait pas regarder son téléphone au volant, et il s'étonna de constater que celui-ci semblait ne pas fonctionner. Avant de se souvenir qu'il ne fonctionnait pas, bien entendu, et que c'était justement la véritable raison de cette course, et non pas un Coca glacé. Il avait pris la voiture pour montrer à tout le monde qu'il était un homme qui prenait ses responsabilités, et maintenant il était perdu et il se sentait ridicule.

Il lança le téléphone sur le siège passager. Évidemment qu'il n'y avait pas d'autres voitures. C'étaient des routes de campagne, empruntées par une poignée de gens. Cette journée lui paraissait étrange car la nuit l'avait été. Il était un peu désorienté, mais il finirait bien par retrouver son chemin ; il n'était pas allé si loin qu'il ait besoin d'être secouru. Il songea que le gouvernement envoyait des hélicoptères pour sauver les cinglés asociaux qui tenaient à vivre dans des montagnes sujettes aux feux de forêt. Les gens voyaient ces incendies comme des drames, sans comprendre qu'ils constituaient une part importante du cycle de vie de la forêt. Ce qui était vieux brûlait. Les jeunes pousses grandissaient. Clay continua à rouler. Que pouvait-il faire d'autre ?

17

Le soleil poursuivit sa course dans le ciel comme il l'avait toujours fait. Ils l'accueillirent avec joie et vénération. Les picotements sur leur peau faisaient l'effet d'une punition. La sueur apparaissait comme une vertu. Les tasses s'empilèrent sur la table. Des serviettes furent utilisées, puis abandonnées. Il y eut des soupirs et des tentatives avortées de conversation. Il y eut les plongeons dans la piscine et le bruit de la porte qui s'ouvre et se ferme. Il régnait une chaleur presque audible, et avec ce genre de chaleur, que faire sinon se baigner ?

Amanda s'enduisit la poitrine d'une nouvelle couche de crème solaire ; elle sentait la matière dont elle était faite, noueuse et fibreuse, sous la peau. C'était une improvisation. Quelqu'un dans l'obscurité de la salle avait crié ce scénario. Il n'avait aucun sens, et pourtant on lui demandait de l'interpréter comme s'il en avait un. Clay était parti en ville. Et elle, voilà à quoi elle s'occupait. Elle songea à ce film dans lequel un homme faisait croire à son fils que la vie sous les nazis était normale, belle même. Il y avait là quelque chose qui ressemblait à de la prescience maintenant qu'elle y réfléchissait. On pouvait aller loin avec de la simulation.

Ruth informa les enfants qu'il y avait d'autres bouées dans le garage. Ils revinrent avec des Oldenburg miniatures en plastique dégonflés. Archie coinça l'embout entre ses lèvres et souffla (la bouée avait la forme d'un donut, saupoudré de grains de sucre, dans lequel quelqu'un avait mordu), et l'effort fit apparaître ses côtes en filigrane.

C'était tellement injuste, à quel point Archie pouvait se débrouiller bien mieux que Rose. Trois ans de plus. Celle-ci ne parvenait pas à insuffler le moindre souffle d'air dans sa bouée, toute simple, mais qui paraissait confortable. C'était agaçant. Archie était quasiment un adulte, alors qu'elle devait se contenter d'être elle-même.

« Laisse-moi faire, ma chérie. » Amanda coinça la chose flasque entre ses jambes et, perchée au bord de la méridienne en bois, elle lui donna forme en la pétrissant.

« J'aime mieux le donut. » Rien ne se passait comme elle voulait et elle ne pouvait s'empêcher de le remarquer.

« Tu es trop empotée, idiote. » Archie lança la bouée à la surface de la piscine. Il sauta du plongeoir et retomba à moitié à côté du donut comme s'il l'avait fait exprès. Indifférent aux protestations de sa sœur ; il avait appris depuis longtemps à ignorer tout ce qu'elle disait, ou presque.

« Le matelas est plus confortable. » Rose était le genre de gamine quelconque et grassouillette pour qui Ruth ne pouvait s'empêcher d'avoir de la peine. À ses yeux, Archie ressemblait à tous les garçons qu'elle avait vus défiler dans les couloirs de son école, convaincus de leur charme. C'était peut-être l'effet que produisaient les mères sur leurs fils. Elle s'inquiétait pour ses petits-fils qui seraient doublement maternés/étouffés.

Rose avait l'âge de feindre les bonnes manières. « Le donut est plus rigolo », geignit-elle pourtant, sur le ton particulier qu'utilisent les enfants quand ils implorent des adultes qui ne sont pas leurs parents.

« Ce qui est rigolo, on s'en lasse à la longue. » Assise à la table sous le parasol, Ruth croisa les jambes. Elle portait des vêtements propres. Elle avait fait une expédition dans la chambre principale, grimaçant devant le lit défait, les serviettes mouillées sur le sol de la salle de bains et les vêtements sales éparpillés. Elle se sentait mieux. Presque détendue.

« C'est plus difficile que ça en a l'air. » Amanda songea aux cigarettes de Clay, qui lui coupaient le souffle. Elle savait que c'était injuste de ne pas avoir de vice. Le monde moderne était tellement morne. Quand étaient-ils devenus des parents l'un pour l'autre ?

Rose était impatiente comme la fille de treize ans qu'elle était. « Dépêche-toi, maman. »

Amanda retira de sa bouche l'embout luisant de salive. « Tiens, voilà. » Cela suffisait.

Rose se tenait sur les marches, dans l'eau tiède jusqu'aux tibias. Archie et elle s'absorbèrent dans leur jeu ; le complot intime de l'enfance. Les enfants se liguaient, l'avenir contre le passé.

Amanda pensait souvent que les frères et sœurs étaient comme des vieux couples, avec toutes ces disputes en abrégé. Cela ne survivait pas à l'enfance. Elle n'avait guère de relations avec ses frères, hormis quelques mails trop longs de son frère aîné, Brian, et de rares textos bourrés de fautes d'orthographe de son frère cadet, Jason.

« Ça fait combien de temps qu'il est parti ? » Amanda consulta son portable. Au moins, l'horloge fonctionnait.

« Vingt minutes ? » G. H. regarda sa montre. C'était le temps qu'il fallait pour se rendre en ville, un peu plus si on roulait lentement, comme quelqu'un qui ne connaît pas la région. « Il ne va pas tarder à revenir.

– Devrais-je préparer le déjeuner ? » Amanda n'était pas motivée par la faim, mais par l'ennui.

« Je peux vous aider. » Ruth s'était déjà levée. Elle-même ne savait pas trop si elle en avait envie ou si elle se sentait seulement obligée. Elle aimait cuisiner, mais était-ce parce que les conventions l'avaient forcée à demeurer dans la cuisine jusqu'à ce qu'elle apprécie le temps qu'elle y passait ?

« Plus on est de fous, plus on rit. » Amanda n'avait pas besoin de sa compagnie, mais cela l'empêcherait peut-être de penser à son mari.

Il faisait plus frais à l'intérieur, bien que Ruth ait baissé la clim pour qu'il n'y fasse pas trop froid. Elle estimait que c'était du gâchis. « Vous ne devriez pas vous inquiéter. »

C'était là une marque de gentillesse, Amanda le savait. Clay avait acheté du brie et du chocolat pour les sandwiches préférés de Rose, une recette qu'elle faisait toujours au jour de l'an, pour une raison quelconque : les traditions naissent et puis, sans qu'on sache pourquoi, elles disparaissent. « Je dois vous prévenir : cette recette peut sembler bizarre, mais c'est très bon. » Elle sortit les ingrédients.

C'était Ruth qui immergeait l'oiseau de Thanksgiving dans l'eau salée. Qui étalait les tranches de bacon sur la grille et les passait au four. Qui épluchait au couteau la chair du pamplemousse. C'était sa cuisine. « Du chocolat ? »

Amanda regarda les ingrédients disposés sur le plan de travail. Chaque pépite de chocolat semblait délicieuse, le fromage était coulant à point. « Salé-sucré, il y quelque chose de magique là-dedans.

– Les contraires s'attirent, je suppose. » Ruth cherchait-elle à la séduire ? Peut-être. Amanda et elle étaient-elles réellement à l'opposé l'une de l'autre ? Le hasard les avait mises en présence, mais tout n'était-il pas dû au hasard en définitive ? Elle hacha du basilic.

Ruth remplit un seau de glaçons. Elle sortit des serviettes en tissu, qu'elle plia en carrés parfaits, avant de les poser sur un plateau.

Amanda renifla ses doigts parfumés. « C'est vous qui jardinez ?

– Vous ne surprendrez jamais George en train de faire un de ces trucs de vieux. » Ruth estimait que ses goûts « de grand-mère » – mots croisés, jardinage, ouvrages épais sur les Tudor – ne voulaient rien dire. Elle était une femme qui aimait ce qu'elle aimait. Elle n'était pas vieille.

Amanda essaya de deviner. « Il est avocat ? Non, dans la finance. Non, avocat. » À ses yeux, la montre de prix, les cheveux poivre et sel impeccables, les belles lunettes et les chaussures de luxe expliquaient quel genre d'homme était G. H.

« Capital-investissement. Dois-je couper le fromage en tranches ? » Ruth avait fourni cette explication de nombreuses fois. Et pourtant, cela restait flou pour elle. Et alors ? G. H. ne comprenait pas précisément non plus ce qu'elle faisait à Dalton School. Peut-être que personne, aussi amoureux soit-il, ne s'intéresse aux menus détails de la vie de quelqu'un d'autre. « Alors, oui, la finance pourrait-on dire. Mais pas pour une grande banque. Un petit cabinet de conseil. » C'était sa manière d'expliquer la chose aux personnes qui étaient aussi perdues qu'elle.

« Oui, coupez des tranches fines, pour des sandwiches grillés. » Il y avait assez pour quatre, mais pas vraiment pour six. Elle mettrait un sandwich de côté pour Clay. Sans raison aucune, si ce n'est le fait de penser à lui, les larmes lui vinrent aux yeux. Elle attendait les nouvelles qu'il allait rapporter, mais elle attendait aussi son retour.

« Au moins, les enfants s'amusent. » Ruth aurait préféré que ces gens ne soient pas là, mais elle ne pouvait s'empêcher de se sentir liée à eux par une relation humaine. Ruth s'inquiétait pour le monde, mais se soucier d'autres personnes ressemblait pour elle à une forme de résistance. Peut-être n'avaient-ils rien d'autre.

Amanda fit fondre du beurre dans la poêle noire. « C'est juste. » Archie était presque un homme. Un siècle plus tôt, on l'aurait envoyé dans les tranchées en Europe. Devait-elle lui dire ce qui se passait ? Et que lui dirait-elle dans ce cas ?

« J'ai trouvé cette crème aux oignons. Pour l'apéritif, peut-être ? » Ruth sortit un saladier et une grosse cuillère. Les deux femmes travaillèrent en silence.

Mais Amanda ne pouvait le supporter, alors elle le rompit. « Qu'est-ce qui se passe, à votre avis ?

– Votre mari va bientôt revenir. Il aura sûrement appris quelque chose. » Ruth goûta la crème d'oignons avec son petit doigt. Un geste élégant. Elle ne voulait pas jouer aux devinettes. Elle soupçonnait Amanda de ne pas avoir cru leur histoire. Ruth ne voulait pas se retrouver dans l'embarras.

Amanda mit de côté un sandwich déjà prêt. « Mes enfants comptent sur leur téléphone pour leur dire le temps qu'il fait. Pour qu'il leur indique l'heure qu'il est, et tout ce qui se passe dans le monde. Ils ne sont plus capables de rien voir autrement qu'à travers ce prisme. » Amanda elle-même en faisant autant. Elle s'était moquée de cette pub à la télé où Zooey Deschanel semblait ne pas savoir s'il pleuvait, et pourtant elle aurait été logée à la même enseigne. « Sans nos portables, ici, on est complètement perdus. » C'était bien ça. Une sensation de manque. En vol, elle ôtait le mode avion pour essayer de consulter ses mails dès que le petit signal sonore annonçait que l'appareil volait à moins de dix mille pieds. Les hôtesses, attachées sur leurs sièges, ne pouvaient pas la réprimander. Elle s'acharnait sur l'écran en attendant que la connexion s'opère, en attendant de voir ce qu'elle avait manqué.

« Vous y croirez quand vous le verrez sur votre téléphone. » Ruth ne le lui reprochait même pas. Toutes ces années passées à débattre de l'objectivité des faits avaient atteint les cerveaux de tout un chacun.

« On ne sait rien du tout. Je me sentirai mieux quand je saurai. Vous trouvez que Clay met du temps ? »

Ruth posa la cuillère sale dans l'évier. « Vous connaissez le cliché de l'île déserte. Vous êtes loin de la civilisation et des gens. On vous demande de choisir dix livres ou dix disques à emporter avec vous. Pour que cela ressemble à une sorte de paradis et non pas à un piège. » Une île déserte lui semblait enviable, même si le niveau de la mer montait et que toutes ces petites îles risquaient de disparaître.

« Seulement je n'ai pas dix livres. Si on était connectés, je pourrais accéder à mon compte et télécharger tous les livres que j'ai achetés pour mon Kindle. Hélas, on n'a pas Internet. » Voici ce qu'elle omit de dire : on a la piscine, des sandwiches au brie et au chocolat, et même si nous ne nous connaissons pas, nous sommes là les uns pour les autres.

18

Amanda apporta une bouteille de vin. C'étaient les vacances. Et puis, il fallait soigner le mal par le mal. Quand les enfants se plaignirent qu'il était trop tôt pour déjeuner, Amanda les laissa repartir dans leur jeu, soulagée. Elle versa le vin rose pâle dans des verres en acrylique et les distribua, comme un cérémonial, presque religieusement. Une personne attentionnée et patiente avait repassé les serviettes en tissu. Elle se demanda si c'était Ruth.

« Vos enfants sont très polis. » Pour G. H., il n'y avait pas de plus beau compliment.

« Merci. » Amanda se savait pas si c'était de la flatterie ou un moyen de meubler la conversation, n'empêche qu'elle était ravie. « Vous avez une fille ?

– Maya. Elle enseigne la méthode Montessori dans le Massachusetts. » G. H. avait encore du mal à saisir le concept, mais il adorait sa fille.

« Elle dirige l'école. Elle n'est pas juste enseignante. C'est elle qui gère tout. » Ruth mordit dans une mini-carotte. Elle se sentait légère. Peut-être qu'une partie d'elle-même se souvenait vaguement d'avoir lu que les personnes atteintes d'une maladie incurable entrent dans une période de rémission, de calme, et retrouvent presque la santé une fois le diagnostic établi. Une lune de miel. Un interlude de bonheur.

« Formidable. Nous avons envoyé Archie dans une école Montessori quand il était petit. C'était incroyable. Ils enfilaient des chaussons d'intérieur. Ils se lavaient les mains. Ils se disaient bonjour, comme des collègues de bureau. » Elle avait adoré l'entendre parler de « travail » à propos des jeux. Ces bambins maladroits qui s'entraînaient à devenir adultes en attrapant des perles de verre avec des cuillères à café et qui épongeaient ce qu'ils avaient renversé au déjeuner.

« Il paraît que c'est important pour le développement. Maya est une passionnée. Les garçons vont y entrer dans… Oh, mon Dieu, une quinzaine de jours, je crois. » Ruth était sur la défensive.

« Non, pas déjà ! » G. H. savait que tous les clichés se révélaient exacts et que les enfants grandissent à toute vitesse, en effet.

« En septembre », ajouta Ruth avec espoir. Sa mère aurait introduit Dieu dans tout ça : *Si Dieu le veut*, un réflexe, comme respirer. Ils n'avaient pas méprisé la piété de cette femme, mais ils ne l'avaient pas copiée. Peut-être avait-elle mis le doigt sur quelque chose. C'était peut-être de la folie de penser que tout se produisait sans que quelqu'un – Dieu, oui, pourquoi pas – l'ait décidé.

Pourquoi Amanda pensait-elle à la chanson de Earth, Wind and Fire, et pourquoi cette pensée lui semblait-elle raciste ? Non, certains de leurs meilleurs amis n'étaient pas noirs. Leur ami Peter était marié à une femme prénommée Martika qui avait été un célèbre mannequin noir dans les années 1970. Leur voisin du rez-de-chaussée était noir, mais aussi transgenre ou non binaire ou… Amanda s'adressait toujours à cette personne par son nom, pour ne pas prendre de risque : *Ravie de vous*

voir, Jordan ; vous avez passé un bel été, Jordan ? il
fait chaud ces jours-ci, Jordan.

« Oui, ça passe vite. Les parents me répétaient tous la même chose quand Archie était bébé, et moi je me disais : j'ai hâte que ça passe. Parce que j'étais épuisée. Mais aujourd'hui, je m'aperçois qu'ils avaient raison. » Elle jacassait.

« J'allais dire exactement la même chose. Vous m'avez devancé. Je me souviens de Maya à cet âge. » G. H. était nostalgique, mais inquiet également. Ils avaient eu de belles vies, longues et heureuses. Maya et sa famille étaient le seul résultat qui comptait, en définitive et, bien sûr, ce n'était pas rien. Le rôle d'un père était de protéger sa progéniture ; au volant de sa voiture, la nuit précédente, il avait réfléchi à ce qu'il pourrait faire pour elle à distance depuis Long Island. Pas grand-chose, avait-il constaté. Mais ce n'était pas Maya qui avait besoin d'aide, c'étaient eux. Maya et les garçons allaient très bien.

Ruth se demandait quelle version de leur fille occupait l'esprit de son mari. Elle ne voulait pas poser la question. C'était trop intime en présence de cette inconnue. C'était déjà assez bizarre de se retrouver assis là ensemble en maillot de bain.

« Ce doit être chouette d'être grands-parents. Vous pouvez gâter vos petits-enfants sans être obligés de vous lever la nuit ou de les gronder quand ils rapportent un mauvais carnet de notes. » Les parents d'Amanda s'étaient déchargés de cette tâche avec indifférence. Non pas faute d'aimer Archie et Rose, mais ils n'étaient pas en adoration. Il y avait cinq autres cousins et ses parents avaient pris leur retraite à Santa Fe, où son père peignait d'horribles paysages et où sa mère était bénévole dans un refuge pour chiens. Ils étaient bien décidés à savourer librement leurs vieux jours dans cet endroit étrange où l'eau bouillait moins vite qu'ailleurs.

« Ces sandwiches sont très bons. » Ruth avait eu quelques doutes. Et puis, elle voulait changer de sujet. La vérité, c'était que Maya protégeait Beckett et Otto. Elle jugeait ses parents faibles, ou conservateurs, incapables de saisir la philosophie sur laquelle Clara et elle s'étaient mises d'accord. Si Ruth arrivait avec des sacs de chez Books of Wonder, Maya passait tous les livres en revue, tel un rabbin, pour y traquer les péchés. Cela partait d'une bonne intention. Sa méfiance ne visait pas ses parents, mais le monde qu'ils avaient créé, et elle avait peut-être raison. Ruth ne pouvait résister au plaisir de leur acheter des petites choses adorables – des chemises en vichy comme celles qu'on mettrait à un ours en peluche – et Maya s'efforçait de cacher son mépris. Peu importe, Ruth voulait qu'on lui passe ses caprices et qu'on la laisse serrer contre elle ces petits corps qui sentaient le propre. C'était incroyable, le sentiment que cela lui procurait. Elle était invincible.

« Oui, très bons, confirma G. H.

– On les gâte parfois, c'est vrai, reconnut Ruth. Quand l'occasion se présente. » C'était justement ce qu'elle voulait, l'occasion de voir sa famille.

Amanda ne pensait plus avoir affaire à des escrocs, mais c'étaient les prémices de la démence, un premier avertissement, comme quand on laisse des clés dans le réfrigérateur, qu'on entre sous la douche avec ses chaussettes ou qu'on se demande : Reagan est-il encore président ? N'était-ce pas ainsi que cela se passait : d'abord la fiction, puis la paranoïa, puis Alzheimer ? Elle éprouvait la même chose envers ses parents : leur volonté semblait suspecte. Ils s'étaient installés à Santa Fe après être allés skier au Nouveau-Mexique une ou deux fois, dix ans plus tôt : pour elle, cela n'avait aucun sens, et leur satisfaction ressemblait un peu à de l'aveuglement.

« C'est l'intérêt d'être grands-parents.

– George est pire que moi…

– Attendez. » Amanda n'aurait pas voulu se montrer impolie et elle leur adressa un regard contrit. « Je viens de comprendre. Vous vous appelez *George Washington* ? »

Il n'y avait aucune raison d'avoir honte. Cela faisait plus de soixante ans qu'il l'expliquait. « Je m'appelle George Herman Washington.

– Désolée pour ma remarque, c'était déplacé. » Le vin, peut-être ? « C'est juste que ça vous va tellement bien, en un sens. »

Elle ne pouvait pas l'expliquer, mais peut-être que cela allait de soi. Un jour, cela deviendrait une anecdote ; elle raconterait la fois où elle s'était retrouvée assise au bord d'une piscine avec un Noir nommé George Washington, pendant que son mari s'était absenté pour essayer de comprendre ce qui clochait sur terre. La veille au soir, ils avaient échangé leurs récits catastrophiques, cela en ferait un de plus.

« Inutile de vous excuser. C'est notamment pour cette raison que j'ai décidé d'utiliser mes initiales dès le début de ma carrière.

– C'est un joli nom. » Ruth ne se sentait pas insultée ; elle s'étonnait simplement de la familiarité avec laquelle cette femme s'adressait à eux. Elle savait que cela la faisait ressembler encore plus à une vieille femme, mais elle regrettait une certaine absence de convenances.

« Oui, exact ! C'est un joli nom. Et de superbes initiales. G. H., ça fait capitaine d'industrie, quelqu'un qui connaît son métier. Je pourrais confier mon argent à un

G. H. » Amanda en faisait trop, mais elle était un peu éméchée. Le vin, la chaleur, le sentiment d'étrangeté. « Clay devrait être rentré, vous ne pensez pas ? »

Elle regarda son poignet, mais elle n'avait pas mis sa montre.

19

Le temps libre ennuyait les enfants. En infériorité numérique, Archie et Rose s'étaient redécouvert une certaine affinité ; ils étaient redevenus un garçon de cinq ans et une fille de deux ans qui coopéraient pour atteindre un objectif tacite. Ils avaient quitté la piscine, quitté les adultes, pour se réfugier dans l'herbe ; l'ombre leur apportait le soulagement que la piscine n'offrait pas.

« Allons dans les bois, Archie. » Rose repensait à ce qu'elle avait vu. Ça n'avait aucun sens, même à ses yeux. « J'ai vu un truc ce matin. Un cerf.

– Il y en a partout, idiote. C'est comme des écureuils ou des pigeons. On s'en fout. » Elle n'était pas horrible, sa sœur, et c'était encore une gamine, alors elle était forcément idiote. Était-il aussi stupide à treize ans ?

« Non. Je t'assure… Allez, viens. » Rose regarda par-dessus son épaule les adultes qui déjeunaient. Elle ne pouvait pas dire « s'il te plaît », car si elle le suppliait il ne voudrait pas. Elle devait présenter la chose de manière alléchante. Elle voulait faire comme s'ils partaient en exploration, mais en réalité ils partiraient explorer pour de bon, alors ce n'était même pas un jeu. « Allons voir ce qu'il y a là-bas.

– Il n'y a rien. » N'empêche, Archie se posait des questions. Qu'est-ce qu'il y avait là-bas ? Des pointes de flèches indiennes ? De l'argent ? Des inconnus ? Il avait découvert, dans différents bois qu'il avait visités dans sa vie, des trucs super bizarres. Trois pages arrachées à un magazine cochon : une femme bronzée à la coupe de cheveux ringarde, avec des nichons énormes, qui faisait la moue et se contorsionnait dans tous les sens. Un billet d'un dollar. Un bocal rempli d'un liquide un peu trouble dont il était certain que c'était de la pisse, sans pouvoir le prouver car il ne voulait pas ouvrir un bocal qui pouvait contenir la pisse de quelqu'un d'autre. Il y avait des mystères en ce monde, Rosie ne disait rien d'autre et il le savait, mais il ne voulait pas l'entendre de la bouche de sa sœur.

« Et s'il y a un truc ? Peut-être qu'il y a une maison là-bas. » Elle imaginait une chose qui était encore floue dans son esprit.

« Il n'y a pas d'autre maison dans le coin », fit Archie comme s'il ne pouvait pas y croire ou qu'il le regrettait. Il comprenait. Lui aussi s'ennuyait.

« À part cette ferme. Celle qui vend des œufs, tu te souviens ? » Ces fermiers avaient peut-être des enfants, ils avaient peut-être une fille qui s'appelait Kayla ou Chelsea ou Madison, et elle avait peut-être son propre téléphone, elle avait peut-être de l'argent ou une chouette idée pour s'amuser. Elle les inviterait peut-être dans sa maison, il y aurait la clim, ils joueraient à des jeux vidéo, ils mangeraient des Fritos et boiraient du Coca Light avec des glaçons.

Rose avait chaud, ça la démangeait. Elle avait envie d'aller dans les bois avec son frère, d'aller là où les adultes ne les verraient pas, où ils ne pourraient pas les embêter. Elle imaginait des indices. Des empreintes. Des traces. Des preuves.

Archie ramassa un bâton par terre et le lança dans les

arbres, à la manière d'un javelot. Les enfants aiment les bâtons, autant que les chiens. Emmenez un enfant au parc, il ramassera un bâton. Une sorte de réflexe animal.

« Il y a une balançoire. Cool. » Elle était accrochée à un grand arbre. Il y avait également un petit abri de jardin, une cabane pour les enfants peut-être, ou bien elle contenait des outils. Au-delà, l'herbe refluait jusqu'à ce qu'il n'y ait plus que de la terre et des arbres. Rose se précipita vers la balançoire et s'y assit.

Archie poussa un juron avec l'impression d'être un homme qui se plaint des cailloux sous ses pieds. « Merde.

– Y a quoi là-dedans ? »

Quelque chose dans cette cabane incitait Rose à la prudence. Elle pouvait contenir n'importe quoi. Rose avait commencé à faire semblant, ou bien elle faisait semblant depuis le début.

« Ouvrons la porte, pour voir. » Archie paraissait sûr de lui, mais intérieurement il était aussi terrifié que sa sœur. C'était peut-être la cabane de jeu d'un enfant mort. Il y avait peut-être quelqu'un tapi à l'intérieur, qui attendait qu'ils ouvrent la porte. Un truc sorti d'un film, ou du genre d'histoire auquel ils ne voulaient pas que leurs vies ressemblent.

Les adultes étaient derrière la clôture, c'était comme s'ils avaient cessé d'exister. Rose sauta de la balançoire et s'approcha de la petite construction. Elle brisa une toile d'araignée, invisible jusque-là, et elle fut parcourue par un horrible frisson. Le corps savait ce qu'il faisait. Il vous incitait à fuir en vous faisant peur, au cas où l'araignée serait venimeuse. Elle s'interdit de crier : son frère n'avait aucune patience vis-à-vis de ces trucs de fille. Elle ne put toutefois retenir un hoquet de dégoût.

« Quoi ? » Archie regarda sa sœur, avec une sorte d'inquiétude mêlée de mépris. Autre réflexe animal, celui du grand frère.

« Une toile d'araignée. » Elle pensa à *Charlotte's Web*. Elle savait que les araignées ne possèdent ni personnalité ni voix comme les humains, mais elle se faisait du souci pour celle qu'elle avait peut-être dérangée ; elle ne pouvait pas s'empêcher d'imaginer une gentille araignée femelle. Sans savoir qu'elle associait générosité et féminité, ce qui constituait partiellement la morale de cette histoire. Sans savoir que sa mère s'en était formalisée lorsqu'elle l'avait relue à voix haute il y a quelques années, quand ses enfants avaient encore l'âge qu'on leur lise des histoires le soir.

Le garçon et la fille avancèrent ensemble dans les herbes hautes, leurs corps presque nus, rosis par le soleil, saisis de fourmillements dans l'air plus frais sous la ramure, avec la chair de poule due à la soie de l'araignée et à la peur qui était le meilleur de leur exploration. Vus de loin, ils ressemblaient aux faons que l'on aperçoit au petit matin, jeunes, hésitants, maladroits, mais gracieux d'être simplement ce qu'ils sont.

Archie pensa, sans le dire : « Poule mouillée. » Réaction instinctive à la perception de la faiblesse, mais il s'agissait de sa petite sœur. « Ouvre. »

Rose hésita, puis n'hésita plus. Il fallait qu'elle soit courageuse, c'était le jeu. La porte avait le genre de loquet qu'on abaisse avec son pouce, au-dessus d'une poignée qu'elle saisit, légèrement. Le métal avait subi les intempéries et son contact était chargé d'électricité. Rose tira la porte, qui s'ouvrit avec un grand craquement. À l'intérieur : rien, un amas de feuilles mortes dans un coin, qui paraissait presque délibéré. Le cœur de Rose battait si fort qu'elle l'entendait cogner. « Oh. »

Elle était un peu déçue, même si elle n'aurait su dire ce qu'elle avait pensé trouver.

Archie passa la tête à l'intérieur, sans entrer. « Ce putain d'endroit est chiant à mourir.

– Ouais. » Rose gratta le sol avec un ongle de pied qui avait été peint en bleu ciel des semaines auparavant.

Archie comprenait maintenant que c'était un jeu d'improvisation.

« Remarque, c'est peut-être là qu'il dort. Ou qu'il se cache la nuit. »

Peur immédiate.

« Qui ? »

Il haussa les épaules. « Celui qui a laissé son empreinte. »

Archie montra les feuilles, qui avaient été mouillées, mais qui, en séchant, avaient formé une surface dure et galbée. « Si tu étais dans ces bois sans nulle part où aller ni endroit pour dormir... qu'est-ce que tu ferais ? »

Rose ne voulait pas penser à ça. « Qu'est-ce que tu veux dire ?

– Tu ne pourrais pas... genre grimper dans un arbre pour dormir là-haut. Et en bas, par terre, ça pourrait être... dangereux. À cause des serpents et d'autres saloperies. Comme les animaux enragés. Quatre murs ! Un toit ! Le grand luxe. Il y a même une fenêtre... » Archie montra le carreau sale encastré dans le côté de la cabane, qu'ils n'avaient pas remarqué avant d'ouvrir la porte.

« Oui, sûrement. » Pour rien au monde elle n'aurait voulu coucher dehors. Elle ne s'imaginait pas dormir dans un arbre. D'ailleurs, elle se disait qu'elle ne pourrait même pas grimper dans un arbre. Il y a deux ans, ils avaient fait de la varappe au centre aéré de Park Slope. Elle était attachée à la taille, elle portait un casque et des genouillères, et malgré cela, une fois arrivée au milieu du mur, elle avait refusé de continuer, et elle était restée suspendue, en hurlant, jusqu'à ce que Darnell, le moniteur, la fasse redescendre à l'aide de la corde.

Archie marqua une pause, l'air entendu. « ... pour qu'il puisse voir.

– Voir quoi ? »

Archie passa de nouveau la tête dans la cabane et regarda par la fenêtre. « L'intérieur de la maison, évidemment. Regarde toi-même. Aux premières loges. »

Rose s'avança, en hésitant un peu lorsqu'elle sentit la terre nue sous ses pieds. Elle n'avait pas besoin de se baisser, elle était moins grande que son frère, mais elle le fit quand même, en lui prenant le bras pour assurer son équilibre. En effet, elle apercevait la maison.

Archie poursuivit : « C'est pas la chambre où tu dors ? Hein ? On dirait bien. Imagine un peu, quand il fait nuit dehors et que la maison est tout éclairée. Tu as allumé ta petite lampe de chevet et tu bouquines, au chaud dans ton lit. Il pourrait suivre cette lumière jusqu'à toi. Je suis sûr qu'on peut regarder par la fenêtre sans se mettre sur la pointe des pieds. »

Elle recula vivement et se cogna la tête contre l'encadrement de la porte. « La ferme, Archie. »

Le garçon étouffa un rire.

« Ferme-la. » Elle serra les bras autour de sa poitrine. « Écoute. Ce matin, j'ai vu des cerfs. Pas juste un. Tout un tas. Une centaine. Peut-être plus. Juste ici. C'était super bizarre. Est-ce qu'ils se déplacent en groupes comme ça ? »

Archie marcha vers les arbres à l'ombre desquels était nichée la cabane. Il leva les bras, fit un petit saut et attrapa la branche la plus basse ; il remonta ses genoux contre son torse et se balança, tel un animal malicieux.

Puis il se laissa retomber sur le sol avec un bruit sourd. Il cracha à terre.

« J'y connais que dalle à ces putains de cerfs. »

Leurs corps en sueur, rosés et duveteux, se confondaient avec le feuillage ; personne ne pouvait les voir, les entendre, les espionner dans leur enquête.

Ils voulaient qu'il se passe quelque chose, et de fait quelque chose se passait. Ils ne le savaient pas, et ils n'étaient pas concernés, pas vraiment. Mais cela viendrait, évidemment ; le monde appartenait aux jeunes. Ils étaient deux bébés dans les bois, et à en croire le conte, ils allaient mourir ; les oiseaux s'occuperaient de leurs corps, peut-être escorteraient-ils leurs âmes jusqu'au ciel. Tout dépendait de la version de l'histoire. L'obscurité qui était tombée sur Manhattan, cette réalité tangible, pouvait s'expliquer. Mais au-delà de l'obscurité, il y avait tout le reste, et c'était plus vague, difficile de s'y accrocher, comme à une toile d'araignée, présent sans l'être, tout autour d'eux. Ils s'enfoncèrent dans la forêt.

20

Quatorze minutes s'étaient écoulées depuis qu'il avait quitté la maison. Il se souvenait d'avoir regardé l'horloge de bord en mettant le contact. Seize minutes peut-être. Ou peut-être qu'il se trompait. C'était peut-être moins ! Il s'était arrêté pour fumer cette cigarette, ce qui lui prenait généralement sept minutes, mais plus près de quatre en l'occurrence. Donc, Clay avait roulé dix minutes, ce qui n'était pas beaucoup ; il ne pouvait pas être véritablement perdu. Il s'obligea à se calmer, puis bifurqua dans l'allée menant à la ferme McKinnon pour fumer une cigarette. Évidemment, il aurait pu continuer sur ce chemin, jusqu'à la ferme ou une construction quelconque où il y aurait des gens, mais cela voudrait dire qu'il était réellement paniqué, ce qu'il n'était pas. Alors il fuma, tentant de trouver la relaxation inhérente à ce geste, puis il écrasa la cigarette avant qu'elle ne soit terminée, impatiemment. Quand ils étaient arrivés à la maison le premier jour, il ne se souvenait pas s'ils avaient vu d'autres voitures. Ce premier jour lui semblait remonter à plusieurs semaines.

Il ferma la portière plus fort qu'il l'aurait voulu, sans pour autant la claquer. Suffisamment fort toutefois pour souligner le silence environnant. Il se dit que c'était normal, et ça l'était. S'il avait été préparé à trouver la paix, cela lui aurait paru paisible. Au mieux, c'était horripilant ; au pire, menaçant. Les symboles ne veulent rien dire, on leur prête des significations en fonction de ce dont on a le plus besoin. Clay mâchonna un chewing-gum et redémarra. Il tourna à gauche pour quitter le chemin de la ferme et roula lentement en notant tous les embranchements sur sa droite. Un premier, un deuxième, puis un autre, mais aucun ne lui paraissait familier, et aucun ne jouxtait un stand qui vendait des œufs. Un panneau annonçait « Maïs », sans indiquer d'endroit précis, et il devait dater.

Clay songea au conditionnement mental qu'ils avaient concrètement mis en place afin de préparer Archie à prendre le métro seul. Ils avaient insisté pour qu'il apprenne par cœur leurs numéros de téléphone, au cas où il perdrait ou casserait son portable, et convenu d'un plan si jamais Archie se retrouvait à bord d'une rame détournée se dirigeant vers une partie de la ville où il n'avait jamais mis les pieds. Maintenant, il prenait le métro en permanence. Et Clay y pensait rarement. C'était ainsi. Vous appreniez à votre enfant à faire ses nuits, à manier une fourchette, à pisser dans des toilettes, à dire « s'il vous plaît », à manger des brocolis, à être respectueux envers les adultes, et puis, un jour, votre enfant était prêt. C'était terminé. Clay ne savait pas pourquoi il pensait à Archie et il secoua la tête comme pour remettre de l'ordre dans son esprit. Il devait faire demi-tour et prendre un des trois, quatre ou cinq embranchements qu'il avait dépassés, déterminer où il menait et voir si c'était le bon. C'était forcément l'un de ceux-là. Il suffisait d'être méthodique. Il retrouverait le chemin de la maison, et il repartirait, en étant plus prudent, plus attentif, et il roulerait jusqu'en ville, sa destination première. Il avait très envie de ce

Coca maintenant. Le besoin de caféine lui donnait la migraine.

Ces vacances étaient fichues. Le charme était rompu. Franchement, le mieux ce serait de revenir à la maison et de demander aux enfants de faire leurs bagages. Ils seraient de retour en ville pour dîner. Ils pourraient s'offrir un gueuleton dans ce restaurant français sur Atlantic, commander les anchois frits, le steak, un martini. Clay prenait toujours des décisions après coup. Et maintenant, il était… égaré, disons, pas perdu. Il ressentait une envie étonnamment forte de voir ses enfants.

Il prit le premier embranchement à gauche et roula quelques mètres seulement avant de s'apercevoir que ce n'était pas la bonne route : elle montait à flanc de colline, et il se souvenait que l'autre était à plat. Il fit demi-tour et retourna sur la route principale, en ralentissant à peine car il savait qu'il n'y avait pas de circulation, dans un sens comme dans l'autre. Il prit l'embranchement suivant, et il eut l'impression d'être sur la bonne voie, cette fois. Il continua à rouler, puis tourna à droite, parce qu'il en avait la possibilité. C'était peut-être par là, et la cabane peinte qui vendait des œufs se trouvait un peu plus loin. Tout lui paraissait familier car les arbres et l'herbe sont toujours semblables à eux-mêmes.

Il refit demi-tour, retourna à l'embranchement qu'il avait pris en quittant la route principale et là, de l'autre côté de la chaussée, il vit une femme. Elle portait un polo blanc et un pantalon kaki. Sur n'importe qui d'autre, cette tenue aurait paru décontractée, mais sur cette femme à la silhouette large et indigène (sang ancien, dignité intemporelle), cela ressemblait à un uniforme. La femme le vit, leva la main, l'agita, gesticula en lui faisant signe d'approcher. Clay revint sur la route principale, moins vite cette fois, et s'arrêta. Il baissa sa vitre et lui sourit, comme on a appris à sourire face aux chiens pour ne pas montrer qu'on a peur d'eux.

« Bonjour ! » Il ne savait pas quoi dire. Devait-il avouer qu'il était perdu ?

« Bonjour. » Elle le regarda et se mit à parler, très vite, en espagnol.

« Désolé. » Clay haussa les épaules. Il s'en voulait de l'admettre, y compris en son for intérieur, mais pour lui c'était du charabia. Il ne parlait aucune langue étrangère. Il n'avait pas même pas envie d'essayer. Il avait l'impression d'être un idiot, ou un enfant.

La femme poursuivait. Un flot de paroles, en reprenant à peine son souffle. Elle avait quelque chose d'urgent à dire, et peut-être avait-elle oublié le peu d'anglais qu'elle possédait : *bonjour*, *merci*, *c'est OK*, *Ajax*, *téléphone*, *texto*, *Paypal* et les jours de la semaine. Elle parlait. Elle ne s'arrêtait pas de parler.

« Je suis désolé. » Clay haussa les épaules de nouveau. Il ne comprenait rien, évidemment. *No comprende.* Ils disaient ça dans les films. Vous ne pouviez pas vivre dans ce pays sans connaître quelques mots d'espagnol. S'il avait eu tous ses esprits, il se serait obligé à se calmer, il aurait communiqué avec cette femme. Mais elle était paniquée, et elle le paniquait. Il était perdu, il voulait retrouver sa famille. Il voulait manger un steak dans ce restaurant d'Atlantic Avenue. « *No Spanish.* »

Elle continuait à parler… Il entendit *père*, mais elle avait dit *cerf*, les deux mots se ressemblaient tellement à l'oreille. Elle continuait. Elle dit *téléphone*, mais il ne comprit pas. Elle dit *électrique*, mais il n'entendit pas. Il vit des larmes apparaître dans les coins de ses petits yeux. Elle était trapue, avec des taches de rousseur.

146

Elle pouvait avoir quatorze ou quarante ans. Son nez coulait. Elle était en larmes. Elle se mit à parler plus fort, plus vite ; ses paroles étaient confuses, peut-être passait-elle de l'espagnol à un dialecte quelconque, plus ancien encore, l'argot de civilisations disparues depuis longtemps, un amas de ruines dans la jungle. Son peuple avait découvert le maïs, le tabac, le chocolat. Son peuple avait inventé l'astronomie, le langage et le commerce. Puis il avait cessé d'exister. Aujourd'hui, les descendants décortiquaient ce maïs que leurs ancêtres avaient été les premiers à consommer, ils passaient l'aspirateur et arrosaient les parterres de lavande plantés au bord des piscines de belles maisons dans les Hamptons, inhabitées la majeure partie de l'année. Elle s'oublia et alla jusqu'à poser les mains sur la voiture, ce qui constituait une infraction, ils le savaient l'un et l'autre. Elle agrippa les cinq centimètres de vitre qui dépassaient de la portière. Elle avait de petites mains brunes. Elle continuait à parler entre deux sanglots ; elle lui posait une question, une question qu'il ne comprenait pas et à laquelle il n'aurait pas su répondre de toute façon.

« Je suis désolé. » Il secoua la tête. Si son téléphone avait fonctionné, peut-être aurait-il essayé Google Translate. Il aurait pu inciter cette femme à monter dans sa voiture, mais comment lui faire comprendre que s'il tournait en rond c'est qu'il était perdu, non qu'il avait l'intention de la tuer ou de l'endormir comme le font les parents avec leurs bébés en banlieue ? Un autre homme que lui aurait réagi différemment, mais Clay était ce qu'il était, un homme incapable de fournir à cette femme ce dont elle avait besoin, un homme qui avait peur de l'urgence qu'elle exprimait, peur de sa peur, un sentiment n'avait pourtant pas besoin de traduction. Elle avait peur. Il devrait avoir peur lui aussi. Il avait peur. « Je suis désolé. » Il se parlait surtout à lui-même. Elle lâcha la vitre quand il la fit remonter. Il repartit tout droit et accéléra, malgré son intention d'explorer tous les embranchements de la route. Il éprouvait le besoin de s'éloigner de cette femme, plus encore que de retrouver sa famille.

21

Dans les bois, on a l'impression de sentir une présence, invisible malgré tous les efforts qu'on fait pour la voir. Il y a des insectes, des crapauds immobiles couleur de vase, des champignons aux formes fantastiques qui paraissent fortuites, l'odeur douceâtre de la pourriture, l'humidité inexplicable. On se sent petit, un spécimen perdu dans la masse, le moins important de tous.

Peut-être, peut-être leur était-il arrivé quelque chose. Peut-être était-il en train de leur arriver quelque chose. Pendant des siècles il n'y avait pas eu de mots pour décrire le fait que des tumeurs s'épanouissent à l'intérieur des poumons ; de superbes pionnières, semblables à des plantes en fleurs prenant racine dans des endroits improbables. L'incapacité à les nommer ne changeait rien à l'affaire : la mort par noyade à mesure que votre poitrine se remplissait de poches de liquide.

Rose sentait des yeux posés sur elle, mais très souvent elle faisait semblant d'être observée. Elle se voyait à travers l'objectif d'un téléphone portable. Elle était jeune et ignorait que tout le monde se voit ainsi, comme le personnage principal d'une histoire plutôt qu'un être parmi des milliards, littéralement, et dont les poumons s'emplissent peu à peu d'eau salée.

Dans les bois, la lumière était différente. Les arbres s'interposaient. Les arbres étaient vivants et ressemblaient aux créatures majestueuses de Tolkien. Les arbres observaient, de manière non objective. Les arbres savaient ce qui se passait. Ils parlaient entre eux. Ils étaient sensibles aux réverbérations sismiques des bombes très lointaines. Cinq kilomètres plus loin – là où l'océan avait commencé à ouvrir une brèche dans la côte – ils mouraient, même s'il faudrait encore des années avant qu'ils ne soient transformés en rondins albinos. Les arbres disposaient de tout le temps que nous n'avions pas. Les mangroves pouvaient le déjouer, remonter leurs racines comme les jupons d'une dame victorienne, et siroter le sel dans le sol ; alors peut-être s'en tireraient-elles, avec les alligators, les rats, les cafards et les serpents. Peut-être seraient-elles plus heureuses sans nous. Parfois, parfois, le suicide est un soulagement. C'était le mot qui convenait pour décrire ce qui était en train de se passer. La maladie dans le sol, dans l'air et dans l'eau, tout cela était un brillant dessein. Il y avait une menace dans les bois et Rose la sentait ; un autre enfant l'aurait appelée Dieu. Quelle importance si une tempête avait métastasé en une chose qui n'avait pas de nom ? Quelle importance si le réseau électrique s'était disloqué comme une structure en Lego ? Quelle importance si ces Lego non biodégradables allaient survivre à Notre-Dame, aux pyramides de Gizeh, aux pigments étalés sur les parois de Lascaux ? Quelle importance si une nation revendiquait la responsabilité de cette coupure, quelle importance si celle-ci avait été condamnée comme un acte de guerre, quelle importance si elle avait servi de prétexte à une vengeance espérée depuis longtemps, quelle importance s'il était quasiment impossible de prouver qui avait fait quoi, via des câbles et des réseaux ? Quelle importance si une femme asthmatique prénommée Deborah était morte après être restée enfermée durant six heures dans une rame de la ligne F arrêtée sous l'Hudson, et si les autres passagers étaient passés à côté de son corps sans ressentir d'émotion particulière ? Quelle importance si les machines conçues pour maintenir des gens en vie avaient cessé d'exercer cette tâche difficile après la panne de groupes électrogènes à Miami, Atlanta, Charlotte et Indianapolis ? Quelle importance si le petit-fils pathologiquement obèse du Président Éternel avait réellement envoyé une bombe, quelle importance même qu'il ait pu le faire s'il en avait envie ?

Les enfants ne pouvaient pas savoir que certains de ces événements s'étaient produits. Que dans une maison de retraite d'une ville côtière, Port Victory, un vétéran de la guerre du Viêtnam nommé Peter Miller flottait à plat ventre dans cinquante centimètres d'eau. Que la compagnie Delta avait perdu un avion reliant Dallas à Minneapolis à cause des perturbations du système de contrôle aérien. Qu'un pipeline déversait du pétrole brut sur le sol dans une zone inhabitée du Wyoming. Qu'une grosse vedette de la télévision, renversée par une voiture au croisement de la 69ᵉ Rue et d'Amsterdam Avenue, était décédée parce que l'ambulance était coincée dans les embouteillages. Ils ne pouvaient pas savoir que le silence qui paraissait si paisible à la campagne était si menaçant en ville où la chaleur, l'immobilité et le calme n'avaient aucun sens. Pour les enfants, rien n'a d'importance à part eux-mêmes, ou peut-être est-ce un trait de la condition humaine.

Pieds nus, tête nue, torse nu, les enfants avançaient timidement, pieds cambrés, orteils crispés. Des branches égratignaient leur peau, mais on n'en voyait pas les marques. La maladie de la planète n'avait jamais été un secret, sa nature n'avait jamais laissé le moindre doute, et si un changement s'était produit (c'était le cas), le fait qu'ils ne le sachent pas encore ne changeait rien à l'affaire. C'était à l'intérieur d'eux désormais, quelle que fût cette chose. Le monde fonctionnait de manière logique, mais cette logique avait évolué depuis quelque temps, et aujourd'hui ils devaient en tenir compte. Ce qu'ils croyaient avoir compris n'était pas erroné, mais avait cessé d'être valable.

« Regarde, Archie », murmura-t-elle. Rose avait baissé la voix, en signe de respect, comme à l'intérieur d'un lieu saint. Elle tendit le doigt. Un toit. Une clairière devenue pelouse. Un bâtiment de briques semblable à celui où ils logeaient, une piscine, un robuste portique en bois avec des balançoires.

« Tiens, une maison. » Il n'était même pas moqueur, c'était une constatation. Archie ne s'attendait pas à trouver quoi que ce soit. Ruth leur avait dit qu'il n'y avait rien aux alentours, mais elle ne s'était jamais aventurée aussi loin ; ils étaient davantage curieux du monde. C'était une bonne surprise. D'autres personnes. Archie avait laissé son téléphone en charge dans sa chambre. Il regrettait de ne pas l'avoir emporté, il aurait pu essayer d'utiliser le Wi-Fi de ces gens.

« Tu crois qu'on devrait y aller ? » Rose pensait aux balançoires ; les enfants de la maison étaient peut-être devenus trop grands pour s'en servir. Elle se disait aussi que l'interdiction de parler aux inconnus s'appliquait seulement en ville.

« Non. Viens. » Archie fit demi-tour et repartit dans la direction qu'il croyait être celle d'où ils venaient. Il ne sentit pas la tique pénétrer dans sa cheville, pas plus qu'il ne percevait la rotation délibérée de la Terre. Il ne sentait rien dans l'air car celui-ci paraissait inchangé.

Ils marchaient d'un bon pas, mais sans se presser. Le temps passait différemment dans les bois. Ils ne savaient pas depuis quand ils étaient partis. Ils ne savaient plus ce qu'ils avaient eu l'intention de faire. Ils ne savaient pas pourquoi cela leur semblait si agréable de se promener à l'ombre des arbres, de sentir l'air, le soleil, les insectes et la sueur sur leur peau. Ils ne savaient pas qu'au même moment leur père passait en voiture à un peu plus de cinq cents mètres et qu'ils auraient presque pu courir jusqu'à lui, et le sauver. D'où ils se trouvaient, ils n'entendaient pas la route, et ils ne pensaient plus à leur père, à leur mère, à personne.

Archie et Rose se parlaient à peine en marchant ; ils avançaient parmi les feuilles, parcourus de légers frissons. Leurs corps savaient ce que leurs esprits ignoraient. Les enfants et les très vieux ont cela en commun. À la naissance, on comprend quelque chose du monde. Voilà pourquoi les tout petits affirment discuter avec des fantômes et perturbent leurs parents. Les très vieux commencent à s'en souvenir, mais peuvent rarement le formuler, et les très vieux, de toute façon, personne ne les écoute.

Ils n'avaient pas peur, ces deux enfants, pas vraiment. Ils étaient en paix. Un changement s'opérait en eux ; un changement s'opérait en chaque chose. Le nom qu'on lui donnait importait peu. Au-dessus de leurs têtes, les feuilles dansaient et soupiraient, et on entendait Archie et Rose se dire quelque chose, une chose insaisissable, une chose qui n'existait qu'entre eux : le langage privé de la jeunesse. Hormis cela, il n'y avait que le doux bruissement des arbres qui ajustaient leurs branches et le susurrement des insectes invisibles. Ils se calmeraient bientôt, de même que tout se taisait avant les orages d'été inopinés, car les insectes savaient, et ils plaqueraient leurs corps contre l'écorce mouchetée des arbres en attendant ce qui allait suivre.

22

Il était parti depuis quarante-cinq minutes. Cela voulait dire qu'il s'était arrêté pour fumer. Cela voulait dire qu'il s'était arrêté pour faire des courses. Amanda : Et je m'inquiéterais, moi ? Pourquoi ?

Ruth déposa un bol de cerises, plus noires que rouges, sur la table. On aurait dit un cérémonial.

« Merci. » Amanda ne savait pas pourquoi elle remerciait cette femme. N'avait-elle pas dépensé onze dollars pour ces cerises ?

Un nuage, un de ces nuages doux, cotonneux, arrondis comme ceux que dessinaient les enfants, s'insinua à travers le ciel. Le changement fut assez prononcé pour que G. H. frissonne. « Je pourrais presque m'offrir une minute de jacuzzi. »

Amanda y vit une invitation. Elle quitta la table et se plongea dans l'écume à côté de cet inconnu. À cause de l'eau qui vous faisait flotter, il était difficile de s'asseoir. Amanda se pencha en avant pour regarder en direction des arbres. Elle ne voyait plus les enfants.

« Ils vont bien, je suppose. » George comprenait. Quand on a un enfant, on reste éternellement vigilant. « Il n'y a rien d'autre que des arbres là-bas. »

Ruth les regarda tous les deux. Le vin qu'elle avait bu au déjeuner la faisait somnoler.

« Je vais peut-être faire du café, alors.

– Très bonne idée, ma chérie. Merci. »

Amanda sourit. « Je peux faire quelque chose ?

– Détendez-vous. » Ruth retourna dans la maison.

« La piscine. Le jacuzzi. Ça coûte une fortune en électricité. Nous allons installer des panneaux solaires. Mais je ne voulais pas le faire durant l'été, quand on se sert de la maison. Je vais attendre septembre, octobre. Mon entrepreneur me dit qu'il produit tellement d'électricité qu'il peut en revendre au fournisseur. Plus de gens devraient en faire autant. » G. H. finissait par apprécier la compagnie de cette femme. Il aimait avoir un public.

« L'énergie propre. Pour sauver la planète. Il faudrait une loi. » Parfois, quand elle allait au cinéma, Amanda voyait sur le trottoir des prosélytes de l'énergie éolienne qui distribuaient des tracts et des badges, mais ça ressemblait toujours à une arnaque. « Comment en êtes-vous venu à faire ce travail ? » Encore du bavardage.

« J'avais un mentor, à l'université. C'est lui qui m'a fait. Je veux dire… Je ne savais pas comment les gens gagnaient leur vie. Ma mère tenait un salon de coiffure. » Son intonation trahissait le respect que lui inspirait le travail de sa mère. Elle était morte d'un cancer – foie, estomac, pancréas – sans doute à force de manipuler les produits chimiques qu'utilisaient les femmes comme elle pour donner à leurs cheveux un aspect respectable. « Stephen Johnson. Décédé aujourd'hui. Mais quelle vie.

– C'est comme avoir la main verte, je suppose. Ou bien être bon au Rubik's cube. Certaines personnes savent gagner de l'argent, d'autres non. » Elle savait à quelle catégorie Clay et elle appartenaient.

C'était un des chevaux de bataille de G. H. « C'est une idée très répandue. Il faut se demander pour quelle raison. Qui veut vous faire croire qu'il n'est pas possible, sinon de devenir riche, du moins de vivre à l'aise ? C'est un savoir-faire. Ça s'apprend. Tout repose sur l'information. Il faut lire le journal. Être à l'écoute de ce qui se passe dans le monde. » Évidemment, il était convaincu qu'il fallait aussi être intelligent, mais cela allait de soi.

« Je lis le journal. » Amanda se voyait comme une femme d'expérience. Elle aurait voulu parler de son travail, mais il n'y avait pas grand-chose à en dire.

« Il suffit de comprendre les schémas qui gouvernent le monde. Vous avez déjà entendu parler du type qui a remporté ce jeu, *Press Your Luck* ? » G. H. la regarda par-dessus la monture de ses Ray-Ban. Il avait envie d'un journal. Il songea aux cotations. Il se demandait ce qui avait bougé.

« Whammy ? Pas Whammy ?

– Il a simplement fait attention et remarqué que les Whammy n'étaient pas disposés au hasard. Ils apparaissaient toujours selon un certain ordre. L'information était là, mais personne n'avait jamais pris la peine de la chercher. » Les gens riches ne disposaient d'aucune autorité morale. Simplement, ils savaient où était le Whammy.

« Intéressant », dit-elle, sur un ton qui exprimait tout le contraire. Où étaient les enfants ? « Je suis contente de ne pas être à mon travail, pour le moment. Attention, comprenez-moi bien : je trouve ça passionnant d'aider des gens à faire connaître leurs sociétés, à trouver des clients, à établir ce lien. Mais ça réclame énormément de diplomatie. Et à force, c'est épuisant. »

George enchaîna : « Mon mentor était un des

premiers Noirs employés dans un cabinet de Wall Street. Un jour, nous avons déjeuné dans un restaurant… Un déjeuner ! J'avais vingt et un ans. » Comment faire comprendre à cette femme qu'il n'avait jamais eu l'idée de manger dans un restaurant, et encore moins un restaurant comme celui-ci, avec de la moquette, des miroirs, des cendriers en cuivre et des filles attentionnées, qui portaient des uniformes et des queues de cheval ? Il était arrivé sans cravate, alors Stephen Johnson l'avait emmené chez Bloomingdale's et lui avait acheté quatre cravates Ralph Lauren. G. H. ne savait même pas les nouer ; celles qu'il portait à Noël se clipsaient.

« J'ai toujours pensé que les femmes devaient se serrer les coudes dans l'entreprise. Et peut-être même partout ailleurs. Je ne serais arrivée nulle part sans mes mentors. » Ce n'était pas totalement vrai. Amanda avait travaillé pour des femmes, mais, sans l'avouer, elle préférait travailler avec des hommes. Leurs motivations étaient plus simples.

« Il m'a dit : "Nous sommes tous des machines." C'est tout. Vous devez choisir le type de machine que vous voulez être. Nous sommes tous des machines, mais certains d'entre nous sont assez intelligents pour définir leur programmation. » Ce qui signifiait, en réalité : seuls les idiots pensent qu'une rébellion est possible. Le capital détermine tout. Vous pouvez vous y adapter ou croire que vous l'avez rejeté. Mais cette seconde option, disait Stephen Johnson, était illusoire. Vous deveniez riche ou pas. C'était une affaire de choix. Stephen Johnson et lui étaient de la même trempe. Il était ce qu'il était – un patriarche, un intellectuel, un mari, un collectionneur de jolies montres, un voyageur en première classe – parce qu'il l'avait choisi.

Amanda était perdue. Ils ne se parlaient pas, ils parlaient chacun de leur côté. « Vous devez adorer votre métier. »

L'aimait-il, ou avait-il fini par y tenir comme les épouses d'un mariage arrangé découvrent, avec le temps, qu'une transaction a évolué vers une forme d'affection ? « Je suis un homme chanceux. »

La chaleur clarifiait, à la manière d'un orgasme ou comme lorsqu'on se mouche. Chaleur du soleil, chaleur de l'eau, et toujours cette énergie : Amanda se sentait capable aussi bien de faire le tour du groupe de bâtiments en courant que de faire la sieste, ou des pompes. Elle attendait de voir Clay remonter l'allée. Cela faisait une heure, non ? Elle guettait le bruit de la voiture.

Ils feraient mieux de repartir. En calculant bien, ils seraient chez eux pour dîner. Ils pourraient s'offrir un de ces restaurants du quartier qui étaient juste un peu trop chers pour devenir des cantines régulières. Elle ignorait, évidemment, que Clay pensait la même chose. Elle ignorait que cela prouvait à quel point ils étaient faits l'un pour l'autre.

Le silence régnait dans le jardin, exception faite des ondulations embuées du jacuzzi. Elle scruta les bois et crut voir quelque chose bouger, sans parvenir à distinguer leurs corps. Autrefois, elle pensait qu'une mère devrait en être capable, et puis elle avait emmené ses jeunes enfants au terrain de jeu et les avait perdus immédiatement : un océan d'humanité miniature qui ne la concernait pas. Elle se réjouissait que ses enfants puissent compter l'un sur l'autre, et qu'ils aient encore l'âge de se perdre dans leurs jeux, sillonnant les bois comme, imaginait-elle, le faisaient les enfants de la campagne.

Elle était assise là, sans rien faire, quand cela se produisit, quand il se passa quelque chose. Un bruit, mais le terme ne convenait pas. Il était insuffisant, ou peut-être était-ce toujours impossible de décrire un son avec des mots. Qu'était la musique, sinon du bruit ? Les mots pouvaient-ils saisir Beethoven ? C'était un bruit, oui, mais si énorme qu'il tenait quasiment de la présence physique, et totalement soudain car, bien sûr, il n'y avait pas eu de signe avant-coureur. Il ne se passait rien (la vie, quoi), et puis, brusquement, ce bruit. Évidemment, ils n'avaient jamais entendu rien de tel. On n'entendait pas ce genre de bruit, on le vivait, on le subissait, on y survivait, on en était témoin. On pouvait raisonnablement affirmer que leurs vies s'étaient scindées en deux : la période d'avant le Bruit, et la période d'après. C'était un bruit, mais aussi une confirmation. Il s'était passé quelque chose, quelque chose se produisait, c'était en cours, ce Bruit était la confirmation tout en demeurant un mystère.

La compréhension succéda au fait. Ainsi fonctionnait la vie : une voiture me percute, je fais une crise cardiaque, cette chose violette et grise qui émerge entre mes cuisses est la tête de notre enfant. Épiphanies. L'aboutissement d'une succession d'événements invisibles jusqu'au moment de la révélation. Il fallait revenir sur ses pas pour leur trouver un sens. Voilà ce que faisaient les gens, c'était ainsi qu'ils apprenaient. Oui. Donc. La chose était un Bruit.

Pas une détonation, pas un claquement. Plus qu'un coup de tonnerre, plus qu'une explosion ; aucun d'eux n'avait jamais entendu d'explosion. Les explosions semblent banales car les films en montrent souvent, mais en réalité elles sont rares, ou bien ils avaient eu la chance de ne jamais se trouver à proximité de ce genre d'événement. Tout ce qu'on pouvait dire, à cet instant, c'était qu'il s'agissait d'un bruit, assez puissant pour modifier à jamais leurs définitions élémentaires de ce mot. À en pleurer s'ils n'avaient pas été à ce point effrayés, surpris ou affectés d'une manière inconcevable. À en pleurer même ainsi.

Le Bruit fut bref, sans doute, mais il continua à vibrer dans l'air pendant un moment qui leur parut long. Quel était ce Bruit, quelles étaient ses répercussions ? Une de ces questions auxquelles on ne peut pas répondre. Amanda se leva. Derrière elle, le panneau vitré de la porte entre la chambre et la terrasse se fendit, une fine mais longue fêlure, belle et mathématique, que personne ne remarquerait dans l'immédiat. Le Bruit était assez puissant pour faire tomber un homme à genoux. Ce que fit Archie, là-bas, dans les bois : il mit à terre ses genoux nus. Un bruit capable de mettre un homme à genoux n'avait de bruit que le nom. C'était une autre chose pour laquelle il n'y avait nul besoin d'un mot, car combien de fois l'utiliserait-on ?

« Putain, c'était quoi ? » Peut-être la seule réaction appropriée. Amanda ne s'adressait pas à George. Elle ne s'adressait à personne. « Putain, c'était quoi ? » Elle le répéta une troisième fois, une quatrième, une cinquième, ça n'avait pas d'importance. Elle répétait cette question, qui demeurait sans réponse, comme une prière.

Amanda tremblait. Elle était non pas secouée, mais tremblante, en vibration. Elle se tut. Un tel Bruit, comment l'accueillir, sinon en silence ? Elle croyait hurler. C'était la sensation d'un hurlement, l'émotion d'un hurlement, mais en réalité elle béait comme un poisson arraché à son étang, avec le son inarticulé que font les sourds-muets dans leurs moments de passion, une ombre, une ébauche de langage. Amanda était en colère.

« Putain, c'était… » Elle n'éprouvait pas particulièrement le besoin d'achever sa phrase car elle se parlait à elle-même. « Putain. Putain. Putain. »

George avait bondi hors du jacuzzi, sans prendre la peine de s'envelopper dans une serviette. Le monde entier était silencieux, à l'exception, peut-être, de cette impression de rémanence, de vide ayant remplacé le Bruit. Ou bien Amanda avait les tympans endommagés et c'était une illusion. Ou alors c'était son cerveau. On parlait d'employés du consulat de La Havane qui avaient développé des symptômes neurologiques que l'on croyait liés au bruit. Amanda n'avait jamais pensé qu'une arme puisse être sonore, qu'on puisse avoir peur d'un bruit. On disait bien aux enfants et aux animaux domestiques de ne pas avoir peur du tonnerre.

Amanda tremblait. Elle avait un goût âpre dans la bouche, comme si un demi-dollar d'argent était posé au bout de sa langue. Si elle bougeait, le Bruit risquait de se reproduire. Elle ne voulait plus jamais l'entendre. Car elle n'était pas certaine de pouvoir le supporter. « C'était quoi ? » Là encore, elle se parlait à elle-même. Ce Bruit était-il localisé – à l'intérieur de la maison, de la propriété –, ou était-ce un phénomène climatique, ou interstellaire, ou bien le ciel s'était-il ouvert pour annoncer l'arrivée de Dieu en personne ? En posant cette question, elle savait qu'elle ne trouverait jamais une réponse satisfaisante. Ce Bruit dépassait la logique, ou toute explication du moins.

D'abord, ce fut très lent. Elle fit quelques pas, puis descendit les marches par petits bonds. Elle venait juste de regarder en direction les arbres. Elle essaya de repérer leurs corps au milieu de tout ce vert et ce brun. Il fallait qu'elle les appelle, et elle avait l'impression de le faire, mais non. Sa voix ne fonctionnait pas, ou bien ne parvenait pas à rattraper son corps. Elle continua d'avancer. À pas lents, puis plus rapides, en trottinant, puis en courant. Amanda dépassa la piscine, poussa d'un coup la barrière du jardin et s'élança dans l'herbe. Ses enfants, leurs visages parfaits, leurs corps sans défauts étaient là, quelque part. Mais elle ne voyait que la masse unique du paysage. Comme à travers des yeux de myope sans lunettes, floue, éclatante, improbable.

Elle accéléra. Le jardin n'était pas très grand, elle ne pouvait pas courir bien loin. Mais elle ne les appelait toujours pas, elle courait. Il y avait une petite cabane dans la pénombre. Elle ouvrit la porte : vide. D'un seul et même mouvement – elle ne s'était pas véritablement arrêtée – elle continua à courir vers les confins du jardin, dans la terre meuble et les feuilles mortes. Le Bruit s'était tu, mais il y en avait un autre, le sang dans ses veines, son cœur obstiné. Elle avait besoin de sentir les corps de ses enfants contre le sien.

Amanda enjamba une branche, si petite qu'elle aurait pu marcher dessus, et ses pieds s'enfoncèrent dans le tapis d'humus, heurtant parfois un caillou, un éclat d'écorce, quelque chose d'humide et de désagréable. Il fallait qu'elle les appelle, mais elle ne voulait pas couvrir leurs voix au cas où ils lanceraient des « Maman » insistants, comme font les condamnés, dit-on, au moment de leur exécution.

Les enfants, où étaient ses enfants ? Les arbres semblaient quasiment immobiles. Ils restaient plantés là, indifférents. Amanda se laissa tomber sur le sol. Le contact des feuilles, des écorces, de la terre était presque réconfortant. La boue sur ses genoux roses était presque un baume. Ses plantes de pied propres étaient noircies et grêlées, mais pas douloureuses. Enfin, elle se ressaisit. Elle avait l'intention d'appeler ses enfants, de crier leurs prénoms choisis avec amour, mais au lieu d'appeler « Archie » et « Rosie » (car le diminutif se serait certainement imposé, affectueux et nostalgique) Amanda poussa un hurlement, un effroyable hurlement bestial, deuxième dans l'ordre des bruits les plus bouleversants qu'elle eût jamais entendus.

23

Ils parlaient plus doucement qu'en temps normal. Par respect, évidemment, envers le Bruit. Ils attendaient qu'il se reproduise. Ils ne voulaient pas se laisser surprendre, mais comment anticiper une telle chose, même en l'ayant déjà entendue ? Quoi qu'il en soit, il y avait désaccord.

G. H. ne croyait pas véritablement ce qu'il disait : « C'était peut-être un coup de tonnerre. » Parfois, on pouvait se forcer à croire à ses propres paroles.

« Il n'y a aucun nuage ! » La colère d'Amanda s'était émoussée, un peu, sous l'effet du soulagement. Elle avait retrouvé ses enfants, les yeux écarquillés et sales comme des mendiants, et, cette fois, elle ne les laisserait pas repartir. Elle tenait la main droite de Rose dans la sienne comme elle le faisait, des années plus tôt, quand la fillette n'était pas sage. Dans la paume de la main gauche était gravé un trait rouge, parfait, ininterrompu. Son genou gauche était éraflé et elle avait des traînées noires sur le menton, l'épaule et son petit ventre mou – elle avait insisté pendant des mois pour avoir un maillot de bain deux pièces –, les cheveux gras et les yeux rougis, mais à part ça elle allait bien. Ses deux enfants allaient bien. Semblait-il.

Amanda avait foncé tête baissée dans les bois et elle les avait retrouvés grâce à un instinct dont elle avait oublié qu'elle le possédait, à moins que ce n'ait été un coup de chance. Le Bruit les avait fait courir tous les trois et leurs chemins s'étaient croisés. Le Bruit avait vu Clay arrêter la voiture sur le bord de la route désespérément déserte, ouvrir la portière et contempler les cieux. Le Bruit avait fait sursauter Ruth alors qu'elle remplissait la cafetière, et elle avait laissé tomber la cuillère. Le Bruit avait poussé les cerfs, plus de mille, déjà indifférents aux limites de propriété tracées par l'homme, à déferler dans les jardins sans même s'arrêter pour grignoter. Les propriétaires des maisons étaient trop distraits – par les fenêtres brisées, par les cris des enfants, par les tympans des nourrissons, irrémédiablement touchés – pour s'esbaudir devant cette harde.

Amanda et les enfants émergèrent des bois, et, tout étrangers qu'ils étaient, ces retrouvailles suscitèrent une joie authentique. Ruth passa son bras autour des épaules nues du garçon. G. H. referma sa main sur l'avant-bras d'Amanda, dans un geste de soulagement paternel. Les répercussions du Bruit – un bourdonnement, une vibration – semblaient persister. Comme une nuée d'insectes tenaces, ces taons que l'on rencontrait parfois sur la plage. Qui partaient et revenaient. Obstinément. Amanda suggéra qu'ils rentrent dans la maison, formulant à voix haute le sentiment général. Le ciel était bleu et superbe ; néanmoins, le monde extérieur, pour une raison quelconque, paraissait peu fiable. Le Bruit semblait appartenir à la nature, mais, Ruth en savait quelque chose, les briques n'avaient pas suffi à l'arrêter.

« C'était une bombe ? » Des visions de champignon atomique.

« Où est papa ? » La régression après un traumatisme.

La voix d'Archie se brisa, haut perchée et mal assurée sur « papa ». Oui, où était papa ?

« Il est parti faire une course. » Amanda était tendue.

« Je suis sûre qu'il va revenir d'une minute à l'autre. » Ruth remplit des verres d'eau. Les enfants étaient sales et en nage. Elle ne savait pas comment aider, or c'était ce qu'elle avait envie de faire. Elle ne pouvait pas avoir ses petits-enfants auprès d'elle. En revanche, elle pouvait donner un verre d'eau aux enfants de cette inconnue.

« Merci. » Archie n'avait pas oublié la politesse. C'était bon signe.

« Allez donc vous laver, si vous voulez. Je peux rester avec Archie. » Ruth se baissa pour ramasser la petite cuillère avec laquelle elle avait dosé le café. Elle voulait aider, mais surtout elle voulait s'occuper.

Amanda conduisit Rose dans la salle de bains et nettoya ses blessures. Bénignes. Ce rituel fut un réconfort pour toutes les deux : papier toilette humide et Neosporin ; le visage de sa fille si proche qu'elle sentait la chaleur de son haleine. Après le génocide, des instituts de beauté avaient aidé des Rwandaises à surmonter l'épreuve. Toucher un autre être humain était un remède. Après avoir tamponné le visage de la fillette avec un gant humide, elle la vêtit d'un sweatshirt et d'un short. Rose, qui ne voulait pourtant plus qu'on la voie nue, ne protesta même pas. Le Bruit l'avait terrorisée.

Ruth avait absolument besoin de faire quelque chose. « Bois ton eau, mon chéri. » Ces marques d'affection ne lui venaient pas naturellement. À l'école, ils appelaient tous les élèves « mon ami ». Même quand ils étaient pris en faute, on ne leur donnait pas du « madame » ou du « monsieur », mais du « mon ami ». Mon ami, il faut que nous parlions de votre comportement. Veuillez parler moins fort, mes amis. C'était à la fois solennel et vague.

Le dos glabre d'Archie était enduit d'une pâte de sueur et de terre. On aurait pu écrire un mot sur sa peau, comme les farceurs écrivent « Lave-moi ! » sur les voitures sales. Obéissant, il but une gorgée d'eau. « Ça fait bizarre dans mes oreilles.

– C'est certainement normal. » Ruth ne sentait rien de bizarre dans les siennes, mais partout ailleurs, si. « C'était… très fort. » Peut-être avaient-ils les tympans endommagés.

Amanda revint. Une fillette toute propre lui tenait la main ; elle était redevenue une enfant.

« Oh, Archie. Tu es dans un triste état. » Elle caressa son dos crasseux, rassurée et rassurante. »

G. H. jeta un coup d'œil suspicieux par la fenêtre, sur la piscine, les arbres qui bruissaient. Il n'y avait rien d'autre dehors, c'était tout ce qu'il apercevait, mais il ne s'attendait quand même pas à voir… quoi donc ? Une bombe ? Un missile ? Y avait-il une différence entre les deux ?

« C'était un avion ? » Amanda essayait de reconstituer la scène, mais un bruit c'est comme une douleur : votre corps ne se souvient pas des détails. Peut-être était-il d'origine mécanique, et les avions lui semblaient être la forme la plus achevée de machine.

« Un avion qui s'écrase ? » Ruth ne savait pas si c'était vraiment ce qu'elle voulait dire, et elle ne pouvait imaginer quel genre de bruit cela produirait, un avion qui explose comme celui de Lockerbie, ou qui s'écrase comme celui qui visait le Capitole. Là encore, elle ne connaissait que les films de Hollywood.

« Ou qui franchit le mur du son. Un boum supersonique. Était-ce un boum supersonique ? » Ils avaient voyagé en Concorde un jour (une aventure), pour leurs quinze ans de mariage. François Mitterrand était à bord. « Je crois que vous ne pouvez pas franchir le mur du son quand vous survolez la terre. Mais au-dessus de l'océan, le bruit se perd. Je crois que c'est ça.

– Les avions ne franchissent pas le mur du son généralement. » Archie avait fait un exposé sur le sujet en sixième. « Et le Concorde ne vole plus. »

Il avait raison en ce sens que le Concorde n'avait jamais terrorisé que les baleines de l'Atlantique Nord. Ils vivaient toutefois un moment extraordinaire. Il ignorait que les avions partis de Rome et New York volaient habituellement en direction du nord, l'itinéraire le plus direct vers la haute mer. Mais ceux-là étaient en route pour intercepter une chose qui s'approchait du flanc est de la nation. La circonférence du phénomène sonore qu'ils avaient provoqué mesurait environ quatre-vingts kilomètres : une déchirure dans le ciel, juste au-dessus de leur petite maison.

Ruth y avait pensé au cours de leur repas composé d'étranges sandwiches. « J'ai remarqué ça aujourd'hui… pas vous ? Il n'y avait pas de trafic aérien. Pas un avion, pas un hélicoptère. »

G. H. en prit conscience au moment où sa femme le disait. C'était vrai. « Tu as raison. Généralement, on en entend plein. Des avions et des hélicoptères.

– Que voulez-vous dire ? demanda Amanda. Il y avait forcément…

– Des passionnés qui prennent des leçons. Des gens pressés qui décollent de Manhattan. C'est toujours un gros sujet de débat dans les tribunes des journaux locaux. »

Ruth elle-même s'était tellement habituée à la pollution sonore qu'elle remarquait son absence. Elle ignorait ce que ce détail signifiait, mais elle pensait qu'il pouvait signifier quelque chose.

Amanda aurait voulu que ses enfants sortent de la pièce, hélas il n'y avait pas de télé pour les distraire. « Archie, si tu allais t'habiller ? » Elle posa la main sur son dos crasseux. Sa peau était brûlante. « Bois encore un peu d'eau. Peut-être que tu devrais prendre une douche ? »

Ruth comprit, comme n'importe quel parent peut-être. « Rose, si tu allais t'allonger un peu ? »

La fillette ne savait pas si elle devait obéir à cette inconnue. Elle leva les yeux vers sa mère pour demander ce qu'elle devait faire.

« C'est une bonne idée, ma chérie. » Amanda était reconnaissante. « Va te coucher dans le lit de maman. Avec ton livre.

– Je vais prendre une douche. » Archie prenait soudain conscience qu'il était presque nu. Il ne pouvait pas l'avouer, mais il avait fait pipi dans son maillot de bain en entendant ce Bruit, comme un bébé. À une époque, quand il était plus jeune, il rêvait qu'il comprenait les conversations des adultes. Maintenant que c'était le cas, il s'apercevait qu'il avait surestimé la chose.

« Viens, Rose. » La gentillesse d'un grand frère.

Amanda attendit que ses enfants aient quitté la pièce. « Alors, c'était quoi ? »

Ruth regarda la fenêtre derrière son mari, le ciel uniformément bleu. « Ce n'était pas un phénomène météorologique… » Une journée idéale pour se baigner, et puis il n'y avait jamais eu de coups de tonnerre aussi forts ici, aussi longs. S'ils avaient vécu à Hawaii, elle aurait pu dire que c'était un volcan.

G. H. s'impatientait. Il en avait assez de tout ça. « On est tous d'accord pour dire qu'on ne sait pas ce que c'est.

– Où est Clay ? » Amanda se tourna vers Ruth comme si c'était elle la responsable. De même que le Bruit avait fait retomber en enfance sa fille adolescente, il avait laissé Amanda molle et impuissante.

Ruth avait perdu la notion du temps. « Ça ne fait pas si longtemps. C'est juste une impression.

– Il va bientôt arriver. » G. H., lui, faisait des promesses.

« En tout cas, il se passe… un truc. » L'absence de réseau cellulaire était une offense. L'absence de télé une tactique. « Il faut faire quelque chose.

– Que veux-tu qu'on fasse, ma chérie ? » Ruth n'était pas contre cette idée, mais elle était perdue.

« On nous attaque. C'est une agression. Qu'est-on censé faire quand on nous attaque ?

– Personne ne nous attaque. » G. H. n'en était pas totalement convaincu, cependant, et cela se voyait. « Rien n'a changé.

– Rien n'a changé ? » Amanda haussa le ton. Nous sommes assis ici comme… je ne sais pas, moi. Comme des cibles à la fête foraine ? Qui attendent qu'on leur tire dessus ?

– Ce que je veux dire, c'est qu'on ne sait toujours pas ce qui se passe. Le mieux, c'est d'attendre le retour de Clay, pour voir ce qu'il a appris.

– Est-ce que je devrais partir à sa recherche en ville ? » Elle n'avait pas envie de quitter la maison, mais elle le ferait. Il fallait *absolument* faire quelque chose. « Est-ce qu'on devrait remplir les baignoires ? Essayer de contacter les voisins ? Est-ce qu'on a des piles et du Tylenol ? Des provisions suffisantes ? Est-ce que c'est un état d'urgence ? »

G. H. posa ses mains brunes sur le plan de travail en pierre du Vermont. « Oui, c'est un état d'urgence.

Et nous sommes préparés. Nous sommes à l'abri ici. »
Concrètement : ses barres énergétiques, sa caisse de vin.

« Y a-t-il un groupe électrogène ? Un abri anti-ato-
mique ? Y a-t-il… je ne sais pas, une radio à manivelle ?
Ou ces pailles qui permettent de boire de l'eau sale sans
risque ?

– Clay va bientôt rentrer, j'en suis sûr. » G. H.
essayait aussi de se convaincre lui-même. « On va rester
ici. On est en sécurité ici. Nous tous. On va rester ici.

– Il faut un quart d'heure pour aller en ville. Un
quart d'heure pour revenir. Ça fait une demi-heure. Au
moins. » Ruth s'agitait sur sa chaise. Qu'étaient-ils en
train de faire ? « Peut-être davantage si on ne connaît
pas le chemin. Ça peut prendre vingt minutes. Quarante
aller et retour. »

Amanda était en colère contre eux tous. « Et s'il ne
revient pas ? Si la voiture est tombée en panne, si ce
Bruit lui a fait quelque chose, si… » Qu'envisageait-
elle ? Clay disparu à jamais.

« George a raison. On est en sécurité. Il faut patienter.

– Comment pouvez-vous dire qu'on est en sécurité,
alors qu'on ne sait pas ce qui nous arrive ? » Amanda
espérait que les enfants ne l'entendaient pas. Elle était
en larmes.

« On a entendu ce Bruit. » Ruth était logique. « Le
mieux, c'est d'attendre. Attendre de savoir quoi faire. »

Amanda était furieuse. « On n'a pas Internet, on n'a
plus nos téléphones, et on ne sait rien du tout. » C'était
la faute de ces gens. Ils avaient tout gâché en venant
frapper à la porte.

« C'est peut-être comme à… c'était comment déjà ?
Ten Mile Island ? » Ruth avait envie d'un verre, mais
elle ne savait pas si c'était une bonne idée. « Il y a des
centrales nucléaires par ici, non ?

– Three Mile Island. » G. H. savait toujours ce genre de choses.

Amanda l'avait lu dans des livres d'histoire. « Un accident nucléaire ? » La peur omniprésente de son enfance : les téléphones rouges présidentiels, des éclairs lumineux, les retombées. Puis elle avait fini par oublier, au bout d'un moment. « Oh, mon Dieu. Est-ce qu'il faut scotcher les fenêtres ? Est-ce qu'on va tomber malades ?

– Je ne suis pas sûr que ça pourrait expliquer ce Bruit. » G. H. essayait de se souvenir : la vapeur était produite par l'eau de mer qui servait à refroidir le matériau qui produisait la réaction créatrice d'énergie. Un tremblement de terre au Japon avait montré la faille : l'eau de mer pouvait refluer, le poison pouvait voyager dans l'océan. Ils avaient découvert des débris jusque dans l'Oregon. Un accident nucléaire produirait-il un tel Bruit ? Les centrales nucléaires des environs alimentaient-elles New York en électricité, et des dégâts pourraient-ils expliquer cette panne générale ?

« Un missile ? » Amanda réfléchissait à voix haute. « La Corée du Nord. Ruth, vous avez évoqué la Corée du Nord.

– L'Iran ? » intervint G. H. sans y croire.

« L'Iran ? répéta Amanda comme si elle n'avait jamais entendu parler de ce pays.

– Inutile d'échafauder des hypothèses. » G. H. regrettait ses paroles.

« C'était peut-être ça. Le blackout, puis… la cause de ce Bruit, une bombe ou je ne sais quoi. » Les terroristes étaient des gens très organisés. L'acte lui-même ressemblait à une impulsion parce que les médias ne pouvaient pas montrer tout ce qui avait précédé : les réunions, la stratégie, les croquis, le financement. Ces dix-neuf types s'étaient entraînés sur des simulateurs de vol ! Et où avaient-ils trouvé un simulateur de vol ?

« Nous sommes en train de nous monter la tête... » G. H. estimait qu'il était important de s'en tenir à ce qu'ils voyaient.

Ruth avait décidé de boire un verre. Elle trouva la clé du placard. Elle l'ouvrit et prit une bouteille de cabernet. « Mais... Clay... Et si... s'il a appris quelque chose ? » Quelle perspective était la plus terrible ? Qu'il ne revienne pas, ou alors qu'il revienne en ayant découvert, là-bas, quelque chose de véritablement insupportable, plus effroyable que tout ce qu'ils pouvaient imaginer, et qu'il revienne porteur de cette nouvelle pour les obliger à l'affronter avec lui ?

Amanda pleurait de plus belle. « On ne pourra pas savoir ce qui se passe avant de le savoir vraiment. On est... » Elle regarda les luminaires qui pendaient du plafond, neufs, mais en forme de plafonnier d'école du début du siècle dernier, le placage en bois qui camouflait astucieusement le lave-vaisselle en acier inoxydable, le saladier en opaline rempli de citrons. Cette maison lui avait paru si charmante. Elle ne lui paraissait plus aussi sûre ; elle n'était plus pareille, comme tout le reste.

« Peut-être que la télé va revenir. » Ruth essayait de paraître optimiste.

« Ou nos téléphones se remettre à fonctionner. » Amanda avait prononcé ces mots comme une prière. Les yeux baissés vers le plan de travail, elle remarqua, pour la première fois peut-être, la magnifique abstraction de la pierre. Elle ne semblait pas résistante ou solide, mais empreinte d'une beauté nouvelle. Ce n'était pas rien.

24

La responsabilité masculine, comprit Clay, était une totale fumisterie. Quelle prétention de vouloir les sauver ! Le Bruit lui avait donné envie d'être chez lui. Il ne voulait pas protéger, il voulait être protégé. Le Bruit avait fait naître des larmes, de frustration, d'irritation. Il n'était plus le même, il se sentait totalement perdu. Il n'avait même pas envie de fumer, pourtant il ralentissait et s'apprêtait à s'arrêter lorsque cela se produisit, lorsque les cieux s'ouvrirent et que cette chose intangible s'abattit tout autour d'eux. Il ne remarqua pas si cela effraya les oiseaux, les écureuils, les tamias, les papillons de nuit, les grenouilles, les mouches et les tiques. Il ne s'intéressait qu'à lui-même.

Clay resta arrêté sur la chaussée, il ne risquait pas de gêner la circulation. Il attendit huit minutes, certain que le Bruit allait se reproduire. Il se reproduisit en effet, mais au-dessus du Queens, trop loin pour que Clay l'entende. La solitude lui avait rendu ce Bruit insupportable, mais l'inverse était également vrai. Dans le Queens, des foules se formèrent et la panique métastasa. Les gens coururent. Les gens pleurèrent. La police ne fit même pas semblant d'agir.

Et puis Clay retrouva le chemin. C'était comme si les quarante-quatre minutes précédentes n'avaient pas existé. Il tourna à droite et vit le panneau qui promettait des œufs. C'était trop ridicule pour qu'on s'y attarde. Clay n'avait ni informations, ni Coca bien frais. Quelques minutes plus tôt, il avait décrété qu'aussitôt arrivé il embarquerait sa famille dans la voiture et quitterait les lieux. Il ne voulait plus revoir cette maison.

Maintenant, les briques peintes l'accueillaient comme un vieil ami. Il pleura, non pas de peur, mais de soulagement. Il coupa le moteur. Il regarda le ciel. Il regarda la voiture. Il regarda les arbres. En courant vers la maison, il se mit à faire le bilan de tout ce qu'il savait.

On disait que le niveau de la mer montait. Il était beaucoup question du Groenland. La saison des ouragans se montrait particulièrement sévère. Le quarante-cinquième président des États-Unis semblait souffrir de démence sénile. Angela Merkel semblait atteinte de la maladie de Parkinson. Le virus Ebola était de retour. Il se passait quelque chose avec les taux d'intérêt. On était à la mi-août. La reprise des cours était si proche qu'on pouvait mesurer le temps en jours. Sa rédactrice en chef de la *New York Time Book Review* lui avait sans doute envoyé par mail ses remarques sur sa critique.

Si le Bruit se reproduisait ce soir, disons, à la nuit tombée – une fois que l'obscurité profonde des champs d'alentour aurait pris possession des lieux –, il n'y survivrait pas. Impossible. Telle était la nature de ce Bruit : l'horreur distillée en une unique fraction de seconde. Il avait la chair de poule rien que d'y repenser, essayant de se rappeler à quoi il ressemblait, pour l'identifier. Il avait même peur d'aller se coucher. Comment pourrait-il conduire, dans ces conditions ?

Clay pensa à son père. Il était très possible que celui-ci, assis devant sa télé, chez lui à Minneapolis, ignore qu'il s'était produit un Bruit mystérieux au-dessus de

Long Island. Il fallait quelque chose de vraiment énorme pour affecter votre existence. Quand Clay était adolescent, sa mère avait attrapé ce qu'elle pensait être une grippe, une irrésistible somnolence. Elle était morte de leucémie quelques mois plus tard. Clay, âgé de quinze ans, avait appris à faire réchauffer des plats préparés et à séparer le blanc de la couleur avant de faire une lessive. Les gens mouraient, mais il fallait bien manger quand même. Une guerre venait peut-être d'éclater, peut-être qu'un accident industriel s'était produit, des milliers de New-yorkais étaient peut-être actuellement ensevelis dans des rames de métro, un missile avait peut-être été tiré, peut-être des événements jugés inconcevables étaient-ils en train de se dérouler – il se trouve que tout cela était plus ou moins vrai –, n'empêche que Clay avait quand même envie de fumer un cigarette, se souciait des bonnes manières de ses enfants et pensait à ce qu'ils mangeraient ce soir. La routine, qui consistait à vivre.

Amanda, G. H. et Ruth étaient à l'intérieur. Ils se tournèrent vers lui tels les personnages d'une pièce de théâtre, comme s'ils avaient répété la scène : toi tu te mets là, toi ici, toi ici, et toi tu fais ton entrée. Il avait l'impression qu'il devait attendre les applaudissements, puis attendre qu'ils s'arrêtent avant de parler. Quelle était la réplique, déjà ?

« Bon sang. » Amanda ne se précipita pas pour le serrer dans ses bras, elle ne cria pas, les mots sortirent de sa bouche simplement, sourds de soulagement.

« Me voilà. » Clay haussa les épaules. « Tout le monde va bien ? »

G. H. semblait satisfait. Il avait eu raison.

Amanda étreignit son mari. Sans rien dire. Elle s'écarta de lui pour le regarder et l'étreignit de nouveau.

Il ne savait pas quoi ajouter. Il avait entendu le Bruit, il avait tressailli, et dans le silence qui avait suivi il avait entendu le sang tambouriner dans son corps.

« Je vais bien. Je suis là. Et toi, ça va ? Où sont les enfants ?

– Ça va, affirma G. H. Tout le monde est là. Tout le monde va bien.

– Vous avez peut-être envie de vous joindre à nous ? »

Ruth fit glisser la bouteille de vin vers lui, à la manière d'un barman dans un film. Elle se sentait plus soulagée qu'elle ne l'aurait pensé. Elle en prit conscience avec un sentiment de honte, puis d'effroi : elle n'avait pas vraiment cru que Clay reviendrait.

Clay tira la chaise et s'assit.

« Vous avez entendu ?

– Tu es allé en ville ? Que s'est-il passé ? »

Amanda prit la main de son mari.

Le Bruit, Clay était incapable de s'en occuper pour le moment ; il avait sa propre honte à gérer. Il n'était pas certain de pouvoir l'avouer.

« En fait, non », répondit-il simplement, d'une voix atone.

« Ah bon ? » Amanda était désorientée, mais ils l'étaient tous. « Où étais-tu passé, alors ? » Elle était en colère.

Clay rougit. « Je ne suis pas allé très loin. Puis j'ai entendu ce Bruit…

– Mais qu'est-ce que tu faisais ? On t'attendait, nous. Je devenais folle…

– Je ne sais pas. J'ai fumé une cigarette. Je rassemblais mes pensées. J'en ai fumé une deuxième. Je suis reparti et j'ai entendu ce Bruit. Alors je suis revenu. » Il mentait parce qu'il avait honte.

Amanda rit. Cruellement. « Et moi qui te croyais mort quelque part !

– Vous n'avez vu personne, donc. Ni quoi que ce soit qui pourrait nous aider à comprendre ce qui se passe. » G. H. voulait qu'ils restent concentrés.

« Tu es là maintenant. Partons. Fichons le camp d'ici. Rentrons à la maison. » Amanda ne savait pas si elle pensait vraiment ce qu'elle disait ou si elle attendait qu'on la persuade de changer d'avis, ou autre chose.

Clay secoua la tête. C'était un mensonge. Il avait vu cette femme. Elle pleurait. Avait-elle trouvé quelqu'un pour l'aider ? Il refusait de reconnaître le genre d'homme qu'il était face à une épreuve. Il était facile de se dire que cette femme ne comptait pas. D'ailleurs, il se souvenait à peine de son visage. Il se demandait ce qu'elle avait fait en entendant le Bruit. « Je n'ai rien vu, ni personne. Pas une voiture, rien.

– C'est comme ça par ici. » G. H. s'efforçait d'être rationnel. « C'est pour ça qu'on s'y plaît. Souvent, on ne voit personne. »

Ils demeurèrent muets.

Ruth regardait par la fenêtre, en direction de la piscine. « Il fait sombre dehors. Alors que c'était si lumineux. » Elle se leva. « Un orage. C'était peut-être le tonnerre.

– Non, ce n'était pas le tonnerre. » Le ciel était lourd de nuages maintenant, en effet, et le gris virait au noir. Mais Clay savait.

Ruth se retourna vers eux. « Il y a des années de cela, G. H. m'a emmenée au ballet. *Le Lac des cygnes*. »

Une des raisons pour lesquelles il fallait vivre à New York, affirmait Clay. Mais c'était un cauchemar logistique. Trouver des billets pour une soirée faisant l'objet d'un accord mutuel, puis un endroit pour dîner à 18 h 30, plus dix-huit dollars de l'heure pour la baby-sitter. Ils étaient trop occupés, trop accrochés à leur propre surinvestissement. Ne pouvaient-ils pas s'accorder quelques heures de transcendance ?

« Je me souviens d'avoir pensé, tout d'abord : comme c'est étrange. Toutes ces personnes en costumes pailletés. Elles dansaient quelques minutes, puis s'empressaient de quitter la scène. Puis elles recommençaient. Je croyais que cela racontait une histoire, mais un ballet, ce n'est qu'un ensemble de petites choses plus ou moins organisées autour d'un thème qui n'a pas beaucoup de sens au départ. »

Comme la vie, songea Clay. Sans le dire.

Ruth poursuivit : « Des oiseaux en blanc et des oiseaux en noir, une musique majestueuse. J'ai fini par me laisser captiver. Je crois que je n'ai jamais rien entendu d'aussi beau. Il y avait ce morceau que je ne connaissais pas, et je ne comprends pas pourquoi ils ne l'utilisent pas au cinéma ou dans des publicités, tellement c'est beau. J'ai acheté le CD. *Le Lac des cygnes*, dirigé par André Previn. Je me souviens du titre du passage : "Pas d'action. Odette et le prince." Vous n'avez jamais rien entendu d'aussi… majestueux et romantique. D'aussi mélodieux et vivant.

– Oui, sûrement. » Amanda ne connaissait rien à la danse classique. Mais elle se réjouissait que cette femme meuble le silence.

« Tchaïkovski avait trente-cinq ans quand il a composé *Le Lac des cygnes*, vous le saviez ? Ce fut un échec, mais en fait, c'est l'image même du ballet classique : une danseuse déguisée en oiseau. » Elle hésita. « Je me souviens d'avoir pensé… C'est un peu larmoyant, mais ça nous arrive à tous de temps en temps… que si je devais mourir, comme nous mourrons tous, si je pouvais entendre de la musique au moment de mourir, ou si je pouvais choisir un morceau qui serait la dernière chose que j'entendrais avant de mourir, ou qui me vienne à l'esprit au moment de mourir, je voudrais que ce soit celui-ci. Tchaïkovski. Ce passage du *Lac des cygnes*. Voilà ce que j'étais en train de me dire. Peut-être que vous n'aurez pas envie de l'entendre, mais je me disais : bon sang, j'ai ce CD dans mon appartement.

– Vous n'allez pas mourir ici, Ruth. » Ici, dans cette charmante petite maison ? Impossible. « Nous sommes en sécurité ici », dit Clay. C'était comme dans ce jeu d'enfants : le téléphone arabe. Ils faisaient circuler une phrase entre eux et ils avaient perdu trace de son sens.

« Qu'est-ce que vous en savez ? » Elle restait calme. « La vérité, la triste vérité, c'est que vous n'en savez rien. On ne sait pas ce qui va se passer. Peut-être que je n'entendrai plus jamais "Odette et le Prince." Mais je crois que je l'ai là. » Elle se tapota la tempe. « Je crois que je l'entends. La harpe. Les cordes. Je peux me tromper, cependant. Mais ce que j'entends, là, c'est beau.

– Nous ne sommes pas sur Mars. Il y a des gens à quelques kilomètres d'ici. On a entendu quelque chose. Peut-être qu'on l'entendra de nouveau. » C'était G. H. qui essayait de se montrer rationnel et rassurant tout à la fois. « On ira voir les voisins. Ou quelqu'un viendra nous voir. Ce n'est qu'une question de temps.

– Je ne veux plus jamais entendre cette chose. » Clay aurait voulu pouvoir nier avoir jamais entendu ce Bruit. Il aurait aimé pouvoir s'imaginer en train de faire ce que décrivait G. H., mais c'était impossible. Il avait peur. Il ne voulait pas partir, non pas parce que ce n'était pas prudent, mais parce qu'il avait trop peur.

Amanda se dégagea des bras de son mari, qui la tenait

toujours avec un soulagement hébété, et regarda G. H. « Vous ressemblez un peu à Denzel Washington. »

G. H. ne savait pas trop comment réagir, ce n'était pas la première fois qu'on le lui faisait remarquer.

« On vous l'a déjà dit ? Et en plus, vous vous appelez Washington ! Il y a un lien de parenté ? » Amanda se retourna vers son mari. « Il s'appelle George Washington… Oh, pardon. Désolée. C'est malpoli. »

Elle rit, et tous les autres restèrent muets.

25

Les enfants, de leurs chambres, n'entendirent pas le rire de leur mère. Les enfants, de leurs chambres, n'entendirent pas que leur père était de retour. La petite maison était si bien conçue (et ses murs si solides !), et si enjôleuse, qu'on en oubliait totalement les autres.

Archie prit une douche brûlante. Ses couilles étaient ratatinées contre son corps, flétries comme s'il venait de sortir de la piscine. Les muscles de son dos se relâchèrent pendant qu'il regardait l'eau tourbillonner dans le trou d'évacuation, sale d'abord, puis claire. Il se sécha avec des serviettes blanches. Il enfila un caleçon et alla s'allonger dans son lit où, ne pouvant pas regarder *The Office*, il se divertit grâce à cette importante ressource : l'album secret de son téléphone. Les photos étaient belles pour la plupart. Ce que préférait Archie n'avait rien de si terrible. Il était mal à l'aise face aux configurations complexes des sites en ligne : trois femmes, cinq femmes, sept femmes, des bites énormes (la sienne ne serait jamais aussi grosse, craignait-il), deux hommes, trois hommes, des incestes simulés, de la violence raciale, des crachats, des cordes, du matériel de salle de gym, des spectacles publics, des projecteurs, du maquillage qui coule, des piscines, des jouets et accessoires dont il ne connaissait même pas les noms, la beauté supposée du châtiment. Lui, il aimait les femmes, simplement. Cheveux bruns et peau bronzée. Et il les préférait totalement nues, plutôt que posant avec des vêtements destinés à mettre en valeur les parties de leur corps qu'elles voulaient montrer : un pull en laine relevé sur des seins lourds aux mamelons satinés, une jupe écossaise remontée sur des hanches pâles pour dévoiler ce qu'il appelait la chatte car il était certain de ne pas connaître le mot exact, des shorts en jean lacérés ou déchirés, des lèvres offertes. Il aimait qu'elles soient jolies et heureuses. Archie voulait rendre heureux et qu'on le rende heureux.

Rose remonta la couette de ses parents jusqu'à son menton, puis jusqu'à son nez, inhalant l'odeur de détergent et de savon, celle de sa propre peau et les vestiges de la signature chimique de ses parents. C'était réconfortant, presque canin. Le livre qu'elle lisait n'était pas une évasion (les épreuves de l'adolescence, les trahisons du corps, les désirs nouveaux du corps), mais une préparation, le guide Fodor's d'un pays qu'elle avait l'intention de visiter bientôt. Mais il ne parvenait pas à capter son attention. Elle repensait à la quiétude des bois qu'avait transpercée cette détonation au-dessus d'eux. Elle avait du mal à se représenter sa petite chambre à Brooklyn. Elle secoua la tête pour remettre de l'ordre dans ses pensées, en vain.

Rose ne voulait pas se cacher dans un lit. Elle ne voulait pas se cacher du tout. Elle se leva et s'étira comme après une bonne nuit de sommeil réparatrice. Elle étira ses bras et ses jambes, qui lui semblèrent solides et vivants, s'approcha de la fenêtre et essaya de regarder entre les arbres. Elle ne savait pas ce qu'elle cherchait à voir, mais elle le saurait quand cela apparaîtrait, et elle savait que cela apparaîtrait. Auparavant, elle aurait voulu prouver qu'elle avait vu ces cerfs, mais ils n'avaient laissé aucune empreinte. Les bêtes marchaient d'un pas léger sur cette terre.

Plantée devant la porte vitrée de derrière, elle contempla le ciel monotone, les nuages si proches qu'on aurait pu les toucher. Elle remarqua une fêlure dans le carreau et comprit qu'elle n'était pas là avant. Évidemment. La pluie était fidèle à elle-même : hésitante, tout d'abord, puis pleine d'assurance. Les arbres étaient si feuillus qu'ils absorbaient la majeure partie de l'eau avant qu'elle n'atteigne le sol. Le trop-plein de la gouttière au-dessus de la porte formait une sorte de cascade. Que faisaient les cerfs quand il pleuvait ? Les animaux se souciaient-ils d'être mouillés ? Rose aurait aimé retourner se baigner, ou simplement s'asseoir dans le jacuzzi. Elle aurait aimé que les vacances durent un peu plus longtemps, ne serait-ce qu'une heure.

Le téléphone dans une main, lui-même dans l'autre, le corps d'Archie ne réagissait pas comme à l'accoutumée. Il pouvait jouir sous la douche le matin, ou le soir dans sa chambre, à la lueur de l'écran de son ordinateur portable, volume au minimum. L'après-midi aussi, parfois : blotti dans les toilettes pleines de courants d'air et d'odeurs de pisse, en crachant dans sa paume. D'abord un jet de sperme, puis un spasme bref, et pour finir un frémissement sec, sa queue rougie et fatiguée, un peu douloureuse peut-être. Il se jurait toujours d'arrêter, mais... ça le reprenait. C'était la vie !

Dehors, un orage se préparait et la lumière était étrange, mais même sans cela Archie aurait été incapable de deviner l'heure. Sûr, c'était bizarre d'avoir vu débarquer les proprios de la maison, mais il s'en fichait, et ils paraissaient sympas. M. Washington lui avait posé le genre de questions que posent tous les adultes et il avait semblé sympa. Archie lâcha son télé-phone et s'enfonça dans le vide magnifique. S'il rêva de quelque chose (le Bruit ?), ce fut avec une partie de son cerveau si lointaine qu'il la contrôlait à peine.

Avait-il chaud ? Après tout, il venait de prendre une douche. Quand il cala son poignet sous sa joue, cela ne lui apprit rien. Toucher sa propre peau ne constitue pas un diagnostic. Le corps est une machine splendide et complexe qui tourne rond la plupart du temps. Quand quelque chose cloche, le corps est assez intelligent pour procéder à des ajustements. La lumière était brouillée et pâteuse, la chambre pleine de la musique que faisait la pluie sur le toit au-dessus de sa tête et du son modeste des objets dans l'espace : la présence du corps d'Archie, son lit, ses oreillers, son verre d'eau, son exemplaire broché de *Nine Stories*, la serviette de toilette humide roulée en boule sur le sol tel un animal domestique endormi. On aurait dit l'émetteur de bruit blanc que ses parents utilisaient pour l'endormir quand il était bébé.

Occupée à se laver les mains, Ruth n'entendit pas la pluie. Mais au sortir de la salle de bains des invités elle découvrit la cataracte et comprit. Le vin n'avait eu aucun effet sur elle. Elle n'était ni somnolente, ni apai-sée, ni distraite. Elle rassembla leurs vêtements sales en un petit tas. Comment pouvait-il y en avoir autant déjà ? Il y avait quelque chose de réconfortant dans la lueur jaune des lampes de chevet et la grisaille derrière les fenêtres. Elle aurait pu se coucher dans ce lit et lire un livre. Peut-être même aurait-elle pu somnoler paresseusement, comme on le fait dans une maison de vacances, non pas parce qu'on a besoin de se reposer, mais parce que l'occasion s'en présente.

Au lieu de cela, elle se dirigea vers le placard encastré au bout du couloir et trouva un panier à linge sale sur l'étagère, à côté des provisions de George, toutes ces bouteilles de vin, ces boîtes de conserve et ces récipients en plastique bourrés de calories. Elle s'autorisa à penser : « Bien. » Ils étaient prêts, quoi qu'il arrive. Elle avait cru que cela pourrait la réconforter, mais elle n'avait que faire de tomates en conserve ou de barres énergétiques collantes. Il était vain, cependant, de s'attarder sur ce qu'elle voulait, ce qui expliquait peut-être sa détermination à *faire* quelque chose. Ruth remplit le panier de linge sale. Elle arrangea les coussins décoratifs sur le lit. Elle remit la télécommande sur la commode. Elle éteignit les lampes d'appoint qui n'étaient utiles à personne. Elle alla chercher les serviettes de toilette mouillées dans la salle de bains.

C'était un peu intime, mais elle savait qu'il faudrait inviter Amanda à déposer ses affaires sales dans le panier. Afin d'utiliser au mieux l'électricité et l'eau. Ce serait un geste amical, même si ce mot ne décrivait pas la nature de leurs relations ; peut-être qu'aucun mot ne convenait. Ruth savait qu'une conversation était inévitable, et elle savait que cela l'obligerait à être une meilleure personne qu'elle n'avait envie de l'être. Elle pensait au poids si agréable de ses petits-fils sur elle.

Rose plaqua sa main sur la vitre. Elle était froide, comme souvent le verre. La surface de la piscine, agitée et ridée par la pluie ininterrompue, avait quelque chose de plaisant à regarder. Il n'y avait pas de tonnerre, et de toute façon Rose avait compris que le bruit de tout à l'heure n'était pas un coup de tonnerre. Il était certes tentant de le croire, mais elle savait, à sa manière adolescente, que la croyance n'a rien à voir avec les faits.

La question n'était pas de savoir ce qui s'était passé, mais ce qu'ils allaient faire maintenant. Rose savait que ses parents ne la prenaient pas au sérieux, qu'ils ne la considéraient pas comme une adulte. Mais Rose savait également que leur problème n'était pas lié à un Bruit quelconque au-dessus de leurs têtes. Elle avait vu quel était le problème, et elle avait tenté de le résoudre. Et puis elle se souvint que sa mère lui avait promis que s'il pleuvait elles feraient un gâteau, alors Rose oublia son livre et alla faire un gâteau.

26

La télévision aurait eu un effet palliatif. La télévision les aurait assommés, distraits, informés, ou les aurait aidés à oublier. Au lieu de quoi tous les trois étaient assis devant un téléviseur qui ne leur montrait rien, avec l'agréable orchestre de la pluie sur la verrière, le toit, la terrasse, le parasol, la cime des arbres, et le tintamarre de Rose dans la cuisine – « J'y arrive pas toute seule ! » –, puis l'odeur chimique de son gâteau à base de préparation instantanée, qui gonflait dans le four à gaz.

« Il faut remplir les baignoires. » Amanda ne savait pas très bien ce qui s'imposait. Elle devinait.

« Remplir les baignoires ? » Clay prit cela pour une figure de style.

Amanda baissa la voix : « Au cas où… pour l'eau.

– L'eau ne coule plus s'il y a une coupure de courant ? » Clay n'en avait aucune idée.

En fait, non. Le lendemain, ou le surlendemain, ou le jour suivant très certainement, certains occupants des appartements les plus élevés de Manhattan sombreraient dans un délire annonciateur de leur déshydratation à venir.

« Je pense que c'est exact. C'est une pompe électrique qui alimente le réservoir. Alors, s'il n'y a plus d'électricité, il n'y a plus d'eau non plus. » G. H. n'en revenait pas qu'ils aient encore du courant. Il mettait cela sur le compte de la petite maison bien conçue, tout en sachant qu'il n'y avait aucun rapport.

« Vous croyez que l'électricité va être coupée ? » Clay trouvait que cette journée – l'odeur de vanille chimique, les percussions de la pluie – semblait d'une normalité troublante.

« Ça va avec les orages, non ? Comme les branches cassées. Et s'il y a eu un problème à New York. Sans oublier ce Bruit, quelle qu'ait été sa cause. Je pense qu'on a de la chance d'avoir encore du courant, mais on ne devrait peut-être pas tirer sur la corde. » Amanda regarda son mari. « Vas-y ! »

Clay se leva pour faire ce qu'on lui demandait, sans mentionner le fait que ce n'étaient ni ses baignoires ni son eau.

Amanda se pencha en avant sur son siège, vers G. H. assis en face d'elle. « Il n'y a pas de tonnerre. Ni même d'éclairs. Juste la pluie.

– Je n'ai pas réellement cru que c'était le tonnerre, de toute façon.

– C'était quoi, alors ? » Elle chuchotait pour ne pas que Rose l'entende. Non par parce qu'elle la croyait idiote, mais pour la protéger.

« Si seulement je le savais.

– Qu'est-ce qu'on fait ?

– J'attends que le gâteau de votre fille soit cuit.

– Est-ce qu'on devrait partir ? » Elle regarda cet homme plus âgé comme s'il était le père qu'elle n'avait jamais eu, celle sur qui elle pouvait compter pour recevoir des conseils avisés. « Est-ce qu'on ne serait pas mieux – plus en sécurité – chez nous, à New York, au milieu d'autres gens ? »

Clay revint en essuyant ses mains sur son short. « Voilà.

– Il y a une baignoire en bas. Je vais en faire autant. »
G. H. remercia d'un hochement de tête.

« Voilà une bonne chose de faite. » Amanda essayait de se convaincre. « Nous avons de l'eau. Et nous n'en avons même pas besoin. Peut-être que nous n'en aurons pas besoin du tout.

– Mieux vaut prévenir que guérir, dit Clay.

– Tu penses qu'on devrait rentrer à la maison ? »
Amanda regarda son mari.

« Ou bien on pourrait juste retourner en ville demain ?
Y aller, je veux dire, corrigea G. H.

– Je suis désolé. » Clay posa ses mains sur ses genoux. Penaud.

« Pourquoi ? demanda Amanda.

– J'aurais dû… J'ai entendu le Bruit, alors je suis revenu. J'étais inquiet. En tout cas, je n'ai pas vu une seule voiture. » Il ne leur parla pas de la femme. Il se demanda si elle était dehors, sous la pluie.

« Je pensais que tu… Je ne savais pas ce qui t'était arrivé. »

G. H. comprenait. « C'est souvent qu'on ne voit aucune voiture, dit-il. Tout dépend de l'époque de l'année, je suppose. Mais c'est toujours calme ici. C'est pour cela que nous nous y sommes installés.

– Je pense qu'il vaut mieux rester ici et attendre. »
Clay ne voulait pas retourner sur ces routes déconcertantes.

« Comment peux-tu dire ça ? » s'offusqua Amanda.
Le rôle de parent exigeait de la fanfaronnade, de la bravoure, du courage, de la conviction. C'était uniquement de l'instinct, de l'amour.

« Il pleut des cordes. Ce n'est peut-être pas une très bonne idée de sortir en plein orage.

– Soit. Demain, alors. » Amanda le poussait à agir.

« On ira en ville, dit Clay. Et ensuite, on pourra… décider. S'il n'y a plus d'électricité à New York, il vaut peut-être mieux attendre ici que ça s'arrange.

– Ici ? » De fait, ils avaient loué cette maison. Mais cela semblait accessoire à présent. Amanda se préparerait afin de démontrer sa conviction. Elle ferait leurs valises, prête à partir. C'était une affirmation de volonté.

« Oui, demain. Vous et moi, Clay, on ira demain matin. Je connais le chemin. » G. H. ne croyait pas au récit de Clay et il avait raison. « Ensuite, on verra bien où nous en sommes. On saura s'il y a de l'électricité, s'il y a un problème, et d'où venait ce Bruit. On en saura plus, et une fois qu'on en saura plus, nous pourrons prendre la meilleure décision. » Il regarda la fillette qui s'avançait vers les adultes. Il éprouvait la même envie irrépressible qu'Amanda. « Ça sent délicieusement bon. » Il avait dit cela avec désinvolture, mais en toute sincérité.

« Il faut juste attendre qu'il refroidisse avant que je mette le glaçage, dit Rose.

– Il est déjà cuit ? » Amanda essaya d'évaluer le temps. « On devrait le garder pour après le dîner.

– Je l'ai fait en plusieurs couches, alors ça cuit plus vite. Deux petits gâteaux au lieu d'un seul. Dommage que je n'aie rien pour décorer. Des vermicelles en sucre et tout ça.

– Tu devrais regarder dans le garde-manger. Va demander à Mme Washington de te montrer où elle range tous les accessoires de pâtisserie. Je ne serais pas étonné qu'on ait quelques réserves. » Rose ne ressemblait absolument pas à sa fille, mais, tout naturellement, c'était à elle que G. H. pensait.

« Je ferais bien de préparer quelque chose pour le

dîner. » Clay pensait ainsi se faire pardonner son échec précédent. Il avait rempli les baignoires, il leur ferait à manger, il prouverait son utilité. « Rose, avant de décorer le gâteau, aide-moi à nettoyer la cuisine.

– Où est Archie ? » Amanda voulait éloigner les enfants, mais elle était incapable de les chasser de ses pensées.

Clay haussa les épaules. « Peut-être qu'il fait la sieste.

– Je vais aller le réveiller. »

Elle connaissait le danger d'une sieste trop tardive : cette sensation d'être vaseux, que rien ne pouvait dissiper. Enfant, il émergeait le visage marqué par les plis des draps, rougi par l'effort du repos, ronchon et incapable de faire autre chose que de bouder pendant au moins dix minutes. Elle adressa un « Excusez-moi » à G. H. et se dirigea vers la chambre de son fils. Elle frappa à la porte, les adolescents avaient besoin de cette marque de respect (elle avait vu des choses là-dessus), et l'ouvrit en prononçant son nom.

Le jeune garçon ne bougea pas ; il ne sembla même pas remarquer sa présence.

« Archie ? » Elle distinguait la forme de son corps, enroulé dans les couvertures. « Tu dors, mon chéri ? »

Il ne répondit pas, à supposer qu'il l'ait entendue, alors Amanda écarta les couvertures, faisant apparaître ses cheveux, superbement ébouriffés, des mèches dans tous les sens, pareilles aux racines d'un vieil arbre. Elle lissa ses boucles, posa la paume sur son front par réflexe. Était-il chaud à cause de la fièvre ou du sommeil ?

« Archie ? »

Il ouvrit les yeux, sans ciller, encore endormi, bientôt réveillé. Il regarda sa mère, mais celle-ci lui apparaissait floue.

« Archie ? Ça ne va pas ? »

Il soupira lentement ; une longue expiration tremblante. Il ne savait pas où il était ; il ne comprenait pas ce qui se passait. Il se redressa, abruptement là encore. Il ouvrit la bouche, non pas pour parler, mais pour remuer la mâchoire, qui lui faisait mal, ou dont il prenait conscience d'une façon qui lui semblait nouvelle, ou différente, ou anormale.

« Je sais pas.

– Comment ça tu ne sais pas ? » Elle souleva la couette, dévoilant son corps frêle et libérant la chaleur rayonnante de son corps, si puissante qu'elle la sentait sans même poser la main sur lui. « Archie ? »

Il émit un son semblable à un bourdonnement. Il se pencha en avant et vomit sur ses genoux.

27

Le statut de parent vous endurcit. Votre tâche consiste à entretenir les corps, et vous savez ce que cela implique. Autrefois, la vue du vomi lui donnait des haut-le-cœur, mais celui de ses enfants, Amanda y faisait face. Les situations de crise la rendaient rationnelle. Elle appela Clay. Et nettoya le corps de son fils comme quand il était un petit garçon.

Lorsque leurs enfants étaient encore bébés, Clay et Amanda pratiquaient la défense individuelle, comme un sport. Au cours de leur premier dur hiver, Clay emmenait Archie au New York City Transit Museum, une attraction située en intérieur mais où il faisait toujours froid car elle se trouvait dans une station de métro désaffectée. Pendant ce temps, Amanda faisait les cent pas dans l'appartement avec Rosie pendue à son sein, en écoutant l'album qu'avait composé Björk pour raconter sa formidable expérience sexuelle avec Matthew Barney. Si elle se concentrait, elle entendait encore le plancher craquer sous ses pieds, à un endroit précis, près de la cuisine. S'il se concentrait, Clay revoyait les rames datant d'une autre époque, plus innocente – sièges en rotin, ventilateurs au plafond – garés sur des rails obsolètes. Amanda retira les draps souillés. Clay conduisit le garçon dans le salon.

« Nous avons un thermomètre. » Ruth, prudente, avait approvisionné la salle de bains. Antalgiques pour adultes et enfants, bandages, teinture d'iode, solution saline, vaseline.

« Volontiers. » Clay aida son fils à enfiler son sweat-shirt trop grand ; il lui ébouriffa les cheveux. Il s'assit à côté de lui sur le canapé et ensemble ils contemplèrent, à l'arrière de la maison, le drame de la pluie qui emplissait la piscine.

La mémoire musculaire des mères est puissante. Ruth revint avec ce qu'il fallait. « Prenons sa température. »

Idem pour l'instinct paternel. G. H. aida Rose à trouver leurs ressources cachées : sucre glace, tubes de gel décoratif, bougies d'anniversaire, vermicelles en sucre qui cliquetaient dans des bocaux. Rose n'était pas idiote, mais ravie d'être divertie. Ils transférèrent délicatement le gâteau sur une assiette que Rose fit tourner d'une main experte sous la spatule, immobile, pour le recouvrir d'une épaisse couche de glaçage.

« Merci », dit Clay.

Ruth souleva le menton du jeune garçon et introduisit l'extrémité du tube en verre sous sa langue. « Tu es chaud. Mais on va voir si tu as de la fièvre.

– Comment tu te sens maintenant, mon pote ? »

Clay avait recours aux marques d'affection masculine quand il était très inquiet. Il avait déjà posé la question. Archie y avait déjà répondu. Il avait envie de le prendre par les épaules, de le coller contre lui, mais celui-ci ne le laisserait pas faire car le petit garçon était devenu presque un homme.

« Ça va », marmonna Archie. Le thermomètre dans sa bouche l'empêchait d'exprimer son mépris caractéristique d'adolescent.

Ruth examina l'instrument indéchiffrable. « 38,8. Pas très grave. Pas très bon non plus.

– Bois ton eau, mon gars. » Clay fourra le verre dans la main de son fils.

« Et prends ça », ajouta Ruth en sortant deux comprimés de Tylenol de la boîte, pendant que G. H. et Rose saupoudraient le gâteau de perles de sucre, un charmant petit duo.

Archie fit ce qu'on lui demandait. Il garda une gorgée de liquide dans sa bouche et y ajouta les comprimés. Il avala le tout et essaya de sentir s'il avait mal à la gorge. Il avait envie de regarder la télé, ou de rentrer chez lui, ou de s'absorber dans son téléphone, mais rien de tout cela n'était possible, alors il resta assis là, sans rien dire.

« Je vais aider Amanda. » Ruth se réjouissait d'avoir un problème à résoudre, ou un problème qu'elle pourrait peut-être résoudre. « Vous, reposez-vous. »

Découvrant la baignoire remplie d'eau censée leur sauver la vie, Amanda emporta les draps souillés dans la salle de bains principale et rinça le vomi (dilué, Dieu merci) dans la cabine de douche carrelée. Elle les essora autant que possible, tordant le coton jusqu'à ce qu'elle ait peur de le déchirer. Elle était en colère, un sentiment propice à cette activité. Après s'être essuyé les mains, elle retourna dans la chambre. Comme ils avaient eu vite fait de s'étaler ! Un fouillis de sous-vêtements sales, une serviette en papier usagée, un magazine, un verre d'eau, tous ces petits signes d'une existence obstinée. Les arbres jalonnaient leur vie de cercles que personne ne pouvait voir ; les humains de déchets qu'ils laissaient traîner partout ; un moyen de bien marquer leur importance. Amanda entreprit de faire du rangement.

« Toc toc », fit Ruth à la manière d'un personnage de série télé, arrivant à grandes enjambées, le panier à linge calé contre sa hanche. « Désolée de vous déranger. Je me suis dit que je pouvais quand même faire une lessive. »

Amanda exécuta une sorte de révérence, Dieu sait pourquoi. C'était la chambre de cette femme, après tout.

« Je suis désolée. Je peux m'occuper des draps d'Archie.

– Ne vous inquiétez pas. Jetez-les là-dedans. Il a l'air d'aller mieux. Il a un peu de température. 38,8.

– 38,8 ?

– Ça semble élevé, mais c'est souvent comme ça quand ils sont jeunes. Leur système immunitaire flambant neuf fait du zèle. Je lui ai donné du Tylenol.

– Merci.

– Vous pouvez mettre vos affaires dans le panier aussi. Je vais… pendant qu'il y a encore du courant. »

C'était un peu intime, mais Ruth se montrait prévoyante. Cela leur éviterait un voyage au Lavomatic quand ils rentreraient. Amanda ignorait que le Lavomatic était fermé. Elle ignorait que le gérant chinois était bloqué dans l'ascenseur qui transportait les passagers du hall de la station de Brooklyn Heights au quai de la ligne R, qu'il y était depuis des heures et qu'il y mourrait, mais ce n'était pas pour tout de suite.

« Bonne idée. Merci. » Les deux femmes s'observèrent comme si elles allaient se battre en duel. C'était peut-être inévitable. Ruth avait pitié de cette femme. Elle savait ce qu'on attendait d'elle, et elle ne le supportait pas. Elle devait feindre la bienveillance. Mais que devenaient Maya et les garçons ? « Vous savez, vous pouvez rester si vous voulez. »

La petite maison comme canot de sauvetage. L'ignorance comme une forme de savoir. Cette perspective ne séduisait pas Amanda. Une éternité (à croire que c'était acquis) à passer avec ces gens. Une partie d'elle-même continuait à se demander si ce n'était pas une arnaque ou une illusion. C'était une torture en tout cas, une intrusion sans viol ni armes à feu. Et pourtant, cette femme était ce qui s'apparentait le plus à une alliée pour elle. Amanda secoua la tête. « Archie a besoin de consulter un médecin.

– Et si c'était le cas pour nous aussi ? Et si c'était à l'intérieur de nous ? Si c'était le début de quelque chose, ou la fin de tout ? »

Impossible d'échapper au sous-entendu. Les gens disaient que l'Amazonie était le poumon de la planète. L'eau venait lécher le marbre de Venise, jusqu'à la taille, et les touristes prenaient des photos en souriant. Cela ressemblait à un accord tacite : tout le monde avait accepté le fait que les choses se délitaient. C'était de notoriété publique : si la situation était grave, cela signifiait qu'elle était encore pire, assurément. Ruth n'était pas ce genre de personne, pourtant elle sentait la maladie éclore en elle. La maladie était partout, impossible de lui échapper.

« Je n'arrive pas à réfléchir à ce qu'on ignore. Il faut que je me concentre sur ça. Archie a besoin d'un médecin. Je l'emmènerai dès demain matin.

– Mais vous avez peur. J'ai peur.

– Ça ne mène à rien. Je ne peux pas rester ici. Je ne peux pas me cacher. Je suis sa mère. Que peut-on faire d'autre ? »

Ruth s'assit au bord du lit. Elle ne pouvait pas aller en ville ou au-delà, à Northampton. Elle voulait juste s'allonger dans son lit. « Oui, vous avez sans doute raison.

– Dites-moi quelque chose qui m'aidera à me sentir mieux. » Amanda était en quête d'amitié, d'humanité, de réconfort ou de soulagement.

Ruth croisa les jambes et leva les yeux vers elle. « Je ne peux pas. Vous réconforter. »

La déception d'Amanda fut immédiate.

« J'en ai peut-être besoin, moi aussi. De réconfort. » Ruth avait hâte de se mettre à la lessive. L'odeur neutre du savon, le grondement de l'eau. « Du coup, je ne peux pas en offrir. Mais restez. Je pense que vous feriez mieux de rester ici. Question de bon sens. Même si je ne peux pas vous réconforter. Prononcer des paroles sages et dévotes.

– Je sais… je sais que vous ne pouvez pas.

– Au moins, vous avez vos enfants avec vous. Moi, je ne sais pas ce que devient ma fille. Je ne sais pas ce que deviennent mes petits-fils. On ne sait rien du monde extérieur. Voilà la réalité. »

Amanda savait qu'il en avait toujours été ainsi. Et elle ne pouvait s'empêcher de souhaiter qu'il en soit autrement. Ses vêtements sentaient le vomi de son fils et la maison sentait le gâteau de sa fille. « Allons manger quelque chose. Je vais prendre une douche, et ensuite on devrait manger un morceau. Ça nous fera du bien, je pense. » Non, ce n'était pas tout à fait exact. « Je ne vois pas quoi faire d'autre. »

28

Ce fut festif, ou presque. Un dernier verre avant la guerre. En un sens, c'était paisible, engageant, c'étaient des vacances. Ruth l'entreprenante avait sorti une boîte de soupe au poulet, qu'Archie mangea à contrecœur. Amanda le borda dans son lit propre. Rose l'entreprenante se souvint : elle avait téléchargé un film sur l'ordinateur de sa mère un an plus tôt. Il ne l'intéressait pas particulièrement, mais c'était mieux que rien. Amanda l'envoya se coucher avec une part de gâteau et l'ordinateur presque obsolète, et les quatre adultes passèrent une soirée entre adultes, avec la franchise qu'ils ne pouvaient pas se permettre quand de petites oreilles les écoutaient. G. H. feuilleta un vieux numéro de *The Economist*. Ruth remplit des petits bols en porcelaine de mini-carottes et de houmous. Amanda sirota un verre de vin. Clay, posté devant l'îlot central, improvisa des pâtes à la saucisse.

La pluie s'était calmée, la terrasse était sèche sous l'avant-toit. Malgré tout, ils dîneraient à l'intérieur, non pas par crainte des moustiques, à l'agonie en cette fin de saison. Mais la forêt les menaçait. La lune croissante, d'un jaune pâle, se montrait fièrement à travers les nuages effilochés. Le Bruit n'avait pas eu de réplique, ou plutôt si, mais dans leurs têtes. Ce qu'ils avaient entendu, c'était peut-être le ciel lui-même qui se lézardait, comme dans le conte Chicken Little. Cela ne semblait pas plus improbable qu'autre chose. Nul ne savait ce qui leur arrivait, et pour cette raison, peut-être, le rituel fut étrangement joyeux – à moins que ce ne fût un phénomène d'hystérie collective, ou bien le chardonnay, frais, couleur de jus de pomme.

Il régnait un sentiment d'habitude ou de familiarité, comme à Thanksgiving ; les assiettes pleines que l'on se passe, les verres que l'on remplit, les conversations. Quelqu'un voulait-il écouter les histoires de George ? Le client qui avait perdu une fortune quand un tableau de Basquiat s'était révélé être un faux ; l'homme qui avait fait virer des centaines de milliers de dollars sur le compte de son enfant de sept mois afin de contourner un contrat prénuptial ; celui qui avait perdu trois millions à Macao ; celui qui avait besoin de cash pour payer un joueur des New York Yankees afin qu'il bénisse la bar mitzvah de son fils. Ses histoires parlaient d'argent, pas d'êtres humains ; l'argent prodigieux, irrationnel et quasi tout-puissant. George pensait que l'argent pouvait expliquer ce qui leur arrivait, et le temps dirait si l'argent pouvait les sauver. Si ces gens partaient le lendemain, il devrait penser à leur donner mille dollars pour les dédommager. Toutefois, G. H. n'était pas certain qu'ils partent.

Un dessert ? Pourquoi pas ? Il y avait là un parfum d'irrévocabilité, aux yeux de Clay du moins. Leurs vêtements, propres maintenant, tournaient dans l'étreinte chaude du sèche-linge à quatre mille dollars. Il se disait que la fièvre d'Archie allait retomber, il se disait qu'il demanderait à G. H. de lui fournir un itinéraire, un dessin, une arrivée à bon port. Il se disait que le matin les surprendrait par sa beauté, et qu'ils rentreraient chez eux.

Ils découpèrent le gâteau de Rose. Ruth posa sur la table des glaces dans des emballages en carton. La cuisine, bien équipée, possédait deux cuillères à glace en acier inoxydable. Il y avait sur la table de quoi remplir le lave-vaisselle.

Amanda le formula : « L'électricité fonctionne encore. » On cesse de remarquer une chose telle que le courant électrique, une chose qu'on ne peut pas voir, mais qui nous procure un certain réconfort, un peu comme Dieu. L'eau s'échappait lentement, très lentement, de la baignoire de la salle de bains des enfants, mais elle l'ignorait.

La conversation glissa vers leurs expériences de voyage. « Vous avez certainement passé des vacances plus agréables que celles-ci », fit remarquer G. H., sardonique.

Amanda pensait à ces lieux où la nuit n'était jamais noire : Helsinki, Saint-Pétersbourg, les petites villes d'Alaska construites pour des hommes payés pour faire des choses à la terre. Elle redoutait le retour de ce Bruit, énigmatique dans les ténèbres. Déjà, ils ne savaient rien. « Disneyland ? » Elle rit. Elle avait détesté y être, mais elle en chérissait le souvenir.

« Archie avait vomi cette fois-là aussi », dit Clay. Il voulait y penser sous cet angle : ces vacances signifiaient que leurs enfants capitulaient naturellement face au virus. Archie, toujours en train de vomir ! Arrête ça, Archie ! C'était plus agréable que de croire qu'il était malade.

Ruth parla de Paris. Maya et elle avaient pris le thé au George V ; elles avaient essayé des chaussures aux Galeries Lafayette, fait du manège aux Tuileries, même si, à treize ans, Maya jugeait cela indigne d'elle. « Une ville magnifique qui mérite sa réputation.

– On devrait y aller cet hiver. Paris est tellement beau que le froid n'y a pas d'importance. » Clay imaginait ses enfants sur la plateforme de la tour Eiffel, exhalant des nuages de vapeur givrée tandis qu'ils contemplaient le monde à leurs pieds. Il se souvint des images de l'inondation de Paris… quand était-ce ? Le Louvre avait dû déplacer trente-cinq mille œuvres pour éviter qu'elles ne soient détruites par la Seine. « On ira voir *La Dame à la licorne*.

– Ça ne doit pas être donné. » Les promesses en l'air effrayaient Amanda. Et s'il y avait une guerre, si grave qu'elle ait piégé tous les pays et que les frontières soient devenues des murs d'enceinte ? Elle ignorait que c'était bien pire, que le mot « guerre » ne pouvait pas décrire la situation. Ces avions avaient été envoyés de Rome et de New York à la rencontre d'un autre appareil venant d'Afrique de l'Ouest. Renseignements erronés : ils avaient fini par tuer environ quatre cents personnes avant que celles-ci n'approchent suffisamment de nos frontières pour être obligées de remplir les formulaires d'immigration. Autrefois, le rythme des choses était plus lent. Aujourd'hui, un cinglé n'avait pas besoin d'assassiner un archiduc ; chaque journée apportait son lot de bizarreries quasi simultanées.

Les emballages en carton se vidèrent. On s'extasia sur le gâteau réalisé avec une préparation toute faite. Les traînées de chocolat durcirent dans les assiettes. Lorsque tomberait le véritable crépuscule, les créatures ailées de la nuit frapperaient doucement aux carreaux, les lumières extérieures s'allumeraient, illuminant les branchages au-dessus de leurs têtes. Un silence s'installa, un de ces intervalles naturels que l'on connaît parfois dans les restaurants ou les soirées, quand la conversation fait une pause et que les convives se penchent en avant en tendant l'oreille comme s'ils voulaient capter un son à peine perceptible. Il n'y avait plus d'œufs dans le réfrigérateur, mais peut-être pourraient-ils servir des céréales au petit déjeuner.

Ils décidèrent, tacitement, de simplement rester assis et de se sentir repus. G. H. tripotait son verre. Clay était agité par une envie irrésistible et délirante de fumer une cigarette, si forte qu'elle lui faisait presque peur. Il devait admettre qu'il était faible. Ruth regardait la fenêtre et y voyait surtout son propre reflet. Amanda alla chercher la bouteille de vodka qu'elle avait achetée le jour de leur arrivée.

G. H. coupa des rondelles de citron – des sequins jaunes, d'une saveur intense.

Quand Amanda eut fini son premier verre, elle plongea les doigts au milieu des glaçons et déposa la rondelle de citron sur sa langue comme le font les catholiques avec le corps du Christ. Renouvelé par la transsubstantiation. Elle était soûle. Le volume de sa voix en était la preuve. « Je vais en prendre un autre. » C'était un ordre plus qu'une demande.

G. H. la servit. « Volontiers. »

Clay sentait la cigarette qu'il venait d'aller savourer, même s'il n'y avait pas pris beaucoup de plaisir. La conspiration des grillons. Une présence possible, là dehors. Il avait espéré voir des phares, peut-être un avion dans le ciel. Des études indiquaient que le confinement solitaire rendait fou. La présence des autres humains lui manquait, mais il faisait bonne figure car c'était son rôle d'homme.

« George, vous voudrez bien nous dessiner un plan ? Demain ? Pour nous indiquer la route ? À l'évidence, on ne peut pas se fier à moi.

– Je vous conduirai jusqu'en ville. Vous n'aurez qu'à me suivre. »

Ruth ne dit rien.

Amanda avait peur de bafouiller et de paraître plus ivre qu'elle avait conscience de l'être. C'était une femme qui aimait contrôler la situation. « Vous comptez revenir… ici ?

– Oui. » Ruth accompagnerait son mari. Elle refusait de rester seule dans la maison. Elle voulait qu'ils s'en aillent et elle voulait qu'ils restent. Elle ne parvenait pas à être indifférente, même si elle le souhaitait. Elle ne voulait pas se sentir coupable.

« Hélas, je ne connais pas les routes qui mènent à Northampton. » G. H. se montrait réservé. « C'est loin. Espérons que les téléphones… » Il ne prit pas la peine d'achever sa phrase.

« Nous devons nous occuper d'Archie… » Même si elle bafouillait un peu, Amanda disait ce qui avait besoin d'être dit. Le garçon était malade. Peu importait la cause, seul comptait ce qu'ils feraient. Toutes ces années à se tracasser au sujet du coûteux auto-injecteur d'épinéphrine, toujours à côté de lui comme les codes nucléaires du président, et voilà qu'un Bruit avait eu raison d'Archie. Être parent, c'était ne jamais savoir ce qui allait faire du mal à vos enfants, tout en sachant que cela leur arriverait, inévitablement.

« Avant que vous ne partiez, je vous rendrai votre argent. » G. H. était honnête, ou bien un deal était un deal. Lui aussi buvait de la vodka. Tous les quatre avaient en commun la quête du répit temporaire que procure l'oubli. Et cela fonctionnait presque ; il en oubliait presque ce qui les avait réunis.

« Je ne risque pas d'oublier, croyez-moi. » Clay essayait d'en faire un sujet de plaisanterie. Peut-être auraient-ils besoin de cet argent pour payer les frais de santé. Peut-être auraient-ils besoin de cet argent pour remplacer le contenu d'un réfrigérateur plein d'aliments avariés. Peut-être sa rédactrice en chef à la *New York Times Book Review* aimerait-elle tellement son essai qu'elle lui proposerait un contrat. Tout, absolument tout était possible. Il posa la main sur celle de sa femme pour lui indiquer que, selon lui, ils faisaient le bon choix.

« Tout ira bien, pour tout le monde. » Amanda ne s'adressait pas seulement à son mari ; elle était assez soûle pour ne pas se soucier du fait que les autres soient aussi concernés. Ils faisaient partie de la famille maintenant, ou presque.

« Si c'est votre dernier soir de vacances, vous devriez en profiter. » Ruth empila les assiettes sales, sans préciser qu'elle aimait remettre de l'ordre. Ces gens étaient devenus leurs amis, leurs invités, et Ruth était l'hôtesse ; elle éprouvait juste le besoin de débarrasser la table.

« Buvons au plaisir. Au plaisir des vacances. Au plaisir de chaque moment dans la vie. Profiter d'un seul moment est en soi une victoire. Je crois que nous devons nous accrocher à cela. » G. H. leva son verre. C'était un geste sincère.

« J'en profiterai, j'en profiterai. » Amanda était sur la défensive. C'était comme de dire : je m'amuse, je m'amuse. Les optimistes croient qu'ils peuvent changer le monde. Ils pensent que si vous regardez le bon côté des choses, le mauvais côté n'existera plus.

« Ce n'est pas un ordre, c'est une invitation. » G. H. se sentait détendu. Il avait hâte de voir les marchés. Il avait hâte de deviner qui était devenu riche, car dans ces moments-là il y a toujours quelqu'un de courageux, ou de chanceux, à qui cela arrive. Il espérait que la nuit serait froide. Il avait envie de rester dehors à grelotter, avant de se plonger dans le jacuzzi et de regarder les branches noires des arbres.

Amanda remplit de nouveau son verre. Elle avait encore envie de crème glacée, de cette débauche de douceur dans sa bouche. Il n'y en avait plus, mais il y avait des donuts, et un paquet de cookies, elle avait le choix. Elle savait qu'avant d'aller au lit elle se faufilerait dans la cuisine pour s'empiffrer de tout ce qui lui tomberait sous la main : des poignées de crackers Goldfish salés, du fromage américain mollasse, un fond de houmous. Quand elle se leva, la pièce tangua, un peu. La table sous ses doigts la stabilisa.

« Je crois que je vais en prendre un autre. » Ruth ferma le hublot du lave-vaisselle, satisfaite.

« Je devrais aller plier le linge. Et peut-être faire nos bagages. » Amanda ne bougea pas.

« Je peux t'aider. À plier. Et à faire les bagages. Procédons par étapes.

– Je pense qu'on devrait se préparer, dit Amanda.

– On pourrait peut-être boire un dernier verre après ? » Clay considérait cela comme une marque de politesse. Ils passaient peut-être leur dernière soirée ensemble. On aurait dit qu'ils étaient ensemble depuis des semaines. Cela ne faisait guère qu'un jour.

Dans la chambre, ils s'affairèrent en silence. Les vêtements, encore chauds, furent répartis en différentes piles bien nettes et déposés au fond du sac de voyage à roulettes.

« Il ne faut pas que j'oublie de récupérer les tongs de tout le monde dehors.

– Soyons prudents.

– Je fais les valises. On ne reviendra pas. On rentre à la maison. »

Clay comprenait l'insistance d'Amanda. S'ils y

pensaient, cela se réaliserait. Il sortit un caleçon propre de la commode et le posa sur le lit. « C'était une journée étrange. J'ai besoin de réalité. »

Amanda s'assit sur le lit. « Une journée longue comme une semaine.

– Est-ce qu'on serait accro à nos téléphones ? Une véritable addiction ? Parce que je ne me sens pas bien. » Clay avait mis le sien en charge, pour être sûr qu'il soit prêt quand il y aurait de nouveau du réseau.

Amanda était soucieuse. « Et si c'était le Bruit qui nous avait rendus malades ?

– Possible. » Et s'il perdait ses cheveux, comme les patients en chimiothérapie que montrent les émissions de télé, et si ses ongles mous tombaient pour laisser apparaître les parties les plus tendres de son corps, si ses os devenaient creux et fragiles, si son sang charriait du poison, si des tumeurs cachées dans le vide derrière ses globes oculaires grossissaient lentement, de même que ses poumons avaient rempli d'air ce jouet de piscine gonflable, une expiration, puis une autre, jusqu'à ce qu'une sorte de balle molle appuie contre son orbite ?

« Et ces gens. » Elle avait chuchoté. Elle les trahissait. Elle détestait George Washington (c'était quoi, ce nom ?), et elle détestait Ruth. Elle leur en voulait d'avoir introduit le monde extérieur dans cette maison. Amanda voulait être sanglée sur le siège avant de sa voiture, sa main gauche dérivant inconsciemment pour presser le bras droit de Clay, étendu sur le levier de vitesse. Elle voulait rouler loin de cet endroit et de ces gens.

La peur est un sentiment intime. Primitif. Qu'on protège parce qu'on croit pouvoir ainsi le désamorcer. Comment pourraient-ils continuer à s'aimer, après avoir compris qu'ils ne pouvaient pas se sauver mutuellement ? Aucun individu isolé ne pouvait arrêter un terroriste déterminé ni l'augmentation graduelle du pH des océans. Le monde était perdu, et Clay et Amanda ne pouvaient rien y faire, alors à quoi bon discuter ?

En d'autres termes : le monde était fichu, alors pourquoi ne pas danser ? Le jour se lèverait, alors pourquoi ne pas dormir ? La fin était inévitable, alors pourquoi ne pas boire, manger, profiter de l'instant présent, quoi qu'il nous réserve ?

« Tu sais ce que j'ai envie de faire ? »

Clay ôta son T-shirt par-dessus sa tête et le lança à Amanda pour qu'il rejoigne la pile de vêtements sales, tout sourire et tumescent.

29

Amanda était peut-être insatiable. Parfois, quand vous ne saviez pas quoi faire d'autre, vous faisiez l'amour. Clay pouvait l'aider à se sentir mieux, pas mentalement, mais physiquement. Elle se laissa emporter hors de son être. Dans son corps, elle était éloignée de son esprit. Elle s'abandonna, mais la vodka y était peut-être pour quelque chose. Elle consentit. Plus que ça, même. Elle le voulait. Elle se débarrassa de sa culotte humide. Et s'allongea sur la couette immaculée. Les vêtements qu'elle était en train de ranger dans les sacs tombèrent sur le parquet.

Le T-shirt de Clay se souvenait de sa suée soudaine, une réaction de peur face au Bruit. Amanda enfouit son nez sous son aisselle et ferma les yeux. En glissant vers l'aine, elle sentit le goût du sel. Les sons qu'ils émettaient étaient presque des cris. Mais ça n'avait pas d'importance, rien n'avait d'importance. Elle les laissait monter du fond de sa poitrine, à la manière des chanteuses d'opéra, supposait-elle. Le claquement de la chair contre la chair. Les poils collés à la peau par la salive. L'occasion d'oublier.

Amanda songea aux meilleures des pires choses, ce qui était le propre des fantasmes sexuels. Une bite, deux bites, trois bites, quatre ! Elle imaginait G. H. en train de les mater à la porte, puis entrant dans la chambre pour prodiguer des conseils, pour encourager Clay pendant qu'il la baisait et pour – évidemment, pourquoi pas ? – la baiser lui aussi. Baiser, baiser, oublier. Elle jouit une fois, deux fois. Il restait sur son ventre de quoi remplir un verre à liqueur : l'œuvre d'un homme plus jeune. De quoi faire un bébé. Il suffisait de si peu. Ils pourraient en faire deux, trois, dix, toute une armée ; des versions alternatives des enfants qu'ils avaient déjà, roses, propres, en pleine santé et forts, un nouvel ordre du monde car l'ancien était totalement en désordre. Amanda se dressa sur ses coudes. La substance coula sur elle comme un escargot sur un roseau, jusque sur la belle couette blanche.

Clay était hors d'haleine. Baiser sa femme de cette façon, c'était comme gonfler cinquante matelas de piscine. Parfois, il imaginait une tumeur se développant dans ses poumons, noire et redoutable. Mais après tout, vivre était en soi risqué. Allongé sur le ventre, il roula sur le dos. La sueur sur sa peau produisit son effet rafraîchissant attendu. « Je t'aime. » Sa voix était rauque après toutes ces exhalaisons, toutes ces exhortations. Il ne se sentait pas gêné par ce qu'ils venaient de faire. Il se sentait revigoré. Il pensa à Ruth et se fit le serment d'écouter *Le Lac des cygnes* dès qu'ils seraient de retour chez eux. Et il aimait véritablement Amanda, il l'aimait, il *aimait*. Tant que c'était le cas, on continuait d'exister.

Faire écho à une déclaration d'amour sonne faux. Un écho n'est qu'un tour de passe-passe de la physique. Amanda se sentait libre. « Je m'inquiète pour Archie. »

Jamais, sans doute, ils n'avaient fait aussi bien l'amour, mais évidemment le plaisir, comme la douleur, s'oublie vite. « Il va s'en remettre. Quand on sera rentrés à la maison, on ira voir le Dr Wilcox. »

Amanda appuya un doigt inquiet sur la tache de la housse de couette.

« On s'en fiche de ça. » Clay trempa l'index dans son sperme, comme une plume dans un encrier. Et écrivit des lettres imaginaires sur le ventre de sa femme.

Elle déferait le lit et laisserait les draps sales par terre dans la buanderie. « Peut-être qu'en rentrant on pourrait faire quelque chose de spécial. On est encore en vacances. On pourrait aller à Hoboken et prendre une chambre dans un hôtel avec une piscine sur le toit. Je suis sûr que ce n'est pas cher.

– J'aimerais bien m'arrêter dans un *diner* en route. » Clay avait faim. « Un de ces endroits à l'ancienne. Avec des chromes. Un juke-box. Du hachis au corned-beef. »

Tout ce qu'une personne désirait, c'était avoir à manger et un toit.

« Des vacances près de chez soi. Le ciné. Aller au Met. Dîner dans un restaurant chinois, avec des théières en argent et des tranches d'orange quand ils apportent l'addition. » Ils menaient une vie idéale.

Clay imaginait la fin de l'été à New York : le miroitement de la chaleur, le concert des camionnettes de marchands de glace, les climatiseurs des immeubles de bureaux coulant sur les trottoirs humides où errent des touristes obèses ébahis. Cela lui suffirait. Les comptoirs en marbre et cette piscine parfaite, les interrupteurs tactiles, tout ça c'était très bien, mais *Home, sweet home*...

« Tu ne penses pas que Rose a un problème, si ? » Un moment d'abandon plus bref que l'orgasme.

Clay commença par répondre que tout allait bien, par réflexe, mais il n'y croyait pas, et de toute façon, en matière de faits, ce qu'on croit ne compte pas. « Elle m'a semblé OK. Tu as remarqué quelque chose ?

– Non. » Amanda déglutit, une main autour de la gorge. Était-ce elle qui avait un problème ? « Tu te sens bien, toi ?

– Normal. Je me sens moi-même. » Clay n'avait jamais été un homme très observateur.

Amanda se leva. Elle essuya son ventre avec un caleçon de Clay, déjà plié. Ses bras, ses jambes, ses hanches… affichaient ses quarante-trois ans. Il y avait ce balancement, la légère ondulation de l'excès de chair, le fléchissement discret, même si c'était agréable dans la main, doux au toucher. Naturellement, certains jours elle faisait le dos rond, ne voulait pas qu'on la voie. Dans l'ensemble, elle était de ces femmes qui cherchent à se fondre dans la masse. Sa manière de se coiffer, les vêtements qu'elle portait. Amanda appartenait à une catégorie générique. Elle n'en avait pas honte. Mais parfois – comme à cet instant –, elle se sentait unique et parfaite. Peut-être était-ce simplement dû aux réverbérations presque imperceptibles de l'orgasme. Elle était une chose belle à contempler. Souillée, transpirante et avachie, mais lisse, mûre et désirée. Les êtres humains sont des monstres, mais aussi des créations parfaites. Elle se sentait ce qu'on appelle sexy, qui n'est en réalité que la satisfaction animale d'être un animal. Si elle avait été une biche, elle aurait bondi par-dessus une branche. Si elle avait été un oiseau, elle se serait élevée dans le ciel. Si elle avait été une chatte domestique, elle aurait promené sa langue sur son corps. Comme elle était une femme, elle s'étira et fit passer le poids de son corps d'une jambe sur l'autre, telle une statue antique.

« Allons fumer dehors. » Clay, adolescent, était fier de sa performance, comme s'il avait réussi le lancer du poids ou un *dunk* au basket. Amanda ayant sali son caleçon, il marcha nu jusqu'à la porte. Sans la moindre grâce : sa queue brisait la symétrie, une insulte à la beauté.

« Habille-toi.

– Quel mal y a-t-il à s'asseoir nu dehors pour fumer une cigarette ?

– Euh… Ruth et G. H.

– On s'en fiche. » Clay ouvrit la porte, mais ce fut Amanda qui la remarqua sur le panneau : une discontinuité dans le verre. Une fêlure qui n'était pas juste un défaut. Fine, mais profonde, sur plusieurs centimètres. Une balafre, une déchirure. « Regarde. »

Clay examina la vitre. Il glissa sa main dans celle d'Amanda.

« C'était pas là avant. » Elle parlait tout bas, elle ne voulait pas qu'on l'entende.

« Tu es sûre ? » Quelques mots marmonnés, les lèvres plissées autour d'une cigarette.

Amanda suivit la fissure avec son doigt. C'était à cause du Bruit. Un bruit suffisamment violent pour fendre le verre. Un bruit tangible. L'air frais la fit frissonner, et le souvenir. Elle referma la porte-fenêtre derrière elle et se tint nue dans le froid, sans la protection de ses vêtements, un défi lancé à la nuit et à tout ce qui se trouvait là, quelque part.

30

Toujours dans sa nudité primordiale et néandertha-lienne, Clay alla leur servir un verre. Ils finiraient les bagages plus tard. Ils finiraient demain matin. Ils lais-seraient tomber les bagages et iraient directement au Target acheter de nouvelles brosses à dents, des maillots de bain, des livres, des crèmes, des pyjamas, des écou-teurs et des chaussettes. Ou même pas ! Ils n'avaient pas besoin de choses. Les choses ne protégeraient pas des blackouts ni des bruits fulgurants, assez puissants pour fendre le verre et autres phénomènes inexpliqués. Les choses étaient superflues, elles étaient sans importance.

Amanda souleva la lourde bâche du jacuzzi. La vapeur l'attendait ; elle se volatilisa dans le noir. Une lueur éclairait les arbres et rendait la vue plus agréable. Vous aviez l'impression qu'ils vous appartenaient, alors que personne n'a jamais pu prétendre posséder un arbre. Elle n'y voyait goutte. Elle pianota là où elle savait que se trouvaient les boutons, et continua jusqu'à ce que la machine se mette à ronronner. Le bassin bouillonnait comme le chaudron des Trois Sœurs. Si seulement. Amanda aurait négocié la santé de son pauvre fils fié-vreux, celle de ses deux enfants, évidemment, même si elle n'avait rien à offrir à une sorcière, sinon le même désir que tous les êtres humains vivants. Elle pouvait, constata-t-elle, se lever, enfiler un peignoir, entrer dans la chambre obscure sur la pointe des pieds et évaluer la température d'Archie avec sa main.

C'était G. H., répondant au défi de sa nudité. Il portait son maillot de bain sobre et de bon goût comme ceux que portent, à Nantucket, les fils de famille blanche à qui on a donné le prénom de leur grand-père. Il n'y avait absolument rien de déplacé dans son sourire, comme si c'était exactement ce qu'il attendait : trouver cette femme qu'il connaissait à peine nue sur sa terrasse, après avoir fait l'amour manifestement. « Je vois que nous avons eu la même idée. »

Feindre la honte aurait été hypocrite. Amanda était libérée de cela. Elle ne rougit même pas. « La nuit est agréable, finalement. »

Il montra le jacuzzi. « Après vous, je vous en prie. Si un peu de compagnie ne vous importune pas. » Plus rien ne lui semblait bizarre. « Nous avons eu la même idée. Ruth n'a pas voulu se joindre à moi, alors je me réjouis de ne pas être seul. » Il n'irait pas plus loin dans l'aveu de sa peur.

Même si l'eau était très chaude, les bulles frénétiques qui agitaient le jacuzzi étaient froides ; elles éclataient contre la peau d'Amanda, lui procurant un soulagement en staccato. G. H. s'assit en face d'elle, à une distance convenable, mais quelle importance ? Elle aurait pu être sa fille. Ils n'étaient rien l'un pour l'autre, juste deux étrangers nus.

« La porte-fenêtre est fêlée. » Elle la désigna d'un geste. « Je viens de m'en apercevoir. C'est sûrement… »

G. H. avait mené sa propre enquête. « Il y a une fêlure aussi dans la porte du bas. En forme de Y. Si j'appuie sur la vitre, vraiment fort, je parie que je peux la briser. » Il n'appuierait pas sur la vitre. Il ne la briserait pas. Il en avait besoin, même si le verre n'apportait que l'illusion de la sécurité.

« Vous croyez que ça vient du… »

Il laissa son visage répondre. Pourquoi discutaient-ils encore de ça ? « Je me suis toujours considéré comme un homme policé. Quelqu'un qui a vu le monde tel qu'il est. Mais je n'ai jamais rien vu de semblable, alors je me demande si l'image que j'avais de moi n'était pas une illusion. »

Leur silence n'était pas inamical. Ils avaient dit tout ce qu'il y avait à dire. C'était comme une histoire d'amour qui s'achève à l'amiable. Il leur suffisait d'attendre que le soleil se lève et tout cela serait terminé, soulagement et regrets. À l'intérieur de la maison, allongée sur le lit, Ruth pensait à sa fille ; Archie dormait d'un sommeil sans rêves, Rose d'un sommeil peuplé de rêves ; Clay mettait des glaçons dans des verres, sans penser à rien.

« Je veux juste que tout s'arrange. »

G. H. leva les yeux vers les étoiles. Il faisait suffisamment nuit pour qu'on les distingue véritablement. Elles ne provoquaient en lui aucun sentiment, jamais. S'il se plaisait à la campagne, ce n'était pas pour le bien de son âme. Les étoiles lui donnaient-elles conscience de sa petitesse ? Non. Il l'avait déjà. C'est ainsi qu'il était devenu riche. Il prononça le nom d'Amanda, rien d'autre.

« Je ne vous croyais pas, dit-elle. J'avais tort. Il se passe quelque chose. Quelque chose de grave. » Cela lui était intolérable.

« Le silence est très bruyant ici. C'est une des premières choses que j'ai remarquées, dès le début de notre séjour. J'avais du mal à dormir. Chez nous, on n'entend rien. On est en hauteur. Une sirène, parfois. Et encore.

Le vent l'emporte. » Vu de leur appartement, le monde ressemblait à un film muet.

« On a encore du courant. » Amanda distinguait la vapeur, un voile sur l'obscurité.

« Je vous ai expliqué tout à l'heure qu'avec de l'information tout est possible. Je dois ma fortune, modeste, à l'information. » Il s'interrompit. Le jacuzzi gargouillait. « Je l'ai vu, vous savez. Avant que les lumières ne s'éteignent. J'ai regardé le marché et j'ai compris que quelque chose se préparait.

– Comment est-ce possible ? » On aurait dit qu'il parlait non pas de finance, mais de spiritualité.

Clay ouvrit la porte. « Tout va bien ?

– On bavarde. »

G. H. lui fit un signe de la main.

Clay s'approcha du jacuzzi, comme si cela n'avait rien d'étrange d'apparaître nu comme il l'était, et de trouver sa femme, nue elle aussi, avec un inconnu. Il allait faire semblant.

« On apprend à lire la courbe. Quand vous faites ça depuis aussi longtemps que moi, vous comprenez. Elle vous indique l'avenir. Si elle est régulière, elle promet l'harmonie. Si elle monte ou descend doucement, vous savez que cela veut dire quelque chose. Alors vous y regardez de plus près et vous essayez de comprendre. Et si vous êtes doué, vous devenez riche. Sinon, vous perdez tout.

– Et vous êtes doué ? » Amanda prit le verre que lui tendait son mari.

Clay se glissa dans l'eau, en faisant trop d'éclaboussures. « De quoi vous parlez ?

– De l'information » répondit G. H. comme si c'était simple.

« Il affirme avoir su que quelque chose allait se

produire… », expliqua Amanda. Elle le croyait. Elle avait besoin de croire en quelque chose.

« Vous avez vu… quoi donc ? Et d'abord, qu'est-ce qui s'est passé ? Il y a une panne de courant. Amanda a reçu une notification du *New York Times*. On a entendu un grand bruit. » En s'entendant faire cette énumération, Clay s'aperçut que c'était suffisant.

« Vous avez vu la fin du monde ? » Les chiffres pouvaient-ils prévoir cela ? Le verre qu'elle tenait dans sa main était froid, parfait.

« Ce n'est pas la fin du monde, dit G. H. C'est un aléa du marché.

– Qu'est-ce que vous racontez ? » Clay trouvait que G. H. s'exprimait comme un fou qui défile dans le quartier de la finance avec une pancarte. On en voyait souvent dans Wall Street – la rue proprement dite, fermée par des bornes à l'épreuve des bombes.

« Je pense que je sais un tas de choses. » G. H. donnait l'impression de s'excuser. « Mais peut-être que tout ne peut pas être connu. »

La vapeur embuait ses lunettes. Il ne voyait pas et ne pouvait pas être vu. Chaque jour était un coup de poker.

« Peut-être que tout va bien », dit Clay. Ils s'emballaient. Ils disaient des choses qu'ils n'auraient pas dû dire.

« Je l'espère pour nous tous. » G. H. n'aimait pas compter que sur l'espoir. C'était ce qui lui déplaisait chez Obama ; cette promesse nébuleuse, presque religieuse. Il préférait avoir un plan.

Un grand plouf se produisit, en contrebas.

Amanda prit peur, immédiatement. Elle se redressa au milieu du jacuzzi et se tourna vers le jardin derrière eux. « C'était quoi ? »

G. H. tendit la main hors de l'eau pour faire taire les

jets. La machine réagit aussitôt ; un léger bourdonnement remplaça le bouillonnement de machine à laver. Curieusement, le silence accentua l'obscurité. Il y eut un autre plouf, bien net, un plouf délibéré, dans la piscine. À quelques mètres seulement, mais invisible.

C'était l'un des enfants, somnambule, qui allait se noyer. C'était un rôdeur dans les bois, venu pour les tuer. C'était un zombie, un animal, un monstre, un alien.

« Qu'est-ce que… » George la fit taire. Il était encore capable de connaître la peur.

« C'était quoi ? » Elle ne murmurait pas, elle paniquait. « Peut-être un cerf. »

Elle se souvenait de la clôture. Quel bruit ferait un cerf en détresse, quel bruit feraient ses larmes ?

« Une grenouille. » Pour Clay, c'était évident. « Un écureuil. Ils savent nager. »

G. H. s'arracha du jacuzzi et se dirigea vers la maison, où un interrupteur permettait d'illuminer l'intérieur de la piscine. Une touche agréable quand ils organisaient une soirée. L'abstraction de la lumière à travers l'eau, dansant avec la cime des arbres.

Dans le bassin, en contrebas, un absurde flamant rose barbotait avec élégance, frappant impatiemment la surface de ses ailes.

« Un flamant rose », dit Amanda. C'était une évidence. Un oiseau rose était forcément un flamant. Un animal si spécifique – la virgule de son bec, le *forte* de son cou illogique – qu'un bambin le reconnaîtrait. « C'est un flamant rose ?

– Oui, c'est un flamant rose. » Du bout des doigts, G. H. ôta la buée de ses lunettes. Ils ne savaient pas ce qui se passait dans le monde, mais cela, au moins, ils le savaient.

Le flamant rose se remit à battre des ailes. Ils laissèrent leurs yeux s'accoutumer à la lumière et ils en virent un autre. Non, deux. Non, trois. Non, quatre. Non, cinq. Non, six. Qui se pavanaient dans l'herbe, de leur démarche à reculons. Dansants et filiformes. Deux d'entre eux s'envolèrent, à la manière des oiseaux : avec une grâce de ballerine. Ils survolèrent la clôture et atterrirent dans l'eau. Ils plongèrent la tête sous la surface. Croyaient-ils y trouver de la nourriture ? Il y avait dans leurs yeux une intelligence désarmante. Leurs ailes étaient plus grandes qu'on l'imaginait. Au repos, ils les plaquaient contre leur corps en forme de sac. Déployées, elles étaient majestueuses. Leur beauté était stupéfiante. Toute logique s'envolait.

« Pourquoi… » Le *pourquoi* importait peu. Le *comment*, le *est-ce bien réel* ou quoi que ce fût d'autre avaient-ils de l'importance ? Amanda savait que George Washington voyait ces oiseaux lui aussi, mais il était prouvé qu'une illusion pouvait être partagée. Amanda sortit du jacuzzi, le corps amolli par la chaleur. Elle était aussi nue que le jour de son apparition sur cette planète. Elle regardait trois flamants roses s'ébattre gaiement dans la piscine, tandis que leurs compatriotes étaient restés un peu plus loin dans l'herbe.

« Dites-moi que vous voyez la même chose que moi. » George hocha la tête. Il ne connaissait pas du tout cette femme. Mais il connaissait son propre esprit et ses propres yeux. « Oui, je le vois. »

Clay fut saisi par le froid, tout au fond de lui-même. Demain, ils mettraient les voiles avec leur voiture, et il voyait là un présage. Leur voyage déplairait aux dieux. On leur envoyait un signe. Un peu de whisky se renversa dans le jacuzzi quand il se leva. Les oiseaux sursautèrent.

Trois flamants décollèrent de la piscine dans un viril battement d'ailes. N'importe quelle femelle de leur espèce, en les voyant, aurait voulu couver leur descendance. C'étaient des flamants roses, les plus beaux des flamants roses, vigoureux et puissants. Ils s'enlevèrent dans les airs, une voltige aisée, au-dessus des arbres. Les autres les suivirent : sept oiseaux roses de taille humaine, sinueux et étranges, s'élevant dans la nuit de Long Island, également beaux et terrifiants.

Ils en restèrent muets. Sidérés, comme au bon vieux temps. Saisis d'une terreur sacrée. Les étoiles au-dessus d'eux ne les intimidaient pas, mais ces oiseaux étranges, si. Amanda frissonna. George cligna des yeux derrière ses lunettes. Clay s'accrocha au verre qu'il tenait dans sa main, et ce contact froid lui rappela qu'il était vivant.

31

Le vieux frigo familier de G. H. ne recélait que des surprises. Jamais il ne l'aurait rempli de trucs pareils : des tranches de viande froide emballées dans du papier, des restes de courgettes grillées, du fromage blanc durci dans de la cellophane graisseuse, un saladier en Pyrex contenant des fraises dûment équeutées. La faim le rendait fou, ou peut-être était-il fou tout court. Il dénicha un paquet de crackers, un sachet de chips ouvert, des cookies dans un tube en carton. Il déposa le tout sur le comptoir. Quelqu'un d'autre aurait ordonné ce butin, ces articles complémentaires, mais il ne se donna pas cette peine.

Clay ne lui demanda pas s'il voulait un verre. Il en fourra un entre ses mains noires. « George. »

Il avait retrouvé son maillot de bain, en train de sécher sur la balustrade. Enfilé le T-shirt découpé d'Archie, qui dévoilait ses muscles estompés d'homme d'un certain âge. « On a tous vu la même chose. »

Amanda avait passé un peignoir. Elle ignorait à qui il appartenait et elle avait oublié de le refermer sur ses cuisses.

George remercia Clay, la bouche pleine d'un magma de fromage. Il toussota. « Je l'ai vue.

– Est-ce qu'on a tous eu une hallucination ? » Il était

tentant de faire comme si vous étiez en dehors de ce qui se passait.

« Ils viennent d'un zoo. Le réseau électrique étant tombé en panne, ils ne pouvaient plus les garder captifs. » George massacra le fromage avec un couteau à steak. « Ils portent certainement un boîtier, vous savez, comme ces clôtures invisibles qui empêchent les chiens de sortir de votre propriété.

– Dans les zoos, ils leur coupent les ailes, non ? » Amanda l'avait lu dans *La Trompette magique*. Elle n'était pas certaine que ce soit vrai. « Ces oiseaux-là pouvaient voler. C'étaient des oiseaux sauvages. »

Clay prit le couteau de George pour couper le salami. « Il y a forcément une explication logique.

– Ils n'étaient pas bagués, ni rien. » Amanda ferma les yeux pour revivre la scène. « J'ai bien regardé. J'ai cherché. »

George estimait que cela ne méritait pas d'être précisé : « Il n'y a pas de flamants roses sauvages dans cet État.

– On les a tous vus. Qu'est-ce qui se passe, bordel ? » Cette vulgarité ne possédait pas la puissance qu'aurait souhaité Amanda. Elle avait envie de courir dans le jardin en hurlant à ces oiseaux de revenir, de se montrer, de s'expliquer.

Ruth avait pris une douche et enfilé les vêtements informes, et coûteux, qu'elle portait chez elle, fraîchement repassés. Elle émergea du sous-sol sans paraître désarmée, comme cela aurait été le cas si elle avait rencontré le portier de son immeuble dans cette tenue. Elle était à l'aise avec ces gens. Ils se connaissaient maintenant. En bas, elle avait essayé d'utiliser son téléphone, pour être sûre. Oui, elle avait fait défiler les photos de son album, floues car les petits enfants n'arrêtent pas de courir, de glousser et de se tortiller. Elle remarqua que le peignoir d'Amanda était entrouvert : on voyait son pubis.

George avait allumé toutes les lumières ; une prophylaxie contre la peur.

« On s'offre un en-cas de minuit.

– Vous avez loupé quelque chose. » Amanda n'était pas sarcastique, mais sincère.

« Assieds-toi, ma chérie. » G. H. débordait d'affection pour Ruth. G. H. avait l'objectivité d'un rapport. Il s'en tenait aux faits. Il alla jusqu'à mentionner la nudité d'Amanda. Les sept flamants roses. Si on lui avait demandé de dessiner un flamant, il aurait fait un triangle pour le bec, et il aurait eu tort.

« Je croyais que les flamants roses ne volaient pas, dit Ruth. Je supposais. Peut-être que je ne me suis jamais posé la question.

– Ils étaient aussi grands que Rose. » Amanda les revoyait s'élever dans le ciel, comme l'avait fait le Christ, disait-on.

« Je savais qu'ils étaient roses, mais j'ignorais que c'était ce rose-là. Ça ne fait pas naturel. » G. H. servit un verre à sa femme.

« Vous êtes sûrs ? » Ruth ne mettait pas en doute leurs paroles, cependant. Ils n'avaient pas pu confondre avec autre chose. Elle avait renoncé à ses espoirs.

« Un flamant rose, c'est un flamant rose. » Amanda voulait que ce soit clair. « La question n'est pas de savoir si on est sûrs, mais pourquoi…

– Il y a des gens riches dans le coin. » Clay était inspiré. « Ils appartiennent à une collection privée. Un zoo miniature. Une propriété des Hamptons transformée en arche de Noé. Ces milliardaires sont tous des survivalistes. Ils ont des installations en Nouvelle-Zélande où ils pensent se réfugier quand tout partira en sucette.

« – Il y a du sucré ? »

Ruth but une petite gorgée de son verre. Elle n'en avait pas vraiment envie.

Amanda fit glisser les cookies vers elle sur le comptoir. « Le Bruit que nous avons entendu, c'était peut-être juste le tonnerre. Une sorte de méga-orage. J'ai entendu parler d'oiseaux qui étaient détournés de leurs chemins de migration par le vent. Quand il y a eu cet ouragan au-dessus de l'Atlantique, ils se sont perdus. »

Clay essayait de se remémorer ce qu'il n'avait jamais su. « Est-ce que ce sont des oiseaux migrateurs ? Et si oui, est-ce qu'ils traversent l'océan ? C'était peut-être possible.

– Est-ce qu'ils ne se rassemblent pas sur des lacs ? Et est-ce qu'ils ne mangent pas une sorte de crevette, d'où la couleur de leurs plumes ? Je pense que oui, dit Ruth.

– Nous sommes un groupe d'adultes qui ne connaissent rien aux oiseaux », dit George. Il avait coutume de pouvoir tout expliquer. La fameuse courbe pouvait-elle expliquer ces oiseaux ? Il existait un lien, mais il lui faudrait des jours pour le comprendre. Il aurait besoin d'un crayon, d'un journal, et de calme. « On ne sait rien sur les bruits capables de briser du verre. On ne sait rien sur un blackout à New York. Nous sommes quatre adultes incapables de capter du réseau pour leurs portables, de faire fonctionner une télé ni de faire grand-chose d'autre. »

La pièce s'emplit de mâchonnements, du tintement des glaçons contre les verres.

« C'est curieux, alors que je vous parlais justement du *Lac des cygnes*. » Ruth sourit. « Les cygnes, les flamants. C'est pareil, et pourtant, non.

– J'ai besoin qu'on soit demain. » Clay consulta

l'horloge du four à micro-ondes. « On ferait bien d'aller dormir.

– Vous voulez rentrer chez vous, dit G. H. Nous, nous avons la chance d'être déjà chez nous.

« À moins que… » Ruth n'avait pas envie de prodiguer des platitudes ou du réconfort. Elle ne voyait aucun bon côté. « À moins que ce soit un signe. Vous ne devriez pas partir. Nous ne pouvons pas aller avec vous.

– Vous disiez que vous nous montreriez le chemin, dit Amanda.

– C'est dangereux. Dehors », dit Ruth. Et si Rosa ne venait pas jeudi ? Et si quelque chose, dehors, s'en prenait à eux ?

« Nous devons emmener Archie chez le médecin ! » Amanda le ressentait dans son corps, comme un oiseau le besoin impérieux de migration.

« Qu'est-ce qui peut nous arriver, d'après vous ? » Clay ne cherchait pas à être rassuré, il voulait juste une réponse franche. « On s'en va… Vous avez promis de nous aider à trouver le chemin. »

George n'avait jamais cru aux inconnues. L'algèbre prouvait qu'il était facile de les résoudre. Les maths ne se rapportaient plus à rien, ou bien c'étaient des maths qu'il avait du mal à comprendre. « Rien ne nous arrivera si on va seulement jusqu'au bout de la route, dit-il à sa femme.

– Tu penses que ça va rouler ? Qu'il y aura de quoi manger ? De l'eau ? Je me méfie des gens. Je me méfie du système. » Ruth était sûre d'elle. « Peut-être qu'Archie ira mieux si on ne bouge pas. Peut-être que demain, au réveil, la fièvre sera tombée. Et qu'il voudra manger tout ce qu'il y a dans la maison.

– Peut-être qu'il a juste besoin d'antibiotiques ou un truc comme ça ? » Clay ne voulait plus partir. Il était terrorisé.

« Je me sens en sécurité ici. » Ruth savait que la sécurité de cette famille n'était pas véritablement son problème. « Et tout ce que je veux, c'est me sentir en sécurité.

– Vous pourriez rester, dit George.

– Non, on ne peut pas. » Amanda était déterminée.

Vraiment pas ? Clay n'en était pas aussi sûr. « On pourrait... on pourrait habiter en bas. Vous pourriez récupérer votre chambre. »

Ils se turent, comme s'ils savaient que cela allait arriver. Et cela arriva. Le même Bruit ? Bien sûr. Oui. Probablement. Pourquoi pas ? Comment savoir ? Une fois, deux fois, trois fois. La fenêtre au-dessus de l'évier se fêla. Les suspensions au-dessus du comptoir également. L'électricité aurait probablement dû être coupée, mais non. Personne ne pourrait jamais expliquer précisément pourquoi. Les bruits se chevauchèrent, mais ils étaient discrets ; c'était le son – ils l'ignoraient – d'avions américains, dans le ciel américain, qui fonçaient vers l'avenir américain. Un avion dont la plupart des gens ignorait l'existence. Un avion conçu pour accomplir des choses indicibles, et qui partait les accomplir. Chaque action entraînait une réaction égale de la partie adverse, et il y avait plus d'actions et de réactions que l'on pouvait en compter sur les huit mains du petit groupe. Ce que manigançait leur gouvernement, ce que manigançaient d'autres gouvernements : juste une façon abstraite d'évoquer les choix d'une poignée d'hommes. Les lemmings ne sont pas suicidaires ; ils sont poussés à migrer et trop confiants dans leurs capacités. Le chef du groupe n'est pas fautif. Ils plongent tous dans la mer, croyant qu'ils peuvent la traverser aussi aisément qu'une flaque : un instinct tellement humain chez une bande de rongeurs. Des millions d'Américains étaient blottis chez eux, dans le noir, mais seuls quelques milliers entendirent ces Bruits et durent réconforter leurs enfants, se réconforter mutuellement, en se demandant ce que c'était. Certaines personnes tombèrent malades, en raison de leur constitution. D'autres écoutèrent et s'aperçurent qu'ils ne comprenaient rien, ou presque, du monde.

Ruth ne cria pas. Cela ne servait à rien. Les larmes montèrent, mais elle les ravala en clignant des yeux. Agrippée au bord du comptoir, elle se baissa, comme on le lui avait appris, peut-être, des dizaines d'années plus tôt, en cas d'anéantissement nucléaire. Et elle resta dans cette position, à demi accroupie ; la tension dans ses muscles n'était pas désagréable.

Amanda hurla. Clay hurla. G. H. hurla. Rose hurla. Les enfants jaillirent de leurs lits pour rejoindre les adultes, et c'est vers leur mère qu'ils se précipitèrent – comme toujours dans ce genre de situation –, pressant leurs visages contre le peignoir inconnu qui couvrait sa nudité, et elle les serra contre elle, en essayant de couvrir leurs oreilles avec ses mains, mais ils en avaient quatre, et elle n'avait que deux mains. Elle ne suffisait pas.

Ce Bruit, encore. L'ultime. C'était un des derniers avions. Dehors, les insectes se turent, décontenancés. Les chauves-souris qui n'avaient pas succombé au syndrome du nez blanc tombèrent du ciel. Les flamants roses y prêtèrent à peine attention. Ils avaient d'autres soucis.

32

Ils firent ce qui était le plus raisonnable. Ils se blot-
tirent les uns contre les autres dans le grand lit king
size : Amanda détestait cette idée. Elle trouvait que
c'était bon pour les antivax et les mères qui allaitaient
encore leurs enfants de cinq ans, mais elle ne supportait pas l'idée qu'Archie et Rose soient loin d'elle. Ils
éteignirent les lumières car les enfants étaient épuisés,
même si, secrètement, ils auraient préféré les laisser
allumées pour tenir la nuit à l'écart.

« Vous pouvez... » Clay avait envie d'inviter Ruth
et G. H. à partager leur lit ! Et c'était presque compréhensible.

« Essayez de dormir. » G. H. prit sa femme par la
main et ils descendirent de nouveau l'escalier de la
cuisine.

Aucun des adultes ne parvint à trouver le sommeil.
Très vite, en revanche, les enfants se mirent à ron-
fler. En regardant les courbes du corps de Rose, Clay
songeait aux ponts naturels de la côte californienne,
creusés par l'océan depuis des millénaires. Mais, tôt ou
tard, ils s'écroulaient. On disait que l'océan s'attaquait
à chacun d'eux. Il appréciait la ténacité des poumons
de sa fille. Incroyable qu'on n'ait pas besoin de se
donner l'ordre de respirer, de marcher, de réfléchir

ou de déglutir. Quand ils avaient décidé d'avoir des enfants, ils s'étaient interrogés – a-t-on les moyens, a-t-on assez d'espace, avons-nous tout ce qu'il faut –, mais ils ne s'étaient pas demandé à quoi ressemblerait le monde lorsque leurs enfants grandiraient. Clay s'estimait irréprochable. C'étaient George Washington et les hommes de sa génération, leur folie du plastique, du pétrole et de l'argent. C'était affreux de ne pas pouvoir protéger son enfant. Tout le monde éprouvait-il le même sentiment ? Était-ce ça, finalement, être un humain ?

Il embrassa le coton usé sur l'épaule de Rose et regretta de ne pas croire aux prières. Bon sang, ce qu'elle ressemblait à sa mère. La nature était friande de répétitions. Les flamants roses pouvaient-ils se différencier entre eux ?

Amanda ne cessait d'attraper le bras d'Archie. Il tressautait un peu, à chaque fois, sans se réveiller. Elle voulait demander quelque chose à son mari, mais elle ne trouvait pas les bons mots. Qu'est-ce que c'est ? Est-ce la fin ? Était-elle censée faire preuve de courage ?

Clay ne distinguait pas son fils dans le noir. Il songeait qu'il lui arrivait encore de s'introduire en douce dans les chambres de ses enfants. Ils ne se réveillaient jamais au cours de ces visites nocturnes. On se dit que l'inquiétude prendra fin un jour. Quand ils feront leurs nuits, seront sevrés, sauront marcher, nouer leurs lacets, quand ils sauront lire, puis il y aura l'algèbre, le sexe, l'entrée à la fac, et alors enfin on sera libéré, mais c'est un mensonge. L'inquiétude est sans fin. L'unique tâche d'un parent est de protéger son enfant.

Il ne parvenait plus à imaginer sa propre mère : elle était morte quand il était encore jeune. Son père avait sans doute rempli ce rôle. Cela ne correspondait pas à ce qu'il savait de cet homme, mais c'était la façon d'aimer d'un parent.

Amanda toucha la joue du garçon et la trouva brûlante. Elle essaya de faire le distingo entre la fièvre et l'été, l'adolescence mammalienne et la maladie. Elle toucha le front du garçon, sa gorge, son épaule, repoussa les couvertures pour rafraîchir le corps. Elle toucha sa poitrine, le martèlement régulier. La peau d'Archie était douce et sèche, chaude comme une machine qui a fonctionné trop longtemps. Elle savait que la fièvre est le signal de détresse du corps, une pulsation produite par son système de diffusion d'urgence. Mais le garçon était malade. Peut-être étaient-ils tous malades. C'était peut-être une épidémie. Archie était *son* bébé. Il était *leur* bébé. Elle ne pouvait concevoir un monde indifférent à cette réalité.

Ils étaient victimes d'un manque d'imagination. Deux illusions superposées, mais intimes. G. H. aurait fait remarquer que les informations étaient là depuis le début, à leur disposition : la mort progressive des cèdres du Liban, la disparition des botos, ces dauphins d'eau douce, la renaissance d'une haine au parfum de guerre froide, la découverte de la fission, les embarcations remplies d'Africains qui chaviraient. Nul ne pouvait plaider l'ignorance, autre que volontaire. Pas besoin de scruter la courbe pour savoir, pas même besoin de lire les journaux car nos téléphones nous rappelaient plusieurs fois par jour, et avec précision, la gravité de la situation. Comme il était facile de se convaincre du contraire. Amanda murmura le prénom de son mari.

« Je suis réveillé. » Il ne la voyait pas, puis il la vit. Il suffisait qu'il y regarde de plus près.

« Est-ce qu'on doit partir quand même ? »

Il fit mine de réfléchir, mais le dilemme était déjà

évident à ses yeux : non, ils ne devaient pas partir ; si, il le fallait. « Je ne sais pas.

– Il faut conduire Archie chez le médecin.

– Oui.

– Et Rosie. Si jamais la même chose… » Le dire, c'était prendre le risque que cela se réalise. Elle s'abstint. Rose aurait adoré l'épisode des flamants. Peut-être devaient-ils simplement s'émerveiller devant les mystères de la vie, comme les enfants.

« Elle va bien. Ça l'air d'aller. » En effet. Fidèle à elle-même. Fiable. Implacable, véritablement, cette force qu'avait leur deuxième enfant. Il ne prenait pas ses désirs pour des réalités : Clay avait foi en sa fille.

« Elle a l'air OK. Moi aussi. Tout a l'air OK. En même temps, ça ressemble à une catastrophe. Ça ressemble à la fin du monde. Il nous faut un plan. On a besoin de savoir ce qu'on va faire. On ne peut pas rester ici éternellement.

– On peut y rester pour le moment. Ils nous l'ont dit. » Clay avait entendu cette proposition.

« Tu veux rester ici ? » Amanda voulait qu'il le dise en premier.

Il essaya de deviner combien de cigarettes il lui restait. Il souhaitait rester. Malgré l'adolescent malade, malgré le manque de nicotine, malgré le fait que cette belle maison n'était pas la leur. Clay avait peur, mais peut-être devaient-ils rassembler tout leur courage afin d'en trouver suffisamment pour faire quelque chose, n'importe quoi, peu importait.

« On est à l'abri ici. On a de l'électricité. On a de l'eau.

– C'est moi qui t'ai dit de remplir la baignoire.

– On a des provisions, on a un toit. G. H. a de l'argent et on est là les uns pour les autres. On n'est pas seuls. »

Ils étaient seuls sans l'être. Le destin est collectif, mais le reste est toujours individuel, et inexorable. Ils demeurèrent longtemps ainsi sans parler, car il n'y avait plus rien à dire. Le souffle de leurs enfants endormis était aussi incessant que le bruit de l'océan.

33

Une pesanteur sèche sur la langue et dans la gorge ; un tressaillement qui troublait la vue, la stupidité brutale de la gueule de bois, ah ! nom d'un chien, ils étaient trop vieux pour ça. Quand apprendraient-ils à se comporter autrement ? Amanda sortit du lit à toute vitesse pour boire au lavabo de la salle de bain, léchant par mégarde le robinet en métal. Elle savait qu'elle allait vomir, car on le sait toujours. Parfois, il suffit d'admettre ce qu'on sait. Du sel sur la langue. Elle se plia en deux, tel un yogi contemplant les toilettes, puis quelque chose qui ressemblait à un rot, mais qui lui brûla le fond de la gorge, puis la libération. Le vomi était fluide et rose comme un flamant (vous saisissez ?). Elle le laissa partir. Elle avait les larmes aux yeux, mais elle ne détourna pas la tête. Son estomac se contracta une fois, deux fois, trois fois, et le vomi jaillit de son estomac jusqu'à sa gorge, puis dans l'eau, et quand ce fut terminé, elle tira la chasse, se rinça la bouche et éprouva de la honte. Comme tout le monde sur terre aurait dû avoir honte ce matin-là.

Clay entendit ce terrible haut-le-cœur. Vous ne pouviez pas continuer à somnoler en entendant une chose pareille. La chambre était trop chaude à cause de tous ces corps. La climatisation s'était arrêtée durant la nuit.

Le genre de gueule de bois où vous mourez d'envie d'ouvrir les fenêtres, d'arracher les draps et les couvertures, et de retrouver le chemin de la vertu en vous purifiant. Une révolution bruyante et humide dans le ventre. Ce ne serait pas beau à voir.

Archie se redressa et regarda son père. Il marmonna, comme s'il avait la bouche pleine de quelque chose : « Qu'est-ce qui se passe ?

– Je vais nous chercher de l'eau. » Remarqua-t-il que Rose n'était pas là ? Cela paraissait normal à cet instant.

Clay remplit des verres. Il but le sien à petites gorgées, soulagé, puis le remplit à nouveau. « Rosie ! » cria-t-il dans la maison vide. Pas de réponse. Le distributeur à glaçons du frigo produisait son ronronnement périodique. Pas facile de transporter trois verres d'un coup, mais il se débrouilla.

Amanda était assise au bord du lit, livide. Archie avait plaqué un oreiller sur sa tête. « Allez, buvez » Il posa les verres sur la table. Quand on est malade pour une raison ou une autre, on est censé boire de l'eau. L'eau constitue la première ligne de défense. S'il y avait quelque chose dans l'air – si l'orage n'avait pas charrié uniquement des oiseaux tropicaux – et si cette chose se trouvait dans l'eau, dans un système en circuit fermé, il l'ignorait.

« Merci, mon chéri », dit sa femme. Clay bondit, se précipita dans le couloir, claqua la porte. La salle de bains sentait le vomi d'Amanda et sa propre merde ; leur beuverie nocturne se vidangea en quelques secondes. Il fit pénitence sous la douche, le cul en feu, et se rinça la bouche encore et encore, crachant l'eau contre le carrelage du mur, en colère. Savait-il si c'était une gueule de bois ou le symptôme d'une chose plus grave ? Non.

De l'autre côté du mur, Amanda ouvrit la porte qui

donnait sur le jardin de derrière – beurk, l'odeur de leurs corps – où l'air doux vibrait de lumière. Elle avait envie de défaire le lit, mais son fils y flemmardait encore. « Comment tu te sens, mon trésor ? » Elle trouvait qu'il était redevenu un peu plus lui-même.

Archie chercha la réponse adaptée. Il se sentait bizarre, étrange, endormi ou il ne savait quoi, mais c'était comme ça chaque fois qu'il se réveillait avant midi, environ. Pour le moment il était en colère ou quelque chose du genre, il tourna le dos à sa mère et remonta les draps sur sa tête. « Il faudrait que je prenne ta température. On était tellement inquiets que j'envisageais de t'emmener chez le Dr Wilcox cet après-midi, une fois qu'on serait rentrés, mais ce n'est peut-être pas nécessaire. »

Archie émit un petit grognement agacé. « On rentre ?

– Je sais que tu as sommeil, mais redresse-toi, allez, pour que maman puisse t'examiner. » Amanda s'assit sur le lit à côté de son fils.

Celui-ci se redressa, mais lentement ; c'était sa manière de protester, sa manière d'exhiber l'efficacité élastique de son corps adolescent, une ligne inclinée dont l'angle passait peu à peu de l'obtus à l'aigu.

Le dos de sa main appuyée sur le front de son fils, Amanda plongea le regard dans ses yeux, d'une beauté insondable pour elle qui les avait fabriqués, même croûtés et rétrécis par le sommeil. « Tu es moins chaud. » Elle posa la paume sur son front, dans son cou, sur son épaule, sa poitrine. « Tu as mal à la gorge ? »

Archie ne savait pas s'il avait mal à la gorge. Il ne s'était pas posé la question. Sa mère ne le laisserait pas dormir tant qu'il ne coopérait pas, alors il ouvrit grand la bouche, comme pour bâiller : un moyen d'évaluer l'état de sa gorge. Qui semblait normale. « Non. »

En bonne mère, elle ignora la mauvaise haleine de son fils. Elle scruta les recoins roses de son corps comme si elle savait ce qu'elle cherchait, ou comme si on pouvait voir ce qui se trouvait à l'intérieur.

Archie ferma la bouche, sa langue tapota une dent, un tic, un test, et le goût salé du sang inonda ses papilles. Familier, mais on n'oublie jamais, quoi qu'il en soit, le goût du sang. Intrigué, il promena de nouveau sa langue sur l'émail et la dent céda sous ce tout petit choc. Sa bouche s'emplit de salive.

Archie ouvrit la bouche plus grand et tout se déversa dans son cou, goutta sur sa poitrine, salive et bave, comme chez un bébé, marbré de rouge carmin qui ne se mélangeait pas entièrement, telle une vinaigrette pas assez remuée. Le sang était généralement une surprise. Sa bouche continuait à saliver et à saigner. Il y introduisit un doigt, pour sonder le problème, et toucha la dent, qui tomba avec un petit « pop » charnu, comme un domino, sur sa langue, avant de basculer, horreur, vers le fond de sa gorge, tel un noyau de cerise qu'on manque d'avaler. Il la cracha et la dent atterrit dans sa paume. Il l'observa. Elle était plus grosse qu'il ne l'avait imaginé. « Archie ! »

Amanda crut d'abord qu'il vomissait. Cela aurait été plus compréhensible. Mais c'était si contrôlé, si discret. Il s'était juste penché en avant, au-dessus de sa main, et avait laissé le sang couler sur sa poitrine nue. « Maman ? »

Il était désorienté.

« Tu vas vomir, mon chéri ? Sors du lit ! » Archie se leva et marcha jusqu'au miroir.

« Je n'ai pas envie de vomir ! » Il tendit la main pour montrer la dent, poisseuse et rosie par le sang.

Elle ne comprit pas.

Archie se regarda dans la glace. Il ouvrit la bouche et s'obligea à affronter l'obscurité humide. Il faillit défaillir car c'était dégoûtant. D'un doigt, il toucha une autre dent, en bas, et elle aussi bougea, il s'en saisit alors et l'arracha de sa gencive, noire de sang désormais. Puis une autre. Et encore une autre. Quatre dents, effilées à la racine, solides et blanches, quatre petits indices, quatre petites preuves de vie. Devait-il crier ? Il ferma la bouche et laissa le liquide s'y rassembler pendant une seconde, avant de tout cracher par terre, sans se soucier de salir le tapis car franchement, quelle importance ? Une autre dent se détacha et tomba sur le sol où, bien sûr, elle ne fit aucun bruit. Dans le vaste univers, c'était négligeable. « Archie ! »

Amanda ne comprenait pas ce qui se passait. Évidemment.

Le garçon s'accroupit pour ramasser sa dent. Elle était plus grosse que ces petites coquilles vides qu'il glissait sous son oreiller jusqu'à l'âge de dix ans. Animale et menaçante. Il les tenait dans sa paume, tel un plongeur fier de ses perles. « Mes dents ! »

Amanda regardait son fils, mince et pathétique dans son boxer-short à rayures. « Qu'est-ce que c'est ? »

Le garçon ne pleurait pas car il était trop décontenancé. « Maman… Maman… Mes dents. » Il tendait la main pour qu'on les voie.

« Clay ! » Elle ne savait pas quoi faire, à part demander un deuxième avis. « Mon Dieu, tes dents !

– Qu'est-ce qui m'arrive ? » Sa voix était ridicule car il ne pouvait pas parler correctement sans la percussion de la langue contre les dents.

Amanda le prit par les épaules pour le ramener vers le lit. Il était trop grand sinon. Elle appuya sa paume, puis le dos de sa main, sur son front.

« Tu n'es pas chaud. Je ne comprends… »

Clay répondit à l'appel, une serviette autour de la taille, l'irritation sur le visage. « Qu'est-ce qui se passe ?

– Archie a un problème ! » Pour Amanda, c'était évident.

« Quoi donc ? »

Le garçon tendit la main vers son père.

Clay ne comprenait pas. Qui aurait pu comprendre ? « Qu'est-ce qui s'est passé, mon chéri ?

– En fait… ma dent était bizarre, alors je l'ai touchée, et elle est tombée. »

C'était le moment. C'était le précipice. Clay allait s'avouer vaincu. « Comment est-ce que… Il a encore de la fièvre ? » Clay toucha le bras de son fils, son cou, son dos. « Tu es chaud… Il se sent chaud ?

– Je ne sais pas. Je croyais que ce n'était pas trop grave, mais je ne sais pas. » Amanda ne se souvenait pas d'avoir prononcé aussi souvent ces paroles. Elle ne savait pas, elle ne savait pas, elle ne savait rien.

Clay, désorienté, regardait tour à tour son fils et sa femme. Le garçon était peut-être malade, c'était peut-être contagieux ? « C'est rien. Tu n'as rien.

– Je crois que si ! » Mais ce n'était pas vrai. Archie se sentait… bien ? Aussi normal que possible. Son corps œuvrait pour rester en vie. Il se débarrasserait de tout le superflu pour préserver l'ensemble.

Dans une partie de son intimité, Clay prit le temps de vérifier si son corps allait bien. Il ignorait que non. Puis il se réveilla, pour de bon, regarda son fils, sanglant et édenté, et il se demanda ce qu'il devait faire.

« Tu as rempli la baignoire ? » Amanda faisait ce qu'elle pouvait. « C'est une situation d'urgence ! On aura besoin d'eau ! »

34

L'instinct de Clay le poussait à consulter les Washington. Réunir quatre intelligences. Un conciliabule, l'union faisait la force, la sagesse de leur plus grand âge, sauf qu'aucun d'eux n'avait jamais rien vu de semblable. Ensemble ils se penchèrent pour scruter le phénomène, tels saint Thomas et consorts sur le tableau du Caravage. L'incrédulité était compréhensible.

« Et tu te sens bien malgré tout ? » Ruth ne voyait pas comment c'était possible.

Archie haussa les épaules. Il l'avait déjà dit et répété.

« C'est étonnant. Il faut envisager de l'emmener chez le médecin. » Pour G. H., c'était une évidence. « Pas à Brooklyn. Ici.

– On a le numéro du pédiatre. » Ruth s'était renseignée, pour les fois où Maya et les garçons leur rendaient visite. Ils ne s'étaient jamais servis de ce renseignement, mais ils le possédaient.

« Il a besoin d'aller aux urgences », dit G. H.

Clay hocha la tête, l'air grave. Les urgences, il connaissait, comme n'importe quel parent digne de ce nom. Une lichette de beurre de cacahouète cachée dans un smoothie aux fruits rouges. Un saut trop confiant du haut de la cage à poules. Des difficultés à respirer au cours d'une terrible soirée d'hiver. « Vous avez raison.

Ça ne peut pas attendre. » Comme il aurait aimé que ce soit le contraire.

« Où est l'hôpital ? » Amanda ne savait pas quoi faire de son corps. Elle tournait en rond, puis s'asseyait comme un chien qui ne trouve pas sa place. « C'est loin ?

– Un quart d'heure peut-être… » G. H. quêta la confirmation de sa femme.

« Plus, je pense. Tu connais les routes… je dirais plutôt vingt minutes, même plus. En fait, je pense que ça dépend si tu passes par Abbott ou si tu coupes vers l'autoroute. » Ruth ne voulait pas se sentir concernée. Elle refusait ce que cela impliquait. C'était plus fort qu'elle. Elle était humaine. « Tu veux de l'eau ou autre chose ? »

Archie secoua la tête. « Je n'ai pas besoin d'aller à l'hôpital. Je me sens bien, sincèrement.

– C'est juste pour être sûrs, mon chéri. » Amanda se tordait les mains comme une comédienne amateure. « Vous nous indiquerez le chemin ? À moins que le téléphone de quelqu'un ne refonctionne subitement ? Non ?

– Je peux vous indiquer le chemin, dit G. H.

– Vous nous dessinerez un plan. Le GPS ne sert à rien. Vous nous ferez un plan. Et on ira. » Amanda se dirigea vers le bureau. Évidemment, Ruth disposait de crayons bien taillés dans un pot et d'un bloc de feuilles.

« Je peux vous dessiner un plan. Mais c'est très facile une fois que vous êtes sur la route principale…

– Je me suis perdu. » Clay posa la main sur l'épaule de son fils. Il n'osait pas les regarder. « Je me suis perdu. La fois d'avant.

– Qu'est-ce que tu veux dire ? demanda Amanda. Perdu ?

– Ce n'est pas si facile que ça ! Je suis parti pour

essayer de savoir ce qui se passait. Pour faire toute la lumière sur… Bref. J'ai suivi la route, je suis passé devant le stand de vente d'œufs, et je croyais savoir où j'allais, mais en fait non. J'ai tourné quelque part, après j'ai fait demi-tour et là, j'étais vraiment perdu. Je ne sais pas comment j'ai réussi à revenir ici. Quand j'ai entendu ce Bruit j'ai cru que j'allais devenir fou, et soudain il était là, devant moi, l'embranchement que je cherchais pour retrouver la route conduisant au chemin de la maison. Il était juste là.

– Donc tu n'as vu personne. Ni rien. Tu n'es allé nulle part. » Amanda avait un ton accusateur, mais elle était soulagée : il n'avait même pas eu l'occasion de voir ! Ils dramatisaient tous. Il n'y avait rien du tout. Un incident industriel, quatre explosions consécutives contrôlées, la panne de courant s'expliquait aisément. Ce n'était pas formidable. Mais ça aurait pu être pire.

« Je pourrais vous montrer le chemin. On ira tous. Tous les six.

– Non. » Ruth était inébranlable. Elle tremblait de tout son corps. « On ne partira pas d'ici. Pas question. On attendra ici. Jusqu'à ce qu'on entende quelque chose. Jusqu'à ce qu'on en sache plus. » Elle voulait bien que ces gens restent, mais elle refusait de risquer sa vie pour eux.

« Il n'y a aucune raison de s'inquiéter. On va les conduire. On pourra parler avec quelqu'un, et voir ce que savent les autres. Et peut-être que nous pourrons remplir la voiture avant de revenir ici.

– Vous pouvez rester ici. Vous tous. Vous pouvez rester ici, dans cette maison, avec nous. » Ruth campait sur ses positions. « Restez ici.

– Rester ici. » Clay réfléchit. Il y avait déjà réfléchi. « Jusqu'à… jusqu'à quand ?

– Tu ne peux pas partir, George. Tu ne peux pas me laisser ici, et moi je ne peux pas partir, c'est comme ça, dit Ruth.

– Et si c'est pour toujours ? » Amanda ne pouvait pas attendre. Son fils était malade. « Et si les portables ne fonctionnent plus jamais… déjà qu'ils fonctionnaient à peine avant, quand tout était normal. Et s'il n'y a plus de courant, si Archie est vraiment malade, si on est tous malades, à cause de ce Bruit ?

– Je ne suis pas malade, maman. » Pourquoi est-ce que personne ne l'écoutait ? Il se sentait bien ! D'accord, c'était bizarre qu'il ait perdu ses dents. Mais que pourrait faire un médecin ? Les recoller ? Quelque chose (son instinct ? une autre voix, discrète ?) lui conseillait de rester là où ils se trouvaient.

Ruth se demandait ce que faisait Maya. Elle se demandait pourquoi il lui semblait parfaitement plausible que ses petits-fils aient entendu le Bruit à Amherst, dans le Massachusetts. Ils n'avaient encore que des dents de lait, à peine solides. Le Bruit les avait peut-être fait tomber, et rendu leurs mères hystériques. Que fait-on si on ne peut pas sauver son enfant ? Elle savait que ces gens ne pouvaient pas choisir de rester avec elle alors que leur enfant était malade. « Je suis incapable de sortir d'ici, je crois.

– Tout ira bien. » G. H. ne pouvait pas lui faire cette promesse. Ils attendaient tous un moment décisif. Un tournant. Et ils y étaient, peut-être : la plongée progressive dans l'absurde, la grenouille qui découvre que l'eau est devenue insupportable, finalement. L'année la plus chaude de tous les temps, n'avait-il pas déjà lu ça quelque part ? Mais leur garçon était malade, ou du moins il avait quelque chose qui ne tournait pas rond, et c'était l'unique information dont ils disposaient.

« Tu nous attendras ici.

– Je ne peux pas rester seule.

– On fait nos bagages, on va à l'hôpital, et après on rentre à Brooklyn. » Clay réfléchissait à voix haute. « Pas la peine de nous conduire là-bas. Un plan devrait suffire. »

G. H. se mit à dessiner.

« Ou alors on repasse par ici. On laisse Rose avec Ruth et on revient la chercher. » Amanda ne voulait pas que sa fille soit témoin de ce qui arrivait à son frère. Ainsi ce serait moins angoissant pour elle.

« Je peux rester avec Rose. Je peux même faire vos bagages si vous voulez partir tout de suite. » Ruth aimait avoir un projet.

« Très bien. » Clay se leva. C'était plus raisonnable. Que les adultes fassent le nécessaire. Ils reviendraient chercher Rose.

C'est Amanda qui s'en aperçut, ou qui le formula. Ils étaient tellement obnubilés par la situation tous les cinq. Quel dommage : une journée parfaite. La lumière jouant superbement à la surface de la piscine et dont le reflet dansait sur le mur arrière de la maison, l'herbe rendue encore plus luxuriante par la pluie, et pas un nuage en vue.

« Où est Rose ? »

35

Elle était en train de regarder l'unique film qu'elle ne se souvenait pas d'avoir téléchargé. Amanda jeta un coup d'œil dans la chambre de sa fille, mais elle n'y était pas. Elle était dans la salle de bains, alors. Amanda s'y rendit, mais sa fille n'y était pas non plus. Retour dans le salon. « Je ne trouve pas Rose. »

Ils convinrent que ça n'avait aucun sens. Clay retourna dans la chambre principale, vide elle aussi. Amanda contempla par la porte arrière la parfaite journée en cours. Elle regarda dans la buanderie, puis retourna dans la grande chambre car elle n'avait pas confiance dans la rigueur de Clay. Elle regarda dans le dressing, elle regarda sous le lit, comme si Rose avait été un chat. Elle regarda dans la salle de bains principale, où flottaient encore les relents des violents rejets de leurs corps.

Clay trouva sa femme dans le couloir. « Je ne comprends pas. Où est-elle ? »

Amanda retourna dans la chambre de sa fille et souleva le drap et la couverture pour voir le pied du lit, sans trop savoir ce qu'elle espérait trouver. Devant l'armoire, elle hésita, comme un personnage de film. Le metteur en scène voulait-il créer la surprise (Rose recroquevillée avec un livre), le choc (un inconnu armé d'un couteau)

251

ou le suspense (rien du tout) ? Il n'y avait que l'odeur des boules de cèdre destinées à décourager les mites friandes de cachemire. Du coup : la panique. Et enfin un motif concret sur lequel la polariser.

Amanda retourna dans le salon, où Rose ne regardait pas la télé et n'était pas assise avec un livre, puis dans la cuisine, où Rose n'était pas en train de manger ou de faire le puzzle trop difficile qui représentait un tapis oriental ; elle alla jusqu'à la porte qui donnait sur la piscine, mais non, Rose avait interdiction de se baigner seule (question de bon sens). Amanda ouvrit ensuite la porte d'entrée, comme si elle allait découvrir sa fille sur le seuil. *Des bonbons ou un gage !* Eh bien non, rien. Que l'herbe, assombrie par la pluie, et le bavardage des oiseaux.

Rose était en bas, alors, dans la partie de la maison réservée principalement aux Washington. Elle était allée dans le garage, pour voir s'il ne renfermait pas des distractions. Elle était assise à l'arrière d'une voiture, aussi obéissante qu'une certaine race de chien, prête pour le trajet du retour. OK, plus fort : « Rosie ! »

« Rosie, Rosie », répéta intérieurement Amanda. Elle retourna dans la salle de bains. À une époque, leur fille adorait se cacher pour les surprendre. Amanda écarta le rideau de douche et découvrit deux centimètres d'eau seulement au fond de la baignoire. Elle avait demandé à Clay de la remplir et voilà le résultat ? Elle retourna dans le salon. « Je ne trouve pas Rose. »

Clay avait envie d'un autre verre d'eau. « Elle est forcément quelque part. » Il montra la direction des chambres.

« Non, elle n'y est pas. » Pourquoi est-ce qu'il n'écoutait pas ?

« Elle prend une douche ?

252

– Non, elle… » Elle n'était pas idiote !

« Elle est dans… » Il ne savait plus ce qu'il voulait dire.

« Non et non. J'ai regardé. Elle n'est nulle part. Où est-elle ? » Amanda ne criait pas, mais elle ne parlait pas à voix basse.

« Tu as regardé en bas ? » Clay n'avait plus qu'un filet de voix.

« Je vais voir. » G. H. se leva. « Je parie qu'elle est tout simplement partie explorer la maison.

– Je ne la trouve pas ? » Amanda avait formulé cette phrase comme une question car cela lui semblait totalement ridicule : *Je ne la trouve pas ! Je ne trouve pas mon enfant !* Autant dire que vous ne trouviez pas votre lobe d'oreille ou votre clitoris.

Amanda se rendit dans la cuisine et resta plantée là, ne sachant plus quoi faire. Ruth la suivit car elle se sentait obligée de la rassurer. Ce foutu instinct. Il fallait qu'elle aide. Elles étaient collègues, non pas en tant que mères mais en tant qu'êtres humains. Ceci – tout ceci – était un problème à partager. « Elle est sûrement dehors. » Ruth imaginait l'adolescente en train d'observer les monarques battant des ailes sur les asclépiades. « Elle est allée jouer.

– J'ai regardé devant la maison.

– Allons dehors. »

Clay était retourné s'asseoir à côté de son fils. « Amanda. Calme-toi. Réfléchissons. Elle est peut-être dans le garage, ou de l'autre côté de la haie. Essayons de la trouver…

– Qu'est-ce que tu crois que je suis en train de faire, bordel ? J'allais justement prendre mes chaussures pour partir à sa recherche.

– Archie, tu sais où est ta sœur ? » Clay était patient.

Archie répondit à mi-voix. Le savait-il ? Il croyait le deviner, mais ça ne tenait pas debout. « Non. »

Amanda revint avec ses Keds aux pieds. Elle n'avait plus une seule larme dans le corps. « Je deviens folle. Où est Rose ?

– Je suis sûre qu'elle est sortie. » Ruth n'était plus sûre de rien, en fait.

Amanda aurait dû hurler, mais elle ne hurlait pas. Sa retenue était plus inquiétante encore, d'une certaine façon. « Enfile tes chaussures et aide-moi à la chercher, putain de merde. »

Par la porte vitrée, Clay apercevait ses tongs à côté du jacuzzi. « Je vais aller voir devant, près du jardin de plantes aromatiques. Et je jetterai un coup d'œil derrière la haie.

– Elle est partie faire un tour. » Ruth essayait d'être convaincante. « Comme la télé ne marche pas, elle s'amuse comme on le faisait dans le temps. Elle se balade. Elle n'a rien à craindre ici. »

Elle voulait dire : il n'y a pas de circulation, pas de kidnappeurs. Pas d'ours ni de pumas. Pas de violeurs ni de pervers, il n'y a personne. Ils étaient armés contre certaines peurs. Là, il s'agissait d'autre chose. Pas facile de s'obliger à demeurer rationnel dans un monde où cela semblait désormais avoir moins d'importance – mais peut-être cela n'en avait-il jamais eu.

En bas, G. H. trouva son placard, rempli de ses provisions, son lit, au carré, sa salle de bains, le téléviseur muet et inutile, la porte de derrière brisée, son portable relié à son câble blanc optimiste. Il glissa le téléphone dans sa poche.

Dans le salon, Archie enfila ses Vans et se servit de sa langue pour explorer les poches vides et sensibles de ses gencives. Elles étaient molles et agréables, comme les recoins du corps humain dans lesquels le sien était conçu pour s'emboîter, quelque chose qu'il ne connaîtrait jamais de manière directe. Pourrait-il pardonner à l'univers ce déni de la finalité qui était la sienne ? Il n'en aurait pas l'occasion. Il ouvrit la porte de derrière et rejoignit son père dehors pour partir à la recherche de sa sœur.

« Il n'y a aucune raison de s'inquiéter ? » À court d'imagination, Amanda avait capitulé. Elle sortit dans le jardin avec toute sa famille, en cette magnifique journée, trop préoccupée pour remarquer si celle-ci était différente des milliers d'autres journées qu'elle avait connues jusque-là. Ses « Rose ! Rose ! » étaient suffisamment sonores et fervents pour faire sursauter des animaux qu'elle ne voyait pas et dont elle ne saurait jamais qu'ils étaient là.

Amanda avait des théories. Comme toutes les mères. Un faux pas malencontreux dans un puits abandonné de trente mètres de profondeur, masqué par l'épaisseur de l'herbe. La chute d'une branche brisée par le Bruit. Une morsure de serpent, une cheville foulée, une piqûre de guêpe, à moins que Rose ne se soit tout simplement perdue. Et dire qu'ils ne pouvaient pas appeler la police ! Qui pouvait les sauver ?

G. H. sortit par la porte du bas et la referma sans bruit. L'herbe était humide et épaisse.

« Je vais voir devant. » Clay joignit le geste à la parole.

Ruth avait peur. Dès qu'on a un enfant, on apprend à avoir peur. « On devrait aller voir dans le garage. »

Ruth ouvrit la marche. Amanda la suivit.

Archie traversa la pelouse jusqu'à la petite cabane. Il savait que sa sœur ne s'y trouvait pas, mais il fallait qu'il vérifie. La porte était ouverte. Appuyé contre le chambranle, Archie tourna la tête vers la maison. *Stupide gamine.* Il savait qu'elle était retournée dans les bois. Pourquoi était-il incapable de le dire à voix haute ? Et comment le savait-il ? Peu importait. Archie frissonna, comme quand on se prend dans une toile d'araignée, ou comme vous le feriez si vous voyiez une araignée sortir de sous l'oreiller et aller se perdre dans le motif en mosaïque des draps, ou comme si une araignée courait sur votre épaule, remontait dans votre cou et venait se nicher dans la grotte réconfortante de votre oreille, comme si une araignée tombait du plafond dans vos cheveux puis descendait prudemment le long de votre nez, jusqu'à ce que vous ayiez du mal à la voir de vos yeux écarquillés, comme si une araignée vous mordait et que son poison se diffuse dans votre sang, devenant une part aussi inextricable de vous-même que votre ADN, cette substance qui vous constitue. Il avait une drôle de sensation dans son genou gauche, qui se déroba soudain. Et Archie se plia en deux et se mit à vomir, mais ce n'était pas du vomi, que de l'eau, avec un peu de sang. Vous savez quoi ? C'était rose comme…

36

Clay sentait les graviers à travers ses tongs. Elles étaient usées, presque à la fin de leur vie. Si on voulait atténuer son sentiment de culpabilité en les jetant, on pouvait les renvoyer au fabricant, franco de port, qui les expédierait en Équateur, au Guatemala, en Colombie, un endroit dans ce genre, où des ONG apprenaient aux gens à les découper en petits morceaux et à les assembler pour en faire des tapis en caoutchouc vendus aux Blancs. Il n'y avait rien devant la maison, rien derrière la haie, uniquement cette même vue qui l'avait nargué la veille. Était-ce seulement hier ? « Rose ! » Sa voix ne portait pas. Elle n'allait nulle part. Elle retombait sur le sol verdoyant.

Dans le garage, Ruth montra l'échelle qui permettait d'accéder au grenier. Une gamine pouvait avoir envie de monter jouer là-haut ! Ruth avait vaguement envisagé d'aménager ces combles en studio pour les invités, un jour. Amanda gravit les barreaux à toute vitesse, mais il n'y avait rien.

Les deux femmes ressortirent du garage au moment où Clay surgissait à l'angle de la maison et où G. H. en achevait le tour. Tous les quatre se regardèrent.

« Elle est partie ? » Amanda ne savait pas quoi dire d'autre.

« Non, elle ne peut pas être partie. » Ruth voulait dire partie définitivement, disparue.

En tout cas, ce n'était pas un ravissement. Rose aurait été sauvée, sans le moindre doute, mais Clay savait qu'ils ne pouvaient pas céder au mythe pur. « Elle a dû… aller quelque part.

– Ça l'intriguait de savoir s'il y avait d'autres maisons. Les œufs aussi ! Peut-être qu'elle a marché jusqu'au stand. » Ruth avait des doutes.

« Où est Archie ? » Clay se retourna vers le jardin de derrière.

« Il était là il y a un instant. » Amanda n'était capable de penser qu'à une seule chose à la fois.

« Il a l'air d'aller mieux. » Quel optimisme ! Cela n'était crédible qu'à condition de faire abstraction de ses dents tombées, mais la fonction de parent oblige parfois à quelques tours de passe-passe.

Ruth acquiesça. « L'un de nous devrait aller faire un tour au stand d'œufs. »

Amanda s'éloigna impatiemment à grandes enjambées. « J'y vais. Clay, retourne derrière la maison. Va voir dans les bois. Mais ne t'éloigne pas…

– Je jette un nouveau coup d'œil à l'intérieur. » Ruth congédia les deux hommes. « Allez voir derrière tous les deux. »

Clay et G. H. coupèrent par l'intérieur. En débouchant sur la terrasse, Clay découvrit son fils prosterné dans l'herbe, face contre terre. Il l'appela. Courut vers lui. Il avait oublié ce qu'il était censé faire.

Le garçon était à genoux, comme un musulman en prière. Clay glissa la main sous son aisselle pour le relever.

« Papa. » Archie le regarda, se pencha en avant et vomit de nouveau, un superbe jet liquide dans la terre.

« Qu'est-ce qui s'est passé ? » G. H. exigeait une explication. « Ça va aller, ça va aller. »

Ruth aperçut la scène depuis la terrasse. Elle se précipita, sachant qu'on avait besoin d'elle. Ils coincèrent le corps du garçon entre eux et se mirent en marche à une allure de vieillard. Le garçon continuait à suffoquer, ou à se convulser, mais il n'y avait plus rien en lui qui puisse sortir de sa bouche. Ses yeux étaient presque fermés, pas totalement, ses paupières battaient tel l'obturateur de quelque antique appareil photo, mais voyaient-ils ? Pouvaient-ils capturer quelque chose ?

Ruth dressa l'inventaire. Ils avaient de vieux antibiotiques. Ils avaient une bouillotte. Ils avaient de cette boisson en poudre contre la grippe, à dissoudre dans de l'eau chaude et qui faisait dormir pendant des heures. Ils avaient du sel marin, de l'huile d'olive et du basilic, de la lessive, des pansements adhésifs et un énorme lot de petits paquets de mouchoirs en papier, format voyage, si pratiques dans un sac. George avait dix mille dollars en liquide cachés quelque part en cas d'urgence. Ils étaient riches ! Mais tout cela pourrait-il servir de baume dans cette situation, quelle qu'elle fût ?

« Conduisons-le à l'intérieur. » G. H. avait pris les commandes de l'opération. Ils gravirent, maladroitement, les grandes marches en bois. Le système de filtration de la piscine entama son cycle programmé, indiquant qu'il était dix heures. Il ronronnait et gargouillait joyeusement.

Ils allongèrent le jeune garçon sur le canapé. « Ça va, Archie chéri ? Tu peux me le dire ? »

Archie leva les yeux vers le trio. « Je ne sais pas. »

Clay regarda les autres adultes. « Où est Rose ?

– Je pense qu'elle est partie jouer un peu plus loin sur la route. Elle aura emprunté un des vélos. Je sais

qu'elle s'ennuie. Elle veut juste… elle s'amuse. »
G. H. essayait de présenter la chose comme inévitable.
« Allons chercher de l'eau pour Archie. Il ne faut pas
qu'il se déshydrate. »

Clay savait que Rose adorait *agir*. Elle était toujours
plongée dans un livre, et dans ses livres les filles de son âge
avaient des cœurs immenses et une grande soif d'aventure.
Elles accomplissaient courageusement des exploits improbables, affrontaient leurs peurs intimes, après quoi elles
tenaient chastement la main de garçons aux longs cils. Ces
livres lui avaient donné le sentiment que le monde était
à conquérir avec bravoure. Les livres détruisent chacun
de nous… N'était-ce pas ce que s'efforçait de démontrer
son travail universitaire ? « De l'eau. Oui. »

Ruth avait déjà rempli un verre. « Bois-le en entier.

– Redresse-toi, tout doucement. »

Le corps de Clay retrouvait la posture du jeune parent
prêt à bondir pour retenir son bambin chancelant.

« Il faut aller à l'hôpital. » George avait pris sa décision. « Tout de suite.

– Tu ne peux pas me laisser. » Ruth déploya la couverture posée sur le dossier du canapé et en couvrit le
corps du jeune garçon.

« Il est malade. Tu le vois bien.

– On ne peut pas partir sans ma fille…

– On va y aller tous les deux. On va emmener Archie.

– Non. Tu ne peux pas faire ça, George. Tu ne peux
pas t'en aller.

– Ruth. Va chercher Amanda. Retrouvez Rose. Et
restez ici. »

Avait-elle le courage nécessaire ? N'en avait-elle
pas assez de devoir être forte, noble et compétente, le
meilleur second rôle ? N'avait-elle pas le droit d'être
hystérique et terrorisée ? « George, je t'en supplie. »

Il regarda sa femme droit dans les yeux. « On revient. Très vite.

– Non, vous ne reviendrez jamais. Tu ne vois donc pas que quelque chose est en train de se passer ? Et ce qui arrive à Archie, quoi que cela puisse être, cela nous arrive à tous. Tu ne peux pas partir. » Ruth n'était ni éplorée ni hystérique, ce qui rendait ses paroles d'autant plus troublantes.

Clay ne remarqua pas les picotements dans ses genoux, ses coudes, ou alors il mit cela sur le compte de la peur. « Ruth, s'il vous plaît. On a besoin d'aide. »

Pour G. H., l'heure avait sonné. Les hommes de sa génération prenaient des décisions, ils menaient des guerres, ils amassaient des fortunes, ils agissaient avec conviction. « On y va. Clay, installez Archie dans la voiture. Prenez la couverture. Ruth, donne-lui une bouteille d'eau. Archie, allonge-toi sur la banquette arrière.

– Je ne te laisserai pas faire ça, George. Je ne peux pas te laisser faire ça. Je ne peux pas.

– C'est la seule chose que nous puissions faire. C'est ce que je dois faire, je le sais. »

George tenait les clés dans sa main. Il n'avait pas besoin d'entrer dans les détails, il connaissait Ruth et il savait qu'elle comprendrait : s'ils se montraient dépourvus d'humanité dans cette situation, ils n'étaient rien.

Ruth ne savait pas comment énumérer ce dont elle se sentait incapable. Elle ne pouvait rien faire de tout cela. « Tu vas me revenir. Tu vas nous revenir.

– Mets un chrono. Prends ton téléphone. Règle l'alarme. Une heure. » G. H. était certain de pouvoir y arriver.

« Ne fais pas des promesses que tu ne peux pas tenir. » Ruth tripotait son téléphone.

« C'est l'affaire d'une heure. Moins. Je vais à l'hôpital,

je les dépose et je viens vous chercher ici, toi, Amanda et Rose. Car tu vas retrouver Rose. Tu entends ? Moi aussi, je vais mettre le chrono.

– Ça ne marchera pas. Tu n'y arriveras pas.

– Si. Nous n'avons pas le choix. Regarde… » Il appuya sur l'affichage digital de son téléphone et le chronomètre commença à décompter les secondes. « Je dépose Clay et Archie là-bas, et ensuite je reviens vous chercher toutes les trois, avant que l'alarme sonne.

– Qui vous dit que l'hôpital sera… » La voix de Clay s'éteignit.

« Clay. » Pour George, ce n'était même pas la peine de discuter. Il savait ce qui était censé arriver. « On y va. Installez-le dans la voiture.

– Viens, mon chéri. »

Clay aida son fils à se lever. Il se revoyait tenant le bambin par la taille. Si menu qu'il pouvait en faire le tour avec ses deux mains, ses doigts se touchaient.

Ruth drapa la couverture sur les épaules d'Archie. « Une heure. » Elle appuya sur la touche de son téléphone et les secondes commencèrent à défiler. « Pas plus. Tu as promis.

– Il n'y a pas de raison de s'inquiéter. » George serra ses clés dans sa main, lourdes pour suggérer le luxe. Mentait-il ? Était-il trop optimiste ?

Ruth ne croyait pas aux prières, alors elle ne pensait à rien.

37

G. H. savait qu'elles retrouveraient Rose. Comme des mères. Les mères possèdent un sonar secret, à l'image de ces oiseaux qui cachent cent mille graines en octobre et restent gras durant tout l'hiver. La voiture démarra en bonne machine fiable et coûteuse qu'elle était.

Archie frissonna sur la banquette en cuir à l'arrière.

« Si tu as besoin qu'on s'arrête pour vomir, préviens-moi. » Cette remarque donnait l'impression que G. H. pensait à sa voiture, mais un parent est forcément versé – pire, baptisé – dans le vomi, capable, jusqu'à la fin de sa vie, d'en éprouver non pas de l'horreur, mais de la compassion. Maya, sept ans, au coin de Lex et de la 74e, avait ainsi rendu des morceaux entiers de poisson blanc dans les paumes qu'il lui avait tendues. Un simple souvenir parmi d'autres, mais il l'aurait refait s'il s'était agi de sa fille adulte, allongée à l'arrière, sans dents et en proie à une maladie dont ils ne connaissaient pas le nom. On reste un père à jamais.

Clay s'inclina vers la gauche pour sortir son porte-feuille de sa poche arrière droite. Incroyable qu'il y ait pensé, une sorte d'instinct secret. Il fit défiler les rectangles de plastique à la recherche de leur carte d'assurance maladie. Ils étaient tous sur la mutuelle d'Amanda, plus intéressante que celle de l'université. Un soupir de soulagement lorsqu'il la trouva. Enfin quelque chose qui était à sa place.

« On va te conduire chez un médecin. » Clay se retourna vers son fils. Était-il plus maigre, plus pâle, plus frêle, plus petit ? « Ça va aller. Ça va aller.

– Ça va. » Obéissant, Archie était décidé à réagir en homme. Archie était un homme maintenant.

La voiture quitta l'allée pour prendre le chemin qui menait à la route principale. George roulait plus lentement que d'habitude, en dépit de son rythme cardiaque rapide, de la précipitation, des secondes qui s'accumulaient au chronomètre. Aucun des hommes présents à bord ne remarqua le stand de vente d'œufs ; aucun ne sut qu'Amanda se trouvait à l'intérieur de la petite cabane où elle n'avait découvert, à la place de Rosie, que l'agréable odeur de la ferme. Les Mudd, propriétaires de ces terres, n'y apporteraient plus jamais d'œufs fraîchement pondus.

Le paysage flottait devant Clay, vert, un vert intense, mouillé, épais, menaçant, inutile, impuissant, furieux, indifférent. « J'ai vu quelqu'un. La première fois. »

George ne releva pas. « Vous avez dit que vous vous étiez perdu. Soyez attentif. Il y a un crayon et du papier dans la boîte à gants. Dessinez un plan. Au bout de l'allée, on a tourné à droite, et ensuite, j'ai pris à gauche. Après avoir franchi cette colline, on tourne de nouveau à droite. »

Il envisageait des imprévus. Et s'ils étaient séparés ? Et si… les scénarios étaient infinis.

Clay ouvrit la boîte à gants, qui contenait effectivement un bloc et un crayon, le guide de l'utilisateur, le contrat d'assurance et le certificat d'immatriculation, un paquet de mouchoirs en papier et une fine trousse de premiers secours. Ordre, préparation, propreté. Les gens riches avaient de la chance.

« Il y avait une femme. Sur la route. Elle m'a fait signe. Elle parlait espagnol.

– Vous avez vu quelqu'un… hier, quand vous êtes parti ? » C'était absurde de penser que c'était hier ! G. H. essaya, en vain, de savoir quel jour de la semaine on était. « Pourquoi vous ne l'avez pas dit ?

– Elle… elle se tenait sur le bord de la route. Elle m'a fait signe. Je lui ai parlé. Enfin, j'ai essayé. » Il savait que son fils écoutait. C'était affreux d'avoir honte devant son enfant.

« On vous a demandé ce que vous aviez vu. » George était agacé. Il avait besoin de toutes les informations avant de décider ce qu'il allait faire.

« Elle était habillée comme une femme de ménage. Je crois. Avec un polo. Un polo blanc. J'ai pensé… Je ne sais pas. Je ne la comprenais pas. Elle parlait espagnol, je ne savais pas ce qu'elle disait. J'aurais pu utiliser Google Translate, mais c'était impossible, alors, je… » Il ne savait pas s'il pouvait le dire devant Archie.

G. H. pensa à Rosa, qui mettait de l'ordre dans leur maison, dont le mari entretenait et taillait la haie, dont les enfants jouaient en silence, parfois, pendant que leurs parents travaillaient dans la chaleur estivale, en faisant semblant de ne pas voir la piscine, alors que Ruth avait dit à Rosa, un jour, que les enfants pouvaient s'y baigner. Ils ne le feraient jamais. Ce n'était pas leur genre. Était-ce elle ?

« Une Hispanique ? » Archie écoutait, mais Archie comprenait. Il ignorait ce qu'il aurait fait lui-même ; il savait que c'était idiot de prétendre que quiconque pouvait savoir ce qu'il ferait dans un moment pareil.

« Je l'ai laissée là-bas. Je ne savais pas quoi faire d'autre. Je ne savais pas ce qui se passait. Je ne savais même pas qu'il se passait quelque chose. »

Clay n'aurait jamais imaginé des événements aussi précis que l'apparition inexpliquée de ces oiseaux ou la chute des dents de son fils. Et si, à cet instant, Rose errait au bord de la route et réclamait l'aide d'un automobiliste qui passait ? Mais pourquoi l'aurait-elle fait ? Il ignorait ce qu'elle avait dans la tête, sa fille.

« Peu importe. » Pour G. H., la moralité n'était pas un test. C'était un ensemble de préoccupations qui évoluait sans cesse. « Soyez attentif. Dessinez un plan que vous pourrez lire ensuite. Notez tout ce qu'on fait.

– Je l'ai abandonnée. Elle avait besoin d'aide. Nous aussi. » C'était une question de karma, non ? Clay pensait que l'univers s'en fichait. Il avait sans doute raison. Mais peut-être pas ; c'était peut-être mathématique.

« On y va, chercher de l'aide. Vous voyez ce virage, plus loin sur la route ? Il y a une ferme juste après. La ferme McKinnon. C'est un repère. » Étrange d'essayer de voir la situation avec d'autres yeux. G. H. ne réfléchissait jamais à ces routes. Il connaissait l'itinéraire par cœur et conduisait par automatisme. C'était chez eux, et en même temps ce n'était pas chez eux. Il ne savait pas qui étaient les McKinnon, s'ils avaient encore un lien avec la ferme qui portait leur nom. Ruth et lui n'étaient pas allés serrer les mains à la ronde quand ils avaient signé le contrat d'achat de la maison. Comment auraient réagi les locaux devant des Noirs inconnus dans une voiture à quatre-vingt mille dollars ? Ils vivaient terrés. Ils n'aimaient pas s'arrêter à l'épicerie ou à la station-service, nerveux parce que trop visibles. Aurait-il besoin d'une arme au cours des prochains jours ? G. H. n'avait jamais cru aux armes. L'argent liquide caché dans un coffre, dans le placard de la chambre principale, pourrait-il les tirer d'affaire ?

Clay traça des traits sur la feuille. Indéchiffrables à la seconde même où il ôtait le crayon. Le cœur n'y était pas. Son cœur était sur le siège arrière, il était là où se trouvait Rose, où que ce fût. « Vous ne comprenez pas. » La vision était dégagée et les champs s'étendaient à perte de vue avec leur agaçante obstination coutumière. « Je ne savais pas quoi faire. Je ne peux rien faire sans mon téléphone. Je suis un bon à rien. Mon fils est malade, ma fille a disparu, et je ne sais pas ce que je suis censé faire, là, tout de suite. Je n'en ai aucune idée. » Les yeux affreusement mouillés, Clay essaya de se redonner une contenance. Il ravala son sanglot comme il l'aurait fait d'un rot. Il se sentait minuscule.

George se méfiait de cet endroit. S'il avait été victime d'un problème cardiaque, il aurait déboursé trois mille dollars pour qu'un hélicoptère le rapatrie à Manhattan où les gens croyaient sur parole en l'humanité des Noirs. La région avait beau être jolie, elle n'était pas assez bien pour lui. Ici, les gens étaient méfiants, ils jalousaient les riches, les étrangers, dont ils dépendaient. Ici les gens priaient pour que Mike Pence soit un agent du divin au moment de la fin imminente. Toutes ces recherches que les médecins et les infirmières pensaient que les Noirs pouvaient bien supporter, et ils les privaient d'opioïdes palliatifs. « Je sais ce qu'il faut faire. »

Clay ne pouvait pas dire à voix haute qu'il pensait que le médecin n'aurait rien à leur offrir. Il avait rassemblé les dents de son fils dans un sachet en plastique hermétique. Celui-ci se trouvait dans sa poche gauche et il le tripotait comme un chapelet macabre. « Peut-être qu'à l'hôpital ils pourront tout nous expliquer.

– Avant ça. Il faut qu'on s'arrête. Pour aller chez Danny.

– Chez qui ? »

G. H. ne pouvait expliquer d'où lui venait cette conviction que Danny, plus que quiconque, saurait ce qui se passait et qu'il aurait, sinon une solution, du moins une stratégie. C'était ce genre d'homme. Ils pourraient aller trouver Danny, lui dire que la petite fille avait disparu, ou que le garçon était malade, ou qu'ils avaient tous peur des bruits nocturnes, et Danny, tel le Magicien d'Oz, leur accorderait la santé et un voyage sûr. « Danny était notre entrepreneur. C'est un voisin. Un ami. »

Cette journée, au-dehors, semblait si normale.

« Il faut conduire Archie à l'hôpital.

– On va y aller. Dix minutes. On va juste s'arrêter dix minutes. Croyez-moi, Danny nous aidera, il aura une idée. »

Clay était censé protester, il le sentait, mais il se contenta de hausser les épaules. « Si vous le pensez.

– Oui. »

George avait construit sa vie de cette façon. Les problèmes avaient des solutions. Danny posséderait des informations, et il pourrait peut-être montrer l'exemple. Clay et lui rentreraient à la maison, ils retrousseraient leurs manches et protégeraient les êtres chers.

« Il n'y a personne dans les parages. » Clay se demandait s'ils allaient revoir cette femme. Il s'était blotti avec toute sa famille dans le confort de ce grand lit, aux jolis draps tachés de sperme, alors que cette Mexicaine – peut-être n'était-elle pas mexicaine – avait passé la nuit… il ne savait pas où.

« Trop loin de la plage pour être une maison de bord de mer. Pas vraiment une ferme. Pas particulièrement ancienne, donc pas une demeure historique. Pas toute neuve non plus, ni décorée design, donc pas une villa de standing. Juste un endroit tranquille, au bout du monde, un endroit pour être seul, au calme, à l'aise. » N'avaient-ils pas gagné le droit d'être un peu à l'écart des pauvres, des ignorants, du pire ? « Mais c'est une illusion, en réalité. Il suffit de quelques minutes. Quelques kilomètres dans cette direction. Des boutiques, un cinéma, l'autoroute, des gens. Un théâtre, un centre commercial. L'océan.

– On y est allés.

– Un Starbucks.

– On s'y est arrêtés.

– Les commerces. Seuls sans être vraiment seuls. C'est l'idée justement. Le meilleur des deux mondes.

– Aucune voiture. Vous avez entendu un avion, vous ? » Clay n'espérait plus reconnaître les arbres, les virages, les montées. « Un hélicoptère ? Une sirène ? »

Il était évident qu'ils allaient devoir apprendre une nouvelle façon de vivre dans un nouveau monde. « Je n'ai rien entendu. »

Sur le siège arrière, Archie écoutait. Il regardait par la vitre, mais ne voyait que le ciel. Il pensait à Rose et aux cerfs qu'elle avait vus, sans savoir qu'ils étaient tous partis très loin durant la nuit.

Il y avait une signification dans le soupir que poussa G. H. L'âge rend patient.

« Plus rien n'est pareil. Vous notez bien tout ? »

Clay regarda le plan qu'il avait dessiné. Indéchiffrable, inutile. Il avait échoué en tant que cartographe également. On se dit que si un holocauste se déroulait à l'autre bout du monde on en serait conscient, mais c'était faux. La distance le rendrait immatériel. Les gens n'étaient pas si connectés que ça. Des atrocités se produisaient en permanence, et cela n'empêchait personne d'aller manger une glace sur la plage, de fêter des anniversaires, d'aller au cinéma, de payer ses impôts, de baiser sa femme ou de s'inquiéter à cause de son crédit.

« Oui, je note. »

G. H. en était convaincu : « Danny saura quelque chose. »

38

Ruth ouvrit la porte de la petite cabane. Les gonds protestèrent, mais Amanda ne réagit pas.

« Allez, venez. » Ruth ne voulait pas être cette personne. L'assistante, le second rôle. Elle aussi avait perdu sa fille. Qui l'aiderait à retrouver ses petits-fils ? Qui la soutiendrait ?

« Où est Rose, où est Rosie ? Qu'est-ce qu'on va faire ? » Amanda était assise sur un seau renversé.

« Allez. Levez-vous. Sortez d'ici. Venez à la lumière. » La petite cabane sentait mauvais.

Les deux femmes sortirent. Le soleil affirma son autorité. Ruth consulta le chronomètre de son téléphone. Onze minutes s'étaient écoulées. George serait de retour dans quarante-neuf minutes. Ce n'était pas si long. On pouvait les convertir en secondes et guetter en comptant à voix haute. Elle entendrait la voiture rouler sur les graviers. Elle le reverrait. « À la bonne heure », dit-elle, et c'était vrai. L'air frais formulait une sorte de promesse. « Ils ont emmené Archie. Il était de nouveau malade. »

Amanda était incapable de penser à son fils en plus du reste.

« On a établi un plan. Une heure. Ils vont l'emmener. Puis George reviendra nous chercher, vous, moi et Rose.

— Est-ce qu'on devrait aller dans les bois derrière ?

Est-ce qu'on devrait marcher jusqu'à la route ? C'est loin ? C'est par ici ? » Amanda pointa le doigt au hasard.

« La route est là-bas. Elle serait partie par là ? » Pour Ruth, ça ne tenait pas debout. Elle ne voyait pas pourquoi la gamine aurait quitté la sécurité de la petite maison de brique.

« Je ne sais pas ! Je ne sais pas pourquoi elle partirait. Je ne sais pas où elle irait. » Amanda n'osait pas le formuler, mais peut-être sa fille n'était-elle pas partie, peut-être qu'elle était déjà morte, quelque part dans la maison. L'affaire JonBenét Ramsey avait débuté par la recherche d'un enfant disparu, alors que son corps se trouvait au sous-sol depuis le début. Qui avait tué JonBenét Ramsey, d'ailleurs ? Amanda ne s'en souvenait plus.

« Retournons dans la maison. On va refaire le tour de toutes les pièces. » Ruth avait une horrible vision : la gamine dans les toilettes près de la porte d'entrée, édentée et sans connaissance.

« Rose ! » hurla Amanda. Seul le silence lui répondit. Il n'y avait rien dehors.

« Allons voir à l'intérieur. Soyons méthodiques. » Ruth avait besoin qu'elles redonnent une logique aux choses.

Elles se hâtèrent de remonter l'allée, les graviers roulaient sous leurs pieds. Amanda sentait chaque petite pierre à travers les fines semelles en caoutchouc de ses chaussures. Ruth ne pouvait pas marcher aussi vite que cette femme plus jeune, mais elle y parvenait malgré tout. Il y avait une affaire urgente à régler.

« Retournons à l'intérieur, dit Amanda comme si l'idée venait d'elle. Peut-être qu'elle se cache. » Il n'y avait aucune raison pour que Rose se cache, mais peut-être que si, après tout ? Elle était jalouse de l'attention qu'avait provoquée son frère. Elle était plongée dans un livre. Elle ne voulait pas rentrer chez eux. « Vous croyez qu'ils sont arrivés à l'hôpital ?

– Pas encore. Mais ils approchent. » Ruth entra dans la maison par la porte latérale. Elle ouvrit le petit placard où ils rangeaient les bottes en caoutchouc, le produit de déneigement pour les marches, une ou deux pelles en plastique et un vieux sac en tissu, rempli d'autres sacs en tissu. Pas de Rose.

« Ils y sont bientôt. Il ne peut rien leur arriver. » Amanda cherchait à se convaincre.

« George déposera Clay et Archie. Ils verront le médecin. Et George reviendra nous chercher.

– Je ne partirai pas sans Rosie ! » Amanda ouvrit la porte des toilettes. Rien.

« Oui, évidemment. C'est ce qui est prévu. Il va revenir nous chercher toutes les trois. » Cela allait de soi.

« Et ensuite ? On s'en ira ? On n'a même pas bouclé nos valises! » Ils avaient besoin de leurs affaires.

« On retournera là-bas. Voir Clay et Archie. Et après, je ne sais pas. » Ruth avait envie de dire : vous n'avez pas besoin de vos affaires. Nous sommes là. Les uns pour les autres.

– Rose ! » Le nom se perdit dans la maison vide. On n'entendait que les expirations de tous les appareils, mais les deux femmes n'y faisaient plus attention. « Et après ? Que va dire le médecin ? Qu'est-ce qu'il va faire ? Clay a-t-il emporté les dents, au moins ? » Ils les avaient mises dans un sachet en plastique. Macabre. Un médecin allait-il les revisser dans la tête d'Archie ?

« Après, je ne sais pas.

– On rentrera chez nous ? On reviendra ici ? » Aucune de ces hypothèses n'avait de sens.

Ruth ouvrit la porte du cellier. Aucune fille de treize ans ne se serait cachée là-dedans.

« Je ne sais pas ! » hurla Ruth. Elle aussi était en colère. « Je ne sais pas ce qu'on fera, alors ne me posez pas la question comme si j'avais la réponse et pas vous. Je ne sais pas ce qu'on va faire.

– Je veux juste savoir ce qui va se passer, bordel. Savoir c'est quoi votre putain de plan. Je veux être sûre qu'on va retrouver ma gamine et qu'on va monter toutes les trois dans votre putain de bagnole de riches pour aller à l'hôpital, et que le médecin me dira que mon petit va bien, et nous aussi, et qu'on peut tous rentrer chez nous.

– Je sais. Mais si ce n'est pas possible ?

– Je veux juste foutre le camp loin d'ici, de vous et de ce qui est en train de nous arriver... » Amanda détestait cette femme.

« Mais il nous arrive à tous la même chose ! » Ruth était furieuse.

« Je le sais bien !

– Vous vous en fichez, hein, que je sois ici alors que ma fille est dans le Massachusetts... » Ruth croyait sentir la douce pression des quatre menottes de ses petits-fils.

« Non, mais je ne vois pas ce que je peux y faire. Ma fille est... Je ne sais pas où est ma fille !

– Arrêtez de me crier dessus. » Ruth s'assit devant l'îlot de la cuisine. Elle leva les yeux vers le globe de verre de la suspension, celui qui s'était fêlé quand les avions – elle ignorait que c'étaient des avions – étaient passés au-dessus de la maison. Pourquoi cette femme ne comprenait-elle pas que, dans leur malheur, ils avaient de la chance ? Ruth avait envie de dormir dans son lit. Mais elle voulait que ces gens restent.

« Je suis désolée. » Était-elle sincère ? Quelle importance ? « Rose ! » Amanda regarda la femme et comprit. Ils ne pouvaient pas quitter cette maison. Ils ne pouvaient pas rentrer à Brooklyn. Ils pourraient voir le médecin et peut-être s'arrêter pour faire des courses avant de revenir ici, puis se cacher en attendant la suite, quelle qu'elle fût. Cette femme n'était absolument pas une étrangère ; elle était leur salut. « Excusez-moi. Je veux retrouver ma fille, c'est tout.

– Moi aussi je veux ma fille. » Ruth entendait la voix de Maya, la douce tessiture de son enfance. Ruth ne pouvait pas se réconcilier avec ce qu'on exigeait d'elle. Elle voulait être sûre que son enfant et ses petits-enfants étaient à l'abri, mais évidemment, elle ne le saurait jamais. C'était une chose qu'on ne pouvait jamais savoir. On exige des réponses que l'univers refuse. Le confort et la sécurité ne sont qu'une illusion. L'argent ne signifie rien. La seule chose qui ait un sens, c'est cela : des gens réunis au même endroit, ensemble. Voilà tout ce qu'il leur restait.

« Rose ! » Amanda ne s'assit pas car elle en était incapable. Elle retourna dans le salon, entra dans la chambre d'Archie, traversa la salle de bains où la baignoire était vide maintenant, pour atteindre la chambre où avait dormi Rose. Elle s'agenouilla pour regarder sous le lit, où il n'y avait rien, pas même de la poussière. Elle retourna dans la salle de bains, boucha correctement la bonde et ouvrit le robinet.

Elle retourna dans le salon. « Je suis désolée. D'avoir crié. Je suis épouvantable, pardon. Je veux juste retrouver ma fille, je ne sais pas pourquoi je vous ai crié dessus. Je sais que vous comprenez, mais je veux ma fille. Elle était juste là ! Je ne comprends pas ce qui se passe. » Elle avait envie de serrer Ruth dans ses bras, mais elle ne le pouvait pas.

Ruth comprenait. Tout le monde comprenait. Tout le monde ne désirait que cela : être en sécurité. Et c'était ce qui leur échappait, tous autant qu'ils étaient. Ruth se leva. Elle chercherait cette petite fille, ou son corps, si elle était morte. Elle ferait ce qu'on attendait d'elle, elle agirait en être humain.

Amanda poussa la double porte qui donnait sur la terrasse et contempla la piscine. Elle hurla le nom de sa fille en direction des bois. Les arbres remuèrent légèrement dans le vent, mais rien d'autre ne se produisit.

39

Cela ne ressemblait même pas à une allée, mais, passé un petit bosquet, le chemin s'élargissait, puis devenait pavé. Il y avait une pelouse qui au premier abord donnait l'impression d'être parfaitement entretenue, mais était en réalité incontrôlée, frénétique. De loin, la couleur verte était si intense qu'elle semblait due à l'intervention humaine. Il y avait une clôture, puis la maison, de style colonial, un ersatz de l'idéal américain originel, avec sept chambres, des baignoires à remous, des plans de travail en granite, l'air climatisé.

À la vue de la Range Rover gris métallisé, George fut rassuré. Danny était chez lui. Ils avaient eu raison de venir. À peine eut-il le temps de dire « Allons-y » que Clay, aussi impatient que lui, était déjà descendu de voiture. « Archie, tu restes ici. Allongé. »

Le garçon leva les yeux vers cet homme d'âge mûr. Il voyait que le ciel était plus bleu maintenant : une journée idéale pour déjeuner dehors, même s'il ne savait pas très bien ce qu'il aurait pu manger sans ses dents. « OK. J'attends. »

La porte d'entrée était peinte d'un jaune enjôleur et joyeux ; une idée que la femme de Danny, Karen, avait piochée dans un magazine. G. H. sonna. Il faillit frapper, mais s'obligea à faire preuve de patience. Inutile de débouler comme un dingue. Le monde était peut-être devenu fou, mais pas eux.

Danny et Karen avaient eux aussi passé une mauvaise nuit. Dans le lit familial, Emma, leur fille de quatre ans, couchée entre eux, tandis que la déflagration mourait au-dessus de leurs têtes. Karen presque en catatonie, pensant à son fils, Henry, chez son père à Rockville Center. Leurs téléphones ne fonctionnaient plus, et le garçon était très attaché à sa mère ; et elle savait, ils savaient tous les deux, qu'il devait être en train de la réclamer, en vain. Son père allait-il le fourrer dans sa voiture pour le lui ramener ? Karen priait pour qu'il en soit ainsi, mais parmi leurs différences irréconciliables il y avait l'incapacité du père de son fils à comprendre ce qu'elle désirait. Danny était dans la cuisine, en train de faire l'inventaire de ce qu'ils avaient sous la main. Il fut agacé par cette intrusion. Cela sautait aux yeux quand il ouvrit la porte.

« George. » Sans chaleur aucune. Danny était un très bel homme. C'était toujours la première impression qu'il produisait. L'exposition régulière au soleil avait doré sa peau. Une prédisposition génétique avait saupoudré de sel ses cheveux châtains. Solidement campé et les épaules larges, il s'affirmait confiant car il se savait beau, et adoptait une posture en conséquence. Il s'offrait au monde, et le monde lui disait merci. Il était surpris, mais pas si surpris que cela.

« Danny. » G. H. n'avait pas planifié ce qui allait suivre. Voir un autre être humain était tout de même déjà un soulagement en soi. Cette soirée au concert, où ils avaient serré des mains et félicité les musiciens, semblait déjà si lointaine.

En voyant cet homme, Danny pensa à son travail. Où il lui suffisait de plaquer un sourire sur son visage, de rassurer les gens, d'aboyer des ordres et d'encaisser un chèque ; cela n'avait rien à voir avec sa vraie vie : cette femme au premier étage, en train de lire un livre sur les dragons à une fillette apeurée, mais également indifférente. Dès qu'il avait vu l'alerte info, Danny était parti en quête de vivres et de nouvelles. Il était rentré avec des provisions, mais pas grand-chose d'autre. « En voilà une surprise. »

G. H. réalisa qu'il avait commis une erreur de calcul. Il comprenait la position de cet homme. Il aurait dû savoir que ce qu'il avait toujours pensé des gens était vrai : l'ordre social avait permis à la plupart d'entre eux de ne pas se considérer comme des animaux sociaux. « Désolé de venir ainsi vous déranger chez vous. »

Le regard de Danny glissa vers l'inconnu qui se tenait à côté de George. Avait-il jamais apprécié George ? Pas vraiment. Mais peu importait, là n'était pas la question. C'était tout simple. Il n'aimait pas Obama non plus. C'était uniquement lié au côté impertinent, le check poing contre poing, la jovialité. Il y voyait une insulte, une façon de se moquer du monde tel qu'il l'avait toujours perçu. « Que… qu'est-ce que je peux faire pour vous ? » En montrant clairement qu'il était de repos et n'avait aucune envie de faire quoi que ce fût pour la masse.

G. H. sentit naître un sourire, une tactique de vendeur. « Il se passe quelque chose. » Il n'était pas idiot. « On était dans le coin et j'ai eu envie de prendre de vos nouvelles. De voir si vous étiez là. Si tout allait bien. Si vous aviez des infos. »

Danny jeta un coup d'œil par-dessus son épaule, à l'intérieur de la maison, au-delà des fioritures de la rampe d'escalier. Il vit les particules de poussière danser dans la lumière matinale qui entrait par les hautes fenêtres du salon. Chaque chose était comme elle devait être, et pourtant il se méfiait de ce qu'il voyait. Il se méfiait de tout. Il fit un pas vers les deux hommes et ferma la porte derrière eux.

« Vous avez entendu quelque chose ? À part ce qu'on a entendu hier, je veux dire ?

– Moi, c'est Clay. » Il ne savait pas quoi dire d'autre. Il se demandait si cet homme accepterait de sillonner les bois avec eux jusqu'à ce qu'ils retrouvent Rose. Avait-il des médicaments pour Archie ? Une connexion Internet ? Les accueillerait-il dans cette belle maison, de la taille d'un hôtel, est-ce que ça ressemblerait à une fête, et dans ce cas, avaient-ils une piscine ? Il imaginait que les deux femmes avaient retrouvé Rose, en train de jouer à l'ombre des arbres. Il imaginait qu'Archie se sentait mieux, un simple virus intestinal passager. Peut-être n'auraient-ils pas besoin de demander quoi que ce soit à cet homme, peut-être que tout allait bien, qu'ils se contenteraient de lui dire bonjour, de compatir et de lui demander si le Bruit – quand l'avait-il entendu ? – avait brisé ses fenêtres.

Danny poursuivit : « Je m'étonne que vous soyez dehors.

– Que voulez-vous dire ? » G. H. allait à la pêche, au jugé.

« Ce que je veux dire ? » Le rire de Danny était brutal, furieux. « C'est la merde, George. Vous n'êtes pas au courant ? Vous n'avez rien entendu dans votre jolie maison ? Mes gars ont fait du bon boulot, mais je suis sûr que vous avez entendu, la nuit dernière.

– Ma famille a loué la maison de George. On vient de New York. » Clay ne savait pas pourquoi il essayait de se justifier ; il ne pouvait pas comprendre à quel point Danny s'en moquait.

« Un vrai coup de bol pour votre famille. » Danny savait déjà que cet homme venait de New York. Ça crevait les yeux. Et il s'en fichait. « Vous imaginez un peu le bordel là-bas ?

– Qu'est-ce que vous savez ? Vous avez entendu quelque chose ? demanda George.

– J'en sais autant que vous, sûrement. » Danny soupira, agacé. « Apple News parlait d'un blackout. Je me suis dit : on est à l'abri ici. J'ai plus de réseau. J'ai plus le câble. Mais j'ai du courant. Alors je suis allé chercher quelques trucs en ville. Je pensais qu'il y aurait foule au supermarché, hein ? Erreur. Calme plat. Pas comme avant une tempête de neige, plutôt comme quand il en est tombé cinquante centimètres. Personne ne sait ce qui se passe. Un jour comme les autres. En rentrant chez moi, j'entends ce Bruit, alors je me dis : OK, on reste ici. Et puis, la nuit dernière… même topo. Trois fois. Des bombes ? Des missiles ? J'en sais rien, mais je reste ici jusqu'à ce qu'on me le déconseille.

– Vous êtes allé au supermarché. » George voulait clarifier les choses.

« J'ai fait des provisions. Et je suis rentré. J'ai l'impression qu'il ne fait pas bon traîner dehors.

– Mon fils est malade. » Clay ne savait pas comment expliquer que quelque chose avait fait tomber les dents d'un gamin de seize ans. Ça n'avait aucun sens. « Il a vomi. Ça a l'air d'aller mieux maintenant. » Clay demeurait optimiste.

« Il a perdu ses dents, intervint G. H. Cinq. Elles sont tombées d'un coup. Sans qu'on puisse l'expliquer.

– Ses dents. » Danny demeura muet un instant. « Vous croyez qu'il y a un rapport avec ce Bruit ? » Danny ignorait que les dents de sa femme Karen étaient en train de se déchausser et qu'elles tomberaient bientôt.

« Vos fenêtres sont fêlées ? demanda George.

– La porte de la douche. Dans la salle de bains principale. » Pour Danny, c'était clair. « Y a un truc. C'était forcément un avion. Aucune information ne va filtrer, à mon avis, alors j'en déduis que c'est la guerre. Le début de la guerre.

– La guerre ? » Bizarrement, cette idée n'avait pas effleuré Clay. C'était presque décevant.

« C'est forcément une attaque, je me dis. Ils parlaient du super ouragan sur CNN. Les Iraniens, ou d'autres… ils ont tout bien préparé. Le bordel dans toute sa splendeur. »

Danny avait vu les images d'un présentateur de Washington, à bord d'un bateau, montrant l'eau qui montait à l'intérieur du Jefferson Memorial.

« Vous croyez qu'on nous attaque ? » G. H. n'y croyait pas, mais il voulait entendre sa réponse.

« Il était question de pourparlers, sûrement à propos de ça. » Danny plaignait ceux qui ne voyaient pas l'évidence.

Cet homme était un complotiste. Un fou. Clay, lui, était professeur. « Des pourparlers ? Qu'est-ce qui s'est passé au supermarché ? On a besoin d'aller à l'hôpital.

– Faut lire le journal. Pas seulement la une. Les Russes ont rappelé leur personnel à Washington, vous avez pas vu ça ? C'était marqué en gros caractères, ils en ont fait un flash spécial. Quelque chose se prépare, mon pote. » Danny toussa et enfouit ses mains dans ses poches.

« On va à l'hôpital, répéta Clay, un peu moins convaincu maintenant.

– C'est vous que ça regarde. Moi, je reste ici. » Danny voulait qu'ils décampent.

« C'est ce que vous pensez, Danny ? » G. H. lui posait directement la question.

« – Plus rien n'a de sens pour le moment. Mais si le monde ne tourne plus rond, ça ne m'empêche pas d'agir de manière rationnelle. Ça craint, là-bas. » D'un mouvement de tête, Danny désigna le vide au-dehors, qui avait l'air comme d'habitude, mais il n'était pas dupe.

« Archie est malade. » Clay avait besoin d'une réponse.

George comprenait pourquoi Danny avait fermé la porte derrière lui. George s'attendait à une communion humaine, mais il avait oublié ce que sont réellement les humains.

« Je pensais que c'était la meilleure chose à faire. Chercher une assistance médicale. »

Danny ne souriait pas. « C'est du passé tout ça, George. Vous n'êtes pas lucide.

– Ma fille a disparu. Quand on s'est réveillés ce matin, elle n'était plus là. Elle jouait dans les bois, avec son frère, quand on a entendu ce Bruit. Et puis, hier soir, ses dents… » Clay ne savait pas comment conclure une histoire aussi absurde. « Je ne sais pas quoi faire. » Ses paroles ressemblaient à des aveux.

Ce n'était pas que Danny n'avait pas de peine. Simplement, il ne pouvait pas penser à tout. « C'est votre fils. Le choix est difficile.

– Il a seize ans. » Aidez-nous, disait Clay, à sa manière.

Il n'y a pas d'aide possible, disait Danny. Ils s'étaient trompés sur son compte. Ils s'étaient trompés sur les gens. « Je ne sais pas ce que vous allez faire. Moi je ferais n'importe quoi pour ma fille. Alors, voilà : je vais verrouiller les portes. Sortir mon flingue. Et attendre. Guetter. »

L'allusion à une arme était-elle une menace ? G. H. la comprenait ainsi. « On ne devrait pas aller à l'hôpital ?

– Je n'ai pas de conseil à vous donner, les gars. Désolé. » Cette excuse était avant tout le souvenir d'un instinct. Mais Danny était réellement désolé, pour eux tous. Il partagea les informations qu'il détenait. « Hier, j'ai vu des cerfs, de la cuisine. »

G. H. hocha la tête. Il y avait des cerfs partout par ici.

« Pas juste une famille de cerfs, précisa Danny. Une migration. Je n'en avais jamais vu autant de ma vie. Cent ? Deux cents ? Impossible à dire. »

Il y en avait bien plus que cela. L'œil ne pouvait pas tous les dénombrer, les repérer dans l'ombre des arbres. Seules les personnes averties savaient qu'il y avait environ trente-six mille cerfs dans la région. Ce n'étaient pas ceux qu'avait vus Rose, mais ils partaient les rejoindre. Une migration de masse. Une réaction au désastre. Un indicateur du désastre. L'expression du désastre.

Clay faillit dire que la veille au soir ils avaient vu un vol de flamants roses, mais cela aurait ressemblé à de la surenchère.

« Les animaux, reprit Danny. Ils savent. Ils ont la trouille. Je ne sais pas ce qui se passe, et je ne sais pas quand on pourra s'en faire une idée. Peut-être que ça s'arrête là. Peut-être qu'on n'en saura jamais plus. Peut-être qu'il faut juste serrer les fesses, se planquer et prier, ou ce qui vous semble le plus efficace. » Eux aussi étaient des animaux. C'était leur réaction animale.

Clay avait l'impression qu'ils parlaient depuis une heure. « Vous avez promis à Ruth de rentrer.

– On a le temps. » G. H. tiendrait sa promesse.

Danny estimait que ça ne servait pas à grand-chose. « Les gars, je vais rentrer chez moi. Je vais vous dire au revoir et vous souhaiter bonne chance. » Concernant ce dernier point, il était sincère. Ils en auraient tous besoin. « Si vous allez quand même là-bas. Si vous…

vous pouvez vous arrêter ici. Mais je ne peux rien vous offrir de plus qu'une conversation. Vous comprenez. »

George se sentait naïf. Évidemment que Danny réagirait de cette manière. Boulot boulot. Ils n'étaient pas amis, et même s'ils l'avaient été, c'étaient des circonstances exceptionnelles. « Bon, tout est dit, je crois.

– Je pense que vous devriez remonter dans votre voiture et rentrer chez vous. » C'était le conseil de Danny. Allez-vous-en, fichez-moi la paix. « C'est tout ce que je peux faire pour vous. Tenez bon, verrouillez la porte et… » Son plan s'arrêtait là. « Remplissez la baignoire. Stockez de l'eau. Faites l'inventaire de vos provisions. Regardez ce que vous avez à manger.

– Oui, c'est ce qu'on va faire. » G. H. avait hâte de retrouver ses possessions.

Danny hocha la tête, le menton haut, autoritaire. Il tendit la main. Sa poigne était solide, comme toujours. Sans un mot de plus, il tourna les talons et rentra. Il ne verrouilla pas la porte. Mais il resta derrière le vantail à écouter si les deux hommes s'en allaient.

Dans la voiture, Archie se redressa. Il semblait aller mieux, ou pas plus mal. Il semblait faible, ou fort. L'instant était crucial.

Pendant une minute ils demeurèrent assis, moteur au ralenti. Peut-être deux. Peut-être trois. Ce fut Clay qui brisa le silence. « George, qu'est-ce qu'on fait ? »

George avait été naïf. Les gens étaient décevants. Il ferait mieux. Ils continueraient à être bons, bienveillants, humains, honnêtes, ensemble, à l'abri. « Messieurs, je ne pense pas qu'on puisse aller à l'hôpital. Nous sommes d'accord ? Je ne pense pas qu'on puisse y aller. »

Archie comprenait. Archie avait écouté. « Ça ira. Je pense qu'il ne faut pas y aller. »

Ce fut Clay qui le formula : « Je veux rentrer à la

maison. Est-ce qu'on peut rentrer ? Rentrons chez nous. Ce n'est pas très loin. Allons-y. »

Il parlait de la maison de George, évidemment, alors ils repartirent, et ils furent de retour bien avant que l'alarme du téléphone de Ruth ne leur indique qu'une heure s'était écoulée. En moins d'une heure, tout avait changé.

40

Rose s'était réveillée avec conviction. C'était cela, être un enfant, mais elle avait aussi une mission. Ses yeux affinèrent leur vision : table de chevet, lampe en porcelaine verte, une photo encadrée qu'elle n'avait pas pris la peine de regarder, son pied pâle qui sortait des draps, la lumière couleur sorbet qui fondait sur le mur. Des bouches molles et humides, des épaules roses, des cheveux emmêlés. Encore une journée, et celles-ci étaient un cadeau. Rose échappa à sa famille et se laissa glisser sur le tapis. Le petit dernier est habitué à passer inaperçu.

Elle quitta la chambre car elle ne voulait pas les réveiller. Personne ne la prenait au sérieux parce que c'était une enfant, mais Rose n'était pas idiote. Ce Bruit, la nuit dernière, était la réponse que ses parents faisaient semblant de ne pas attendre. Mais Rose avait lu des livres, Rose avait vu des films, Rose savait comment cette histoire allait se terminer, et Rose savait qu'ils ne devaient pas paniquer, mais se préparer. Elle fit pipi dans la salle de bains voisine de sa chambre et ça dura longtemps. Puis elle se lava les mains et le visage. Même si elle n'était pas particulièrement discrète – elle laissa retomber le couvercle des toilettes, fit couler l'eau, referma la porte plus bruyamment que nécessaire –, tout cela paraissait furtif.

Chaussures lacées, une giclée de Off ! sur les chevilles, là où les moustiques étaient les plus impitoyables, de l'eau. Elle introduisit sa bouteille en plastique réutilisable dans le distributeur du réfrigérateur. Elle éplucha une banane et écouta le bruit mouillé de sa mastication. La poubelle débordait : cellophane froissé, serviettes en papier tachées, morceaux de citron pressés que personne n'avait songé à composter. Il ne restait presque plus rien à manger. Rose savait qu'ils avaient besoin de choses, mais surtout ils avaient besoin de gens. Elle trouverait les deux, dans la petite maison au milieu des bois. Rose glissa une nectarine dans son sac en nylon bon marché, où elle serait ballotée, talée et coulante le temps qu'elle décide de la manger. Elle emporta un livre, on ne savait jamais quand on pouvait en avoir besoin.

Rose se souvenait. Entrer dans les bois, puis prendre cette direction, par ici, par là, un poil sur la gauche, tout droit, sous les arbres, derrière cette petite colline. Elle possédait un instinct que la vie urbaine n'avait pas émoussé. Un animal, humide sur ses orteils de toile, des pas marquant à peine les feuilles, juste d'infimes protestations dans le chant des oiseaux et dans la brise. Son corps savait qu'il n'y avait aucun prédateur dans les parages.

Rose et Archie avaient simplement improvisé, ou non. Les enfants savent, et leur savoir est tacite ou indicible. Rose reconnut tous les repères : les ondulations de la terre, le tronc pourri, certaines branches tombées. Si elle s'était retournée, telle l'épouse de Lot, Rose aurait peut-être vu un flamant, rose et furieux, voler dans les airs. La vérité : ils avaient été emportés par les vents. Une des vieilles farces de l'évolution. Des lézards, passagers clandestins sur un rondin flottant tels Noé et Emzara, peuvent débarquer sur quelque rivage, copuler à tire-larigot et laisser leurs descendants dévaster la végétation locale. Les flamants étaient aussi fâchés que les humains de se trouver là. Ils devraient faire avec. Ils devraient dégoter d'autres algues. Ils nichaient une fois l'an, mais c'était bien assez, et dans mille générations, peut-être, dégénérés, d'une couleur insensée (bleu antigel à force de boire l'eau des piscines ?), ils seraient devenus une nouvelle espèce. Peut-être ne resterait-il qu'eux.

Rose chantonnait, dans sa tête tout d'abord. Puis, se sentant plus hardie, ou différente, ou à l'aise, ou joyeuse, elle se mit à chanter tout haut une chanson de One Direction, du genre qu'Archie aurait raillé, mais que secrètement il aimait bien. Rose éprouvait une lucidité qui lui appartenait de droit. Elle comprenait. Dès qu'elle atteindrait cette autre maison, elle pourrait répondre aux questions qui semblaient si importantes pour tout le monde. Il y aurait des gens là-bas, et ils auraient une réponse, ou sa famille se sentirait moins seule, au moins.

La matinée était fraîche, mais la journée s'annonçait chaude. Les feuilles sous ses pieds étaient à peine humides, les cimes des arbres épaisses comme ça. À un fuseau horaire de là, il faisait encore nuit, mais il faisait nuit dans tant d'endroits. Des gens se suicidaient. D'autres entassaient des bagages dans des voitures en espérant pouvoir faire un kilomètre, ou deux, ou dix, ou ce qu'il fallait pour atteindre un endroit où la sécurité existait encore. Certains pensaient franchir la frontière, sans prendre conscience que ces lignes étaient imaginaires. Certains ignoraient que quelque chose clochait. Il y avait des villes au Nouveau-Mexique ou dans l'Idaho où il ne s'était encore rien passé, même si, bizarrement, personne ne parvenait à discuter avec les satellites là-haut dans le ciel. Certains continuaient à aller au travail, dont ils découvriraient avec le temps qu'il était totalement inutile, vendre des plantes en pot ou border des lits d'hôtel. Des gouverneurs déclaraient l'état d'urgence sans savoir comment l'annoncer. Des mères au foyer s'énervaient de ne plus capter *Le Village de Dany*. Certains commençaient à s'apercevoir qu'ils avaient eu une foi naïve dans le système. Certains essayaient à tout prix de maintenir ce système. Certains se félicitaient d'avoir stocké des armes et de ces pailles qui potabilisent n'importe quelle eau. Car, après tout ce qui s'était déjà produit, il s'en produirait plus encore. Le leader du monde libre était séquestré sous la Maison-Blanche, mais personne ne se préoccupait de son sort, et certainement pas une fillette qui gambadait dans les bois en pensant à Harry Styles.

Rose n'était pas courageuse. Les enfants sont simplement trop jeunes pour savoir détourner le regard face à l'inexplicable. Les enfants dévisagent le schizophrène qui délire dans le métro, quand les adultes baissent le nez sur leurs podcasts. Les enfants posent des questions sans savoir qu'elles sont jugées malpolies : pourquoi tu as une bosse dans le cou ? Il y a un bébé qui grossit dans ton ventre ? Tu n'as jamais eu de cheveux ? Pourquoi tes dents sont en argent ? Il y aura encore des éléphants quand je serai grand ? Rose savait d'où venait le Bruit, mais personne ne lui avait rien demandé. C'était le son de la réalité. C'était le changement dont ils avaient feint d'ignorer qu'il allait se produire. C'était la fin d'une forme de vie, mais aussi le début d'une autre. Et Rose continuait d'avancer.

Rose était une battante, elle survivrait. Elle savait, grâce à une forme d'instinct (ou peut-être simplement les connexions humaines) qu'elle faisait partie de la minorité. Quelque part au sud, des digues avaient cédé face à la rivière. L'eau montait jusqu'aux chambres du premier étage et les gens se réfugiaient dans les greniers ou sur les toits. À Philadelphie, une femme qui accouchait de son troisième enfant – un garçon, il porterait le nom de son frère tué alors qu'il était déployé à Téhéran – sentit le bébé sur sa poitrine au moment même où l'hôpital était plongé dans le noir, comme si le blackout était dû au contact entre leurs peaux. Tous les bébés placés en soins intensifs néonatals moururent en quelques heures. Des chrétiens se rassemblèrent dans leurs églises, mais aussi des non-croyants qui pensaient que leurs pieux voisins seraient mieux préparés qu'eux. (Hélas, non.) Dans certains lieux, on paniquait devant la disette ; ailleurs, on faisait comme si de rien n'était. Les employés d'un restaurant salvadorien de Harlem avaient installé un grill dans la rue et distribuaient à manger gratis. En moins de vingt-quatre heures, la plupart des gens cessèrent d'écouter les radios archaïques et d'espérer comprendre. Était-ce là une mise à l'épreuve de la foi ? Elle ne confirmait que la foi en leur ignorance. Certains barricadaient portes et fenêtres pour jouer à des jeux de société en famille, tandis qu'à St. Charles dans le Maryland une mère noyait ses deux filles dans la baignoire car cela lui semblait bien plus raisonnable que de faire une partie de serpents et échelles. Ce jeu n'exigeait ni habileté ni stratégie ; il se contentait d'enseigner que la vie est essentiellement constituée d'avantages immérités ou de chutes dévastatrices. Il fallait un courage inimaginable pour tuer ses enfants. Peu de gens en étaient capables.

Le cou moite, ainsi que le front, la lèvre et son duvet, Rose avançait toujours. À quelques kilomètres de là, la harde de cerfs qu'avait vue Danny en avait trouvé une autre – l'union faisait la force – et ils marchaient dans la direction qu'indiquait leur instinct : une vision stupéfiante, tels les bisons des Plaines avant que les Blancs ne les exterminent. Les habitants des environs en croyaient à peine leurs yeux, cela dit ils étaient plus crédules qu'une semaine auparavant. La génération suivante naîtrait aussi blanche que la licorne des tapisseries flamandes que Rose et sa famille ne verraient jamais. Ce n'était pas de l'albinisme, découvrirait l'unique généticien qui s'intéresserait à la question, mais un traumatisme intergénérationnel. La vie était ainsi faite, la vie était une affaire de changement.

Certains habitants de la région montèrent dans leurs voitures et roulèrent vers la ville. Pied au plancher en l'absence de policiers. Brooklyn empestait : aliments avariés dans les frigos réchauffés, déchets agglutinés partout aux coins des rues, sans oublier les banlieusards pris au piège – le sans-abri bipolaire, l'attachée de presse du maire, les optimistes qui se rendaient à des entretiens d'embauche chez Google – qui se transformaient peu à peu en cadavres non réclamés.

Là-bas, dans les bois, l'air parfumé avait une légère odeur de pourri, comme souvent en été. Rose s'interrogeait : y aurait-il une mère et un père avec un ou deux enfants ? Seraient-ils blancs comme sa famille, ou noirs comme les Washington, ou indiens comme la famille de Sabeena, ou alors viendraient-ils d'Arabie saoudite, de Taipei ou des Maldives ? Savaient-ils, en Arabie saoudite, à Taipei et aux Maldives, ce qui se passait à Waycross en Géorgie ? Quarante gardiens de prison avaient abandonné mille cinq cents hommes aux éléments. Une liberté inattendue : le plafond détrempé avait cédé, coinçant les corps sous les gravats. Derrière les barreaux à perpétuité, mais leurs âmes s'étaient peut-être échappées ? Aucune de ces quarante personnes ne croyait le vent et la pluie capables de détruire le travail humain. Aucun de ces quarante hommes ne pleura un seul instant ces morts. C'étaient des crapules, se dirent-ils, sans savoir à quel point le fait d'avoir été bon ou mauvais a peu d'importance.

Rose avait marché une heure ou toute sa vie. Elle ouvrit son sac et mordit dans la nectarine talée. Un insecte volant, attiré par le sucre, vint planer à proximité. Elle mangea la chair blanche en une, deux, sept, quatorze bouchées. Le fruit se détachait si aisément du noyau. Le noyau du fruit était une sorte de prodige, rugueux et comme plein d'ornières. Elle le laissa tomber par terre, en espérant que, dans quelques années, il donnerait naissance à un arbre.

Elle n'était pas idiote. Elle n'espérait aucun salut. Elle comprenait que, seuls, ils n'avaient rien. Maintenant ils auraient quelque chose, et ce serait grâce à Rose. Elle aperçut le toit à travers les arbres, à l'endroit même où elle s'attendait à le trouver.

Mais cette maison était exactement identique à la leur ! Cela paraissait signifier quelque chose, même si, en un sens, toutes les maisons se ressemblent. Rose puisa du courage dans cet écho de la maison des Washington, de même que le babil d'un nourrisson résonne tel un discours rassurant. Elle fit courageusement le tour pour atteindre la porte d'entrée. Elle remonta sans hésiter l'allée de briques destinée aux visiteurs. Elle frappa avec fermeté, d'un poing solide et confiant.

En prenant soin de ne pas piétiner les plantations, elle s'avança sur les paillis pour coller son visage à la fenêtre. Un champ de papier peint à fleurs, une peinture à l'huile représentant un cheval brun, un chandelier en cuivre, une porte fermée, un miroir qui reflétait son visage : déterminé et optimiste. Elle ne pouvait pas savoir – et ne saurait jamais – que les Thorne, la famille qui vivait là, se trouvait à l'aéroport de San Diego, sans pouvoir embarquer car il n'y avait plus aucun vol intérieur à cause d'un état d'urgence national sans précédent, comme si un précédent était nécessaire. Les Thorne ne reverraient jamais leur maison, mais Nadine, la matriarche, en rêverait parfois avant de succomber au cancer dans un des campements de tentes que l'armée avait réussi à installer à l'extérieur de l'aéroport. Ils brûleraient son corps, avant de cesser de prendre cette peine, le nombre de cadavres dépassant celui des personnes restant pour procéder à la crémation.

Rose se rendit derrière la maison et frappa à la porte vitrée. La pièce était différente de celle des Washington : les meubles plus lourds, les murs plus sombres. Cette maison n'était pas faite pour accueillir des vacanciers, mais aménagée selon les goûts de ses occupants. Ceux-ci étaient peut-être réfugiés au sous-sol, à attendre, armés jusqu'aux dents ; ou bien ils avaient entendu le Bruit, avaient sauté dans leur voiture et s'étaient enfuis pleins gaz. Rose entra dans le garage, séparé de la maison. Il y avait là des cartons et, aux murs, des panneaux perforés auxquels étaient accrochés des outils, mais pas de véhicule. En revanche, il y avait un bateau, protégé par une bâche sale.

« Vous n'êtes pas là », dit-elle à voix haute, mais en se parlant à elle-même. Elle sonna et entendit le tintement à travers la porte, creuse et de mauvaise qualité. Elle ne repartirait pas sans ce qu'elle était venue chercher.

Une bordure de cailloux entourait les parterres le long de la maison. Rose envisagea d'en lancer un contre la porte arrière, avant de remarquer que les panneaux latéraux vitrés de la porte d'entrée étaient déjà fêlés. Elle recula et lança la pierre. Les éclats de verre se répandirent à l'intérieur de la maison et la pierre retomba à ses pieds. Le bruit fut bref ; le son du vide. Rose tira sur la manche de son sweatshirt pour envelopper sa main et, tenant une pierre plus petite comme si s'il se fût agi d'une poêle chaude, elle fit tomber les morceaux de verre encore plantés dans l'encadrement. Elle glissa la main à l'intérieur et toucha immédiatement le verrou. Un jeu d'enfant.

La maison sentait le pipi de chat. Elle trouverait sa gamelle et sa litière, mais l'animal lui-même était parti vivre sa vie d'animal. Elle alluma les lumières, comme une concession à sa propre peur. Rose savait – on sait ce genre de chose – qu'elle était seule. Malgré cela, elle se rendit dans chaque pièce, ouvrit tous les placards, écarta les rideaux de douche, s'agenouilla pour regarder sous les lits. Il y avait une chambre à la moquette rose ; le lit en bois, avec son couvre-lit à fleurs, était orienté de manière à offrir la vue sur la cime des arbres. Il y avait un salon, des placards remplis de jeux de société et de puzzles, et un large canapé modulable qui rivalisait avec le plus gros téléviseur que Rose eût jamais vu. Il y avait une salle à manger. L'aspirateur avait laissé une trace de son passage sur la moquette bleue immaculée, la table cirée étincelait.

Le réfrigérateur était une cacophonie de magnets, de messages, de recettes et de cartes postales de vacances : des familles souriantes, pieds nus au bord de la mer ou sur fond de feuillage automnal. Rose l'ouvrit : il contenait plus de provisions que celui des Washington : sauces salade, ketchup, cornichons, sauce soja, une de ces boîtes cylindriques en carton qu'il suffit de décapsuler pour obtenir de la pâte à biscuits. Un médicament dans des petites bouteilles en plastique. Une plaquette de beurre entamée et du jus de canneberge. Des verres propres attendaient dans l'égouttoir, alors elle se servit.

Assise devant l'îlot central, Rose vit le téléphone, les deux citrons dans la coupe à fruits, le fouillis de courrier et de paperasses. Elle ouvrit un des tiroirs de la cuisine, c'était le tiroir fourre-tout : élastiques, pièces de monnaie, une vieille pile, des ciseaux, des coupons de réduction, une clé à molette. Dans les toilettes du vestibule, Rose admira les savonnettes sculptées en forme de coquillage, dans une soucoupe.

Elle retourna dans le salon et alluma la télé. L'écran était bleu. Elle ouvrit le placard dessous et trouva la PlayStation, les dizaines de boîtiers en plastique contenant différents jeux et les dizaines de DVD. Ils n'avaient pas de lecteur chez eux, mais il y en avait un dans leur salle de classe, et elle n'était pas idiote. Elle choisit *Friends* ; ils avaient l'intégrale. C'était l'épisode où Ross fantasmait sur la princesse Leia.

Le son de la télé l'aida à se sentir beaucoup mieux. Elle monta le volume pour avoir de la compagnie pendant qu'elle pillait la maison. Pansements adhésifs, Advil, un paquet de piles. C'étaient des trésors, surtout destinés à servir de preuves. Il y avait une chambre aux murs bleus, presque vide : manifestement, l'adolescent ou l'adolescente qui l'avait occupée avait quitté la maison. Ce pourrait être la chambre d'Archie, songea Rose. Elle-même n'aurait rien contre la chambre d'amis avec son tapis ovale guindé et ses rideaux à froufrous. Votre maison, c'était là où vous étiez, finalement. C'était juste l'endroit où vous vous trouviez.

Rose ignorait qu'à cet instant sa mère était assise

en silence dans la cabane vide aux relents de fiente du stand de vente d'œufs. Quand Amanda reverrait son fils, elle mettrait un certain temps à retrouver sa voix. Sous le choc. Et puis, plus tard, en revoyant sa fille, elle serait incapable de parler. Elle ne pourrait que frissonner.

Rose connaissait le chemin du retour – franchir la montée, puis redescendre, avec prudence, en tenant compte de la pesanteur –, passer devant cet arbre familier, puis cet autre, et par la petite clairière avec son faisceau de lumière sacrée. Elle avait vu sur Internet que les arbres savent ne pas se gêner mutuellement dans leur croissance, en se tenant à l'écart de leurs voisins. Les arbres savent n'occuper que la parcelle de terre et de ciel qui leur est allouée. Les arbres sont généreux et sages, et de là viendrait peut-être le salut.

Elle allait rentrer. Sans doute devait-on s'inquiéter, déjà, et elle s'en voulut un peu de ne pas avoir laissé de mot. Mais elle leur montrerait le sac plein de ce qu'elle avait trouvé, elle leur parlerait de la maison dans les bois avec le lecteur de DVD, les trois jolies chambres, le matériel de camping au sous-sol et les boîtes de conserves alignées dans le cellier. Elle n'était qu'une fillette, mais le monde recélait encore quelque chose, et c'était important. Peut-être ses parents pleureraient-ils à cause de ce qu'ils ne savaient pas et de ce qu'ils savaient : qu'ils étaient ensemble. Peut-être que Ruth viderait le lave-vaisselle et que G. H. sortirait la poubelle, et peut-être que la journée commencerait véritablement. Et si la suite demeurait floue – un en-cas pour le déjeuner, un bain relaxant dans la piscine, les matelas gonflables, la lecture d'un magazine en retard, essayer de faire ce puzzle ? –, tant pis. S'ils ne savaient pas comment cela se terminerait – dans la nuit, avec d'autres Bruits redoutables venus des hauteurs de l'Olympe, les bombes, la maladie, dans le sang, dans la liesse, avec des cerfs ou d'autres créatures qui les observaient des profondeurs obscures de la forêt –, ma foi, ne pouvait-on pas en dire autant de chaque journée ?

Éditions Points